:: 수록 작가 (가나다 순)

• 권혜수 • 1983년 〈소설문학〉에 단편 〈제3의 성〉, 1987년 여성동아 장편소설 공모에 〈여왕 선언〉으로 당선되었다. 1987년과 1989년에 KBS 방송문학상, 2007년 SBS TV 문학상을 수상했다. 장편소설로 《백번 선본 여자》《내 안의 먼 그대》《그네 위의 두 여자》《석양에 망울지다》, 작품집《나는 왕이로소이다》《모독》 등을 펴냈다.

• 김경해 • 동덕여자대학교 국사학과를 졸업했다. 1998년 〈문학사상〉으로 등단하고 2003년 여성동아 장편소설 공모에 〈내 마음의 집〉으로 당선됐다. 장편소설《내 마음의 집》《붉은 사랑》, 청소년소설《하프라인》 등을 펴냈다.

• 김설원 • 단국대학교 문예창작학과와 동대학원을 졸업하고 2002년 매일신문 신춘문예에, 〈이별 다섯 번〉으로 2009년 여성동아 장편소설 공모에 당선됐다. 장편소설《이별 다섯 번》을 펴냈다.

• 김정희 • 이화여자대학교 정치외교학과를 졸업했다. 1995년 여성동아 장편소설 공모에 〈작고 가벼운 우울〉이 당선되어 등단했다. 《소설처럼 아름다운 수학이야기》《인류의 어머니 마더 테레사》《수학 아라비안나이트》 등을 펴냈다.

• 류서재 • 고려대학교 대학원에서 국문학 박사학위를 받았다. 2010년 여성동아 장편소설 공모에 〈사라진 편지〉로 당선됐고 2011년 〈석파란〉으로 제1회 황금펜영상문학상 금상을 수상했다. 2012년에 고대문학 신예작가상을 수상했고 장편소설《사라진 편지》《석파란》 등을 펴냈다.

• 박재희 • 국립전통예술고등학교와 중앙대학교 문예창작과를 졸업하고 1985년에 무형문화재 23호 가야금산조를 이수했다. 1989년 여성동아 장편소설 공모에 〈춤추는 가얏고〉로 당선됐다. 한국문화예술진흥회 창작기금을 수혜했으며 중단편 창작집《양구》, 장편동화《대나무와 오동나무》, 어린이 국악정보책《우리 악기에는 어떤 이야기가 담겨 있을까?》 등을 펴냈다.

• 송은일 • 고려대학교 대학원 문예창작과를 졸업했다. 1995년 광주일보 신춘문예에 〈꿈꾸는 실낙원〉으로, 2000년 여성동아 장편소설 공모에 〈아스피린 두 알〉로 당선됐다. 장편소설《불꽃섬》《소울메이트》《도둑의 누이》《한 꽃살문에 관한 전설》《반야》(1,2)《사랑을 묻다》《왕인》(1,2,3), 작품집《딸꾹질》《남녀실종지사》 등을 펴냈다.

• 우애령 • 이화여대 독어독문학과를 졸업하고 연세대 사회복지학과(심리학 부전공) 박사 학위를 받았다. 1993년 문화일보 춘계문예에 단편 〈오스모에 관하여〉로 등단하고 1994년 여성동아 장편소설 공모에 〈트루먼스버그로 가는 길〉로 당선됐다. 창작집《정혜》《숲으로 가는 사람들》《당진

김씨》 외 《행복의 선택》 등 다수의 상담 에세이집을 펴냈다. 현재 현실치료 전문가로 일하면서 작품 활동을 하고 있다.

• 유덕희 • 중앙대학교 문예창작과를 졸업하고 1975년 여성동아 장편소설 공모에 〈하얀 환상〉으로 당선됐다. KBS TV 연말특집극 〈언니의 연인〉, MBC 라디오 연속극 〈잊혀진 여인이 추억을 말할 때〉가 당선됐다. 장편소설집 《하얀 환상》 《사랑 또 한잔》 《그대 잠 속의 나의 꿈》, 청소년소설집 《불타는 미루나무》 등을 펴냈다.

• 유춘강 • 한국외국어대 스페인과를 졸업하고 1996년 여성동아 장편소설 공모에 〈29세〉로 당선됐다. 장편소설 《노랑나비》 《란제리 클럽》 등을 펴냈고 단편으로 〈러브레터〉 〈해피통신〉 〈결혼에 관한 가장 솔직한 검색〉 〈쇼윈도 패밀리〉 〈로맨스 소설 읽는 아내〉 등이 있다.

• 이경숙 • 이화여자대학교 의류직물학과를 졸업했다. 2000년 〈장상구씨 이야기〉로 창조문예 소설 부문, 2000년 〈도둑〉으로 재외 동포 문학상 가작, 2003년 〈한기〉로 미주 한국일보 문예 공모전에 당선됐다. 2004년 〈475번 도로 위에서〉로 여성동아 장편소설 공모에 당선됐다. 현재 미국 오하이오에 거주하고 있다.

• 이근미 • 중앙대학교 문예창작학과와 동대학원을 졸업했다. 1993년 문화일보에 중편소설 〈낯설게 하기〉, 2006년 여성동아 장편소설 공모에 〈17세〉가 당선됐다. 장편소설 《17세》 《어쩌면 후르츠 캔디》가 있다.

• 장정옥 • 1997년 〈해무〉로 매일신문 신춘문예, 2008년 〈스무 살의 축제〉로 여성동아 장편소설 공모에 당선됐다. 장편소설 《스무 살의 축제》, 단편 《내 마음의 파랑》 《거울 속의 남자》 등이 있다.

• 조양희 • 가톨릭대학 국문학과를 졸업하고 1988년 여성동아 장편소설 공모에 〈겨울 외출〉로 당선됐다. 1996년 여성의 해에 프랑스 파리 언론계의 '지구를 움직인 30명의 여성'에 선정됐다. 산문집 《도시락 편지》 《런던 하늘 맑음》, 장편소설 《겨울 외출》 《이브의 섬》 등을 펴냈다.

• 조혜경 • 성균관대학교 국문과를 졸업하고 1979년 〈우단의자가 있는 읍〉으로 여성동아 장편소설 공모에 당선됐다. 소설집 《나의 선사시대》, 장편소설 《그 새는 항상 아침에 돌아온다》 등을 펴냈으며 단편 〈유택입주〉로 제13회 탐미문학상을 수상했다.

• 한수경 • 2005년 여성동아 장편소설 공모에 〈그들만의 궁전〉으로 당선됐고 2008년 시나리오뱅크 창작기획안 모집에 〈대여인생〉으로 시나리오 부문 우수상을 수상했다. 장편소설 《그들만의 궁전》 《물구나무서기》, 단편소설 〈너를 접수한다 오버!〉 〈허스토리〉, 시나리오 〈대여인생〉 등이 있다.

오후의 빛깔

여성동아
문우회
소설집

오후의
빛깔

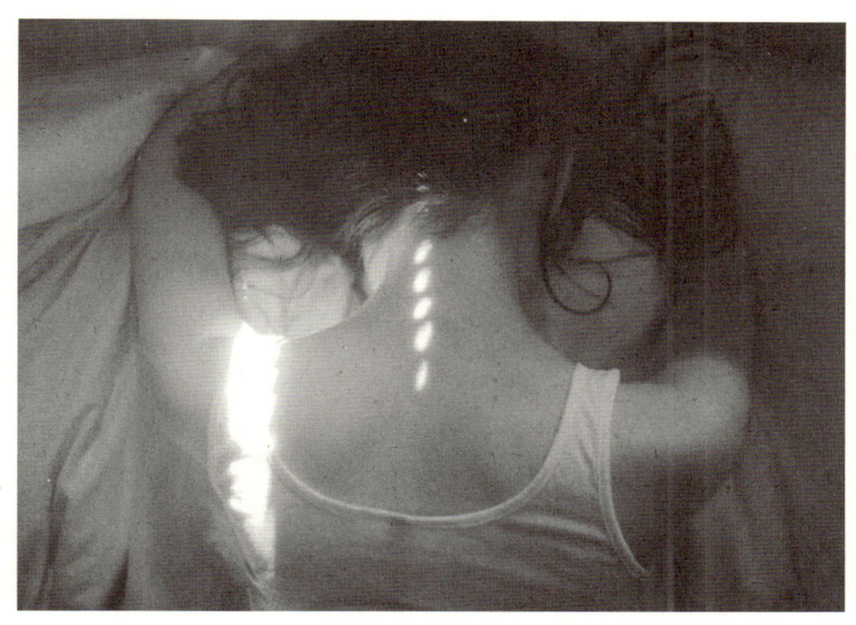

여성 소설가 16인의 스며드는 이야기

예담

세 가지 색,
블루
레드
화이트

옛날 옛적. 누더기에 맨발로 살아가던 소녀가 헝겊 쪼가리를 주워 모아 아롱다롱한 무지갯빛 신발 한 켤레를 만들었다죠. 그리 예쁠 리 없는 신이었어도 난생처음 갖게 된 신발이 소녀를 춤추고 노래하게 했다나요. 기쁨과 환희가 소녀의 춤을 빛나게 했겠죠.

금빛 마차를 타고 지나가던 한 할머니가 영롱하게 빛나는 소녀를 발견했어요. 얘, 너 참 어여쁘구나. 나랑 함께 살지 않으련? 할머니 집으로 따라간 소녀는 누더기를 벗고 때를 씻고 예쁜 새 옷을 입게 됐어요. 헝겊 신발은 반짝이는 검은 구두로 바꿔 신었구요.

모든 걸 다 가진 소녀는 그렇지만 행복하지 않았다네요. 붉은 뺨은 창백해지고 푸른 하늘을 우러르며 부르던 노래는 사라지고 하얀 눈밭에서 추던 춤은 검정 구두에 묶였죠. 아롱다롱한 헝겊 신을 다시 원하게 됐구요, 간절해졌죠. 결국 소녀는 반대를 무릅쓰고 할머니를 속이면서 반짝이는 무지갯빛 신발을 구하고 말지요. 검정 신 대신 희고 붉고 푸르게 빛나는 신발을 갖게 되자 다시 노래하고 춤출 수 있게 됐어요. 흰 수염, 붉

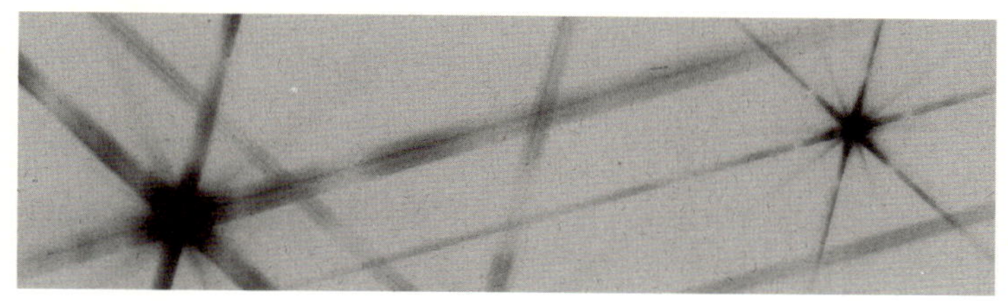

은 수염, 푸른 수염들이 번갈아 나타나 부추기며 주문도 걸어줘요. 춤춰라, 춤춰라. 즐거울 거야. 네가 제일 예뻐. 그렇게요. 주위에서는 마구 뜯어 말리구요.

누군가 나를 막으면 더 간절해지고 몰래 하는 일은 한층 짜릿하기 마련이지요. 할머니를 속여가며 신게 된 무지개 신, 다시 추는 춤이 그랬어요. 스스로는 신을 벗을 수도, 춤을 멈출 수 없는 지경이 되었구요. 높은 산과 깊은 계곡을 지나고 햇살과 바람과 비와 눈을 맞으면서 아침에도 밤에도 춤을 추었죠. 도끼에 두 발을 잘리고서야 춤이 끝났다지요. 이른 바 빨간 신의 저주. 그게 어린 날 우리의 동화였어요.

소녀가 제 손으로 만들었던 신발과 금마차를 타게 된 뒤 신게 된 신발. 처음 신과 나중 신! 그 두 신발이 다른 의미의 신발이었다는 걸 우리는 나이를 한참이나 먹은 뒤에야 알게 되지요. 하얗고 빨갛고 파랗던 우리의 삶의 생기, 욕망! 그걸 다스리지 못하는 여자들에 대한, 경계로서의 나중 신발이 우리 뼛속 깊이까지 각인된 뒤에요. 금빛 마차와 검정 구두

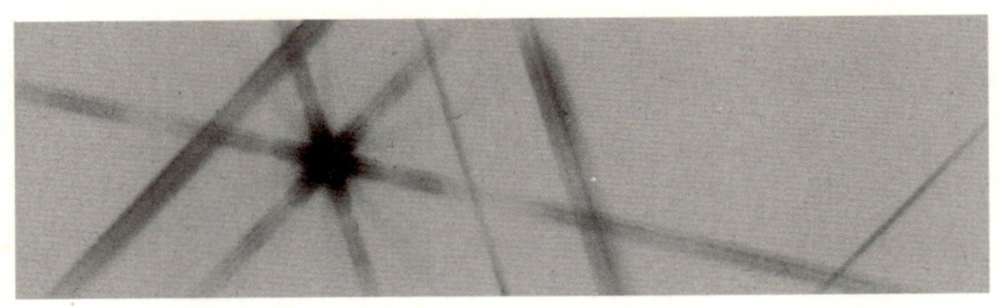

가 온갖 인습과 제도를 의미한다는 걸, 그리하여 빨간 신이 금마차가 둘러놓은 금기에 대항하는 상징으로 유포되어왔다는 것을요. 정해진 대로 살아. 반항하지 마. 두 발이 잘릴 거야.

우리가 그 신발 동화에서 알아야 했던 건 금빛 마차의 경계가 아니었던 거예요. 누더기일망정 '내 손으로 지은 신발'만이 나의 것일 수 있다는 걸 일찌감치 알아챘어야 해요. 처음 신발에 나의 원형, 나의 본질, 꿈과 기쁨과 충족이 들어 있었다는 걸요. 이 동화에서 색깔은 중요한 게 아니었던 거지요. 단색이어도 무지개색이어도 상관없었던 거예요. 중요한 건 내 손으로 지은 내 신발을 지니고 사는 것, 필요할 때마다 내 손으로 새 신발을 지어내는 것, 그것이었어요.

여기는 자신의 신발 짓기로 소설 쓰기를 택해온 사람들의 방이랍니다. 작지만 때로 무한대로 넓어지는 신비한 방이에요. 자그마치 사십여 년이나 되었죠. 색색의 헝겊신을 신은 사람들이 오늘 모였어요. 춤을 추는 중이에요. 오른발 왼발, 앞으로 뒤로, 옆으로, 옆으로.

차례 /

들어가는 말 | 세 가지 색, 블루 레드 화이트 4

눈뜨는 파랑

공항철도 편의점 | 김경해 11

버스 안의 아이들 | 이경숙 26

팝콘 | 한수경 42

푸른, 그 새벽 | 이근미 63

섬 | 장정옥 81

노래하는 빨강

불그죽죽 그대여 | 조혜경 101

메아 쿨파 | 권혜수 118

캠던 가의 재봉틀 | 조양희 135

꽃이 붉다고 한들 | 유춘강 152

안녕 | 송은일 172

잠드는 하양

눈이불 | 유덕희 191

태평가 | 박재희 207

겨울나무 | 우애령 223

시간의 상자 | 김정희 238

딸매기야, 딸매기야 | 김설원 254

흰 꽃들에게 물어봐 | 류서재 268

눈뜨는 파랑

공항철도 편의점

마지막 전철이 도착했다. 사람들이 꾸역꾸역 몰려나오기 시작했다. 저기에 저렇게 많은 사람들이 타고 있었다니, 새삼 놀랍기도 하다. 바쁘게 카드를 찍어대는 소리가 규칙적으로 들려오고 나는 퇴근 준비를 서두른다. 마지막 전철을 타고 온 사람들은 다시 마지막 버스를 타려고 뛰어나간다. 나도 빨리 편의점 문을 닫고 셔터를 내리고 나가야 한다. 차를 놓치면 뛰어가는 수밖에 없다. 오늘은 정말 그러고 싶지 않다.

마지막 전철을 타고 온 사람들 중 편의점으로 들어오는 사람은 거의 없다. 나는 미리 챙겨둔 폐기 음식을 담은 검은 비닐봉지를 카운터 위에 올려놓는다. 사람들은 전철을 타기 전에 편의점에 들른다. 아침에는 숙취를 해결하기 위해 생수나 컨디션을 사서 단숨에 마시고 한숨을 크게 내쉬고 나가는 중년의 남자들이 많다. 간혹 설탕물맛이 나는 꿀물을 마시는 남자들도 있다. 술을 마시고 온 날, 꿀물 한잔 타주지 않는 여자와 사는 비루한 남자들의 삶. 나는 혼자 몰래 고갯짓을 하기도 한다. 밥을 먹지 못한 어린 여자들은 커피와 우유가 섞인 음료를 좋아했다. 그녀들은 빨대를 챙겨 가지고 가방 속에 음료를 넣고 나간다. 아마 귀에 이어폰을 꽂고 노래를 듣거나 끝까지 보지 못한 영화를 보면서 빨대를 빨아댈 것이다.

그런 여자들도 나중에 이른 아침에 출근하는 남편에게 밥상을 차려줄까, 문득 그런 생각을 하기도 한다. 내 나이가 아직 결혼을 생각하기에 너무 이르지만 편의점 작은 공간에 익숙해진 다음, 자꾸 마음이 가라앉는 생각이 들어찬다.

"저기요?"

문 닫기 직전에 오는, 반갑지 않은 손님이 들어왔다.

"네?"

나는 별로 친절하지 않게 대답했다.

"외상으로 충전 안 될까요?"

여자가 티머니 교통카드를 손가락 사이에 끼운 채 눈을 동그랗게 떴다. 나는 여자가 들으라고 일부러 어이없다는 한숨을 크게 내쉬었다.

"안 되는데요."

이번엔 아주 불친절하게 말했다. 지난번 본사에서 내려와 손님을 가장해 내 친절도와 근무 태도를 평가했는데, 그동안 알바생 중에서 최하의 점수를 받았다고, 사장이 말했다.

"사십팔 점. 아무도 그런 점수를 받은 적이 없어."

우리 아버지와 나이가 비슷한 사장은 어이없어 하면서도 나를 자르지는 않았다. 어차피 알바생은 다 비슷하다는 게 사장의 생각인 것 같았다. 몹시 친절하지만 어느 날 갑자기 그만두어서 난처하게 하는 것보다는 불친절하나 그래도 오래 할 것 같아서 그냥 두는 게 아닐까, 하는 생각을 해봤다.

긴 생머리를 늘어뜨리고 카키색 야상 점퍼에 물이 빠진 청바지를 입고 있는 여자는 갈 생각도 없이, 계속 나를 쳐다보고 있었다. 나는 카운터의 금고를 잠갔다. 그리고 미리 챙겨둔 폐기 음식이 담긴 검은 비닐봉투를 들었다.

"저기요?"

여자가 또 불렀다. 내가 먼저, 그만 나가라고 말하려고 했는데, 여자가 먼저 입을 열었다. 뭔가 조짐이 안 좋았다.

"그거요, 나 주면 안 돼요?"

여자는 커피우유와 참치샌드위치와 삼각김밥과 크림빵이 든 검은 봉지를 가리켰다. 유통기한 시간이 이미 넘은 것도 있고, 오늘밤 열두 시를 지나면 버려야 할 나의 식량이었다. 더군다나 집에 가면 나를 기다리고 있는 식구들은 밤참으로 이 야식들을 잘도 먹었다. 유통기한이 지났다는 건 아무 문제도 되지 않았다. 간혹 아무것도 가져가지 못할 때, 식구들은 대놓고 실망감을 드러냈다.

"뭐야, 오늘은 아무것도 없어? 에이, 여태껏 기다렸는데."

뱃살을 걱정하는 엄마는 아예 냉장고에 모셔두었다가 며칠 동안 먹는 눈치였다.

나는 검은 봉지를 집었다.

"이걸 왜 줘요?"

나는 뭔가 대단한 것이라도 되는 것처럼 비닐봉지를 움켜쥐고 소리쳤다.

"어차피 버리는 거 가져가는 거잖아요. 그 대신 나한테 넘기라구요. 배고픈데 아시다시피 돈이 없어서요."

정말 어이가 없었다. 술이나 먹었으면 술주정이라고 하겠지만 겉으로 보기에 멀쩡하게 생긴 여자가 진지하게 얘기하니까 할 말이 없었다.

"차비도 없어서 걸어가야 하니까 천천히 먹으면서 가게요."

나는 그제야 비로소 여자를 천천히 살폈다. 긴 생머리는 정리가 되지 않고 부스스하면서 길이도 일정하지 않은 것 같았다. 화장은 하지 않은 것 같았다. 청바지에 야상 점퍼를 입은 평범한 차림새였다.

"이거 말이에요?"

나는 폐기 음식이 든 검정 비닐봉지를 그 여자의 얼굴 앞에 흔들어대고 물었다. 일부러 좀 창피하게 생각하라는 뜻에서 얼굴 앞에 들이댄 것이다.

"네, 그거 자기 것도 아니잖아요. 어차피 버려야 되는 거 가지고 가는 거잖아요?"

그 여자는 더 당당하게 나왔다. 사람들은 거의 다 빠져나갔는지 조용했다. 시계를 봤다. 막차가 끊겼다. 오늘따라 손님이 많아서 제대로 앉아 있지도 못하고 피곤해 죽겠는데, 난데없는 여자 때문에 걸어가게 생겼다. 짜증이 확 일었다.

"문 닫아야 하니까 나가주세요."

여자는 선선히 문밖으로 나갔다. 나는 전원 스위치를 끄고 하루 종일 모아두었던 쓰레기봉투를 끌어내었다. 쓰레기봉투는 손으로 들 수 없을 만큼 크고 무거워서 나는 늘 버스 정류장 옆까지 질질 끌고 가야 했다. 쓰레기봉투를 끄는데 그 여자가 맞은편에서 밀어준다.

"됐어요."

나는 여자의 속셈을 알 수 없어 퉁명스럽게 말했다. 그래도 여자는 있는 힘을 다해 쓰레기봉투를 밀었다. 나는 이번엔 얼굴을 여자 앞으로 내밀고 짜증스럽다는 표정을 보였다.

그래도 여자 진상은 남자 진상에 비하면 그래도 훨씬 나았다. 지난번엔 술 처먹고 들어와서 주정 부리는 놈 때문에 경찰서까지 갔다가 왔다. 인상이 아주 더럽게 생긴 놈이었는데, 다짜고짜 반말로 담배 라크를 달라고 했다. 라크는 찾는 사람이 별로 없어서 담배 케이스 중에서 맨 뒤쪽에 있었는데, 그날은 하나도 없었다.

"없는데요."

나는 조금 불친절하게 대답했다.

"뭐, 없다고? 너, 내가 들어가서 찾으면 죽는다."

나잇살이나 먹은 놈이 눈을 부라리며 시비를 걸었다. 그러더니 카운터의 물건을 집어던지고 휘젓더니 나가버렸다. 나는 놈을 따라 나갔다.

"아저씨, 저렇게 놓고 가면 어떡해요?"

"뭘 어떡해? 네가 치우면 되지."

그러고는 내 몸을 밀치고 돌아서려고 했다. 나는 그 순간, 도망치려는 놈의 멱살을 잡았다. 놈도 내 멱살을 잡고 실랑이가 벌어졌다. 싸움에는 구경꾼이 모이는 법, 어느덧 사람들이 모여들고 역구내 철도 직원 아저씨가 경찰을 불렀다. 어떻게 알았는지 편의점 사장 아저씨도 왔다.

경찰차를 타고 경찰서로 가서 조사를 받았다. 술을 먹은 진상은 그제야 상황 파악이 되는지 수그러드는 것 같았다. 조서를 꾸미고 다음 날 다시 오라고 했다. 그날 밤, 사장이 술을 사준다고 했다.

"씨씨 카메라에도 찍혔으니까 너는 불리할 거 하나도 없어. 진단서 끊어서 내면 합의금 오백은 받을 거야."

사장은 진단서를 끊으라며 아예 돈 십만 원을 쥐어주었다. 지금은 새벽이니까 내일 병원에 가서 진단서 끊고 경찰서로 가자고 했다. 공돈이 생긴다는 사실에 기분이 좋아졌다. 그런데 목에 걸려 있던 금목걸이가 없어졌다. 동그란 펜던트가 달린 18K 금목걸이였다. 펜던트 안에는 푸른색으로 내 이름의 이니셜이 박혀 있었다. 집으로 돌아오는 길에 잃어버린 목걸이에 새겨진 내 이니셜 K를 생각했다.

하지만 합의금은커녕, 내 돈 이십만 원을 날렸다. 전치 이주 진단서를 끊는 데 삼십만 원이 들었고, 그런 경험이 많은 진상 남자도 허리가 아프다며 진단서를 끊어왔다. 경찰은 쌍방과실로 그냥 서로 없던 걸로 하라고 했다.

대학 입학해 처음 사귄 여자가 해준 목걸이만 날려버렸다. 그 여자와 헤어졌지만 나는 미련처럼 목걸이를 가지고 있었다. 군대 가기 전 마지막으로 목걸이를 돌려준다는 핑계로 여자를 만날 생각이었는데, 그 기회가 사라져버리고 말았다.

"지하철 노선 중에서 푸른색으로 그려진 게 몇 호선인 줄 알아요?"

정말 이상한 여자다. 별거 다 묻는다. 차라리 돈이 얼마 있냐, 어느 학교냐, 여자친구가 있냐, 아니면 하룻밤 재워줄 수 있냐, 이럴 걸 물어야 되지 않나?

"공항철도예요. 그래서 내가 처음 타기 시작했어요. 오늘은 막차 시간을 몰라서……."

"집에 안 가요?"

나는 쓰레기봉투를 질질 끌며 말한다.

"어떻게 가요? 버스도 끊겼는데."

여자는 태연하게 말한다.

전철역으로 나오자, 택시 기사들이 벤치에 앉아서 자판기 커피를 마시고, 담배를 피우며 멍하니 앉아 있다. 길게 줄서 있던 빈 택시들이 손님을 만나 떠나고, 손님을 잡지 못한 택시 몇 대만이 한가롭게 서 있다.

"아가씨, 어디까지 가요?"

한 택시 기사가 여자를 보고 말을 붙인다. 공손하지 않은, 불손한 태도이다.

"택시 안 타요."

여자는 굳이 대답하지 않아도 되는데 대답한다.

"지금 차 다 끊겼는데. 택시비 없어? 그냥 태워줄까?"

택시 기사가 여자에게 수작을 건다. 술을 먹었는지 말끝이 춤을 추듯이 늘어진다.

"나랑 같이 갈 거예요."

나는 택시 기사에게 좀 짜증내듯이 말했다.

"정말요?"

여자가 눈을 동그랗게 뜨고는 팔을 잡는다.

"가요."

나는 택시 기사가 다시는 말 붙이지 못하게 얼른 버스정류장으로 향한다.

바람이 여기저기로 달라붙는다. 시의 경계선인 정류장은 평소에도 한적한 편이지만 지금은 마치 아무도 살지 않는 것처럼 적막하기만 하다. 그래서일까. 옆에 서 있는 처음 보는 여자가 조금은 친근하게 느껴졌다. 쓰레기봉투를 쓰러지지 않게 잘 세워두고 주머니에 손을 넣었다.

나는 걷기 시작했다. 여자는 스마트폰을 들여다보느라 걸음이 느렸다. 짜증이 일었다. 여자를 무시하고 앞서서 가야 하는데, 내 발걸음이 여자에게 맞춰졌다. 오늘밤은 제대로 잠을 자기 틀렸다. 늦은 밤, 잠자리에 들면 언제나 악몽을 꾸었다. 그래서 이 나이에 식은땀을 흘리며 엄마와 아빠가 잠든 방으로 이불을 들고 달려간 적도 있었다.

악몽의 원천은 불안. 엄마는 쉽게 결론 내주었다. 내 스물한 살의 푸르른 영혼이 불안으로 물들어 있다니, 너무 억울했다. 그러니까 빨리 결혼해서 한 이불 속에 잠자는 누군가를 구해야 한다고 했다. 꿈과 희망, 목표. 이런 지겨운 얘기를 듣는 것도 신물 나지만 불안한 영혼이라니, 이건 아들에게 할 소리는 아니다 싶었다.

"공항철도 타고 끝까지 가봤어요?"

여자가 갑자기 앞으로 달려와 물었다. 공항철도의 끝은 외국으로 나가는 국제공항역이었다. 나는 아직 어학연수도 배낭여행도 다녀오지 못한 프롤레타리아 인생이었다.

"왜요?"

아니오, 란 말 대신에 그런 걸 왜 물어보냐고 했다.

"거기는 밤을 보내기에 아주 쾌적하고 안락하고 바쁘거든요."

여자는 많은 밤을 보낸 즐거운 추억이 있는 것처럼 얘기했다.

"화장실 순례도 좋아요. 여자들은 화장실에서 진짜 화장을 하거든요. 대부분 새로 산 화장품이 든 예쁜 파우치를 꺼내놓고 화장을 고치고, 마지막으로 얼굴을 이리저리 돌려보고, 손으로 툭툭 옷을 털고 나가죠. 파우치는 그대로 두고."

여자는 스마트폰으로 뭔가를 툭툭거리며 말했다.

"대부분 여자들은 다시 들어와 파우치를 가지고 나가지만 그렇지 않은 여자도 많죠. 남자가 밖에서 기다리고 있는 여자들은 절대 들어

오지 않아요."

여자는 손가락으로 문자판을 두드리며 말했다.

"남의 물건 슬쩍하는 게 취미인가요?"

나는 폐기 음식이 든 검은 봉지를 흔들며 말했다.

"아니요. 어차피 누군가 가져가는 거 내가 먼저 가져가는 것뿐이에요. 내가 그거 가져다가 다시 팔 것도 아니고. 팔 수 있으면 좋은데. 이상하죠? 왜 화장품은 중고가 없는 거죠?"

난 화장품 따위 관심 없다. 화장품 선물 할 여자친구도 없고, 이제 곧 군대를 가야 한다. 군대 가기 전날, 여자친구와 밤을 보내는 추억 하나 정도 가지고 있으면 좋겠지만 지금으로서는 식구들과 둘러앉아서 프라이드치킨과 양념치킨을 세트로 시켜서 먹고 자다가 엄마와 아빠 옆에서 그 밤을 보내지 않을까 싶었다.

"배고픈데 먹죠."

여자가 정말로 비닐봉지를 확 채갔다. 그러고는 뒤적뒤적 하더니 참치샌드위치와 커피우유를 꺼낸다.

"우리 집은 여기서 너무 먼데……."

여자가 빵을 씹으며 우적대며 말했다.

"있잖아요, 불안은 영혼을 잠식한다……. 아주 오래된 영화 제목인데, 이 말 너무 무섭지 않아요?"

나는 우유를 마시다 사레가 들려서 캑캑댔다. 나는 나의 불안이 무엇 때문인지 모르고, 불안이 두려웠다.

"나는 불안이 전염된다는 게 무서워요. 나는 그냥 우리 부모처럼 겉으론 아무 근심 걱정 없고 평범하고 안락하게 살 거라고 생각했는데, 그게 사실은 쉽지 않은, 어떻게 보면 선택받은 자들이란 걸 어렴풋이 알게 되고, 그렇게 되기 위해 몸부림치는 사람들이 있다는 게……. 나는 그냥 모른 척하며 살고 싶은데……."

가끔 차들이 지나치게 속력을 내며 달려갔다. 나는 여자의 말을 들으며 저렇게 달리다가는 급커브길 바로 옆 전봇대를 들이받으면 차가 뒤집혀서 그대로 죽고 말 것이라고 생각했다.

"처음에 대학 생활은 신났죠. 최고의 수재들이 모인 곳. 공부 잘하고 잘생기고 멋진 남자들에 둘러싸여 공주가 된 것 같기도 하고. 그런데 어느 날부터 균열이 생기는 거예요. 불쑥불쑥 불편한 사람들이 끼어드는 거예요. 내가 쉽고 당연하게 가졌던 거, 그것 때문에 움츠리고 독기를 품고, 어둡고 가라앉은 눈빛을 갖게 된 늙은 소년……."

여자는 다 마신 커피우유갑을 찌그러뜨려서 아주 납작하게 만들었다. 그리고 차도에다가 휙 날려버렸다.

"그런 늙은 소년들은 머리 좋고 성실하고 성격까지 좋은 동기들과의 경쟁을 감내하지 못했어요. 지하 셋방에 사는 엄마는 개천에서 용 났다고 좋아하고 술 마시는 아버지는 이제 고생이 끝났다고 지레 축하주를 마셨죠."

여자가 물었다.

"담배 하나 줄래요?"

　담배를 끊기 위해 일주일에 한 갑만 피우려고 주머니에 넣어두었던 말보로를 꺼내서 한 개비를 여자에게 주었다. 여자는 라이터를 손에 쥔 채 담배를 기다렸다.

　"뉴스에서 봤을 거예요. 그 대학, 오로지 공부만 해야 존재할 수 있는 대학, 신입생부터 취업 전쟁에 뛰어들지 않아도 되지만 거기서 버티는 게 어떤 건지. 나 같은 아이는 오로지 공부만 하면 되지만 늙은 소년은 비로소 존재의 부조리에 대해서, 방황하며 깊은 시름에 빠지고 성적은 곤두박질하고, 부조리한 미래도 결코 달라지지 않는다는 걸 뼈저리게 알아차린 거죠."

　여자는 담배를 깊게 빨았다가 천천히 내뱉었다.

　"그래서 죽었다고 하면, 그건 정당한 건가요? 누구한테?"

　여자의 말이 편안하게 받아들여지지 않았다.

　"알아요. 아무에게도 정당하지 못하고, 나비의 효과처럼 차례차례 누군가를 또 잠식해 들어간다는 거. 재수 없게 내가 첫 번째 바람막이가 된 거예요."

　여자는 연극배우처럼 말했다. 나는 걸음을 멈추었다. 지나가는 차가 클랙슨을 울려댔다. 여자도 그 자리에 섰다.

　"그래서 당신이 그 다음 차례였다면, 내가 두 번째로 재수 없는 사람이 되라는 건가요?"

　나는 갑자기 이 여자에 뭔가 얽히는 느낌이 들어서 불쾌했다.

　"착각하지 말아요. 늙은 소년은 내가 좋아했던 사람이니까요. 서로

의 영혼이 교감되고 상호작용이 있어야 오랜 세월이 흐른 뒤에도 후유
증이 있는 법이니까. 당신과 나는 아무 사이도 아니잖아요. 오늘 처음
만났는데……."

여자의 말이 맞다. 오늘 처음 만난 여자에 대해 나는 아무런 감정이
없다. 그래도 뭔가 배반당한 이 느낌은 무엇인지 모르겠다.

"돈이 없다는 건 거짓말이군요?"

나는 여자를 공격하기 시작했다.

"지금 돈이 없다는 건 맞아요. 돈이 떨어졌어요. 카드도 사용한도가
넘어서요."

여자는 다시 담배를 달라고 했다.

"자기가 제일 하고 싶은 얘기를 할 수 있는 사람이 누군지 아세요?
지금처럼 처음 만나는 사람, 다시는 만나지 않을 사람."

여자는 야상 점퍼의 모자를 뒤집어 쓴 채, 나를 쳐다보지도 않은 채,
말했다.

"그래요, 뭐든지 말해봐요. 다 들어줄게요."

여자의 말에 마음이 편해졌다.

"오늘, 몇 시에 공항철도가 출발하는지 아세요?"

나는 모르겠다고 고개를 흔들었다.

"나랑 같이 첫 공항철도 타보지 않을래요? 사람이 아무도 없어요.
바다 위 대교를 건너갈 때는 기분이 묘해요. 한강 다리는 건너는 시간
이 아주 짧아서 시시한데, 공항철도를 타고 다리 위를 지나는 시간은

인생의 중요한 걸 결정할 수 있을 만큼은 돼요.”

여자는 말을 하고 나서 웃었다. 이상한 여자였다. 하지만 인생의 중요한 걸 결정할 수 있는 시간이 있다는 게 나를 유혹했다.

“너무 춥지 않아요?”

여자가 점퍼 주머니에 넣은 팔로 내 팔을 슬쩍 건드렸다.

“편의점 열쇠 있죠? 들어가 있다가 첫 전철을 타고 다리를 건너 공항으로 가는 거 어때요? 그래 봐야 고작 몇 시간이에요. 컵라면은 내가 살게요.”

여자의 얼굴이 지나가는 차의 불빛에 환하게 비쳐졌다가 다시 사라졌다. 하기는 집으로 가는 길이 버스로 몇 정거장이 되지 않지만 걸어서는 꽤 많은 시간이 걸렸다. 그리고 너무 추웠다. 나는 주머니 속의 열쇠를 만지작거렸다. 그리고 인생의 중요한 걸 결정할 수 있을 만큼의 시간이 있다는 다리를 건너고 싶었다.

“가요.”

나는 뒤를 돌아서 여자에게 편의점 열쇠를 흔들어 보였다.

+ 김경해

푸른 잉크로 부드럽게 써지던 만년필을 잃어버렸다. 그러면서 글에 대한 욕망이 사라지고 글을 쓰지 못했던 시간들이 있었다. 올해의 목표는 원고료를 받아서 푸른 잉크의 만년필을 다시 사고, 오래전부터 뜸을 들인 장편소설과 청소년소설을 완성하고, 뱃살을 빼서 S라인이 드러나는 원피스를 입는 것이다. 목표를 달성하기 위해서 달달한 커피를 끊고, 밤참의 유혹을 물리치기 위해서 일찍 자고 일찍 일어나서 글을 쓰고, 주말에는 꼭 산에 갈 것이다.

버스 안의 아이들

"바보 같은 자식, 넌 루저야."

깐죽거리는 말투였다. 나는 얼른 백미러를 올려다봤다. 버스 좌석 중간쯤에 앉은 제니가 비웃는 표정으로 머리를 뒤로 홱 젖히고 있었다. 갈색 머리카락이 부챗살처럼 퍼지며 어깨 위로 내려앉았다.

"뭐라구?"

머리를 박박 민 스펜서가 제니 뒤에서 낮게 외쳤다. 험악한 분위기였다. 고등학생들 사이의 이런 말다툼은 몸싸움으로 번지기 마련이다.

"너희 둘 다 조용히 해!"

거울을 통해 그 아이들과 눈을 맞추며 나는 큰 소리로 말했다.

"너 실패자라구. 귀까지 먹었니?"

내 말은 아랑곳 않고 제니가 계속 깐죽거렸다.

"너뿐만이 아니야. 네 가족 전부 다 루저야. 네 엄마는 근친상간을 해서 너를 낳은 게 틀림없어. 그러니까 너 같은 바보가 태어났지."

그 순간, 스펜서가 벌떡 일어나 제니의 얼굴을 향해 주먹을 날렸다. 짧게 비명을 지르며 제니가 얼굴을 감쌌다. 나는 운전을 계속할 것인지, 차를 멈추어야 할지, 잠시 망설였다. 제니가 코를 감싸 쥔 채 앞으로 나왔다.

"미세스 한! 이거 안 보여요? 코피 나잖아요. 학교에 당장 보고하세요. 저 녀석 가만둘 거냐구요?"

먹이를 앞에 둔 살쾡이처럼 제니의 표정은 의기양양했다.

아이들이 버스 안에서 말썽을 부리면 나는 가능한 한 학교에 보고하지 않고 내 선에서 해결하려 노력한다. 학교에 알리면 사건의 경중에 따라 일이 주일 정도 학교 버스를 못 타게 하는 벌이 내려지는데 그렇게 되면 학부모가 일을 다니거나 차가 없는 경우 아예 학교에 안 보내기 십상이다. 그렇지 않아도 공부하기 싫어하는 아이들이 학교에 못 가게 되면 집에서 무슨 짓을 할지 뻔하다. 그렇기 때문에 나는 웬만하면 말썽 피우는 아이를 앞자리에 앉힌다거나 말로 협박하는 선에서 마무리를 짓는다. 그러나 지금처럼 학생이 피를 흘리는 경우는 반드시 보고를 해야 하는 게 규칙이다.

제니와 스펜서는 트레일러 파크에 산다. 트레일러는 작은 침실 두어 개와 간단한 부엌, 화장실, 미니 샤워실 등을 갖춘 커다란 자동차다. 보통 삼사십 대 정도가 한군데 정착하여 군락을 이루어 살고 있는데 그곳을 트레일러 파크라고 부른다. 집값보다 훨씬 싼데다 매달 세를 내는 아파트보다 돈이 덜 들기 때문에 비교적 가난한 사람들이 그곳에 산다.

그중에는 마약이나 알코올 중독자, 아니면 정신적으로 문제가 있어 직장을 가질 수 없는 사람들도 많다. 트레일러 옆의 손바닥만 한 땅에 꽃밭을 만들고 앞뒤를 예쁘게 꾸며놓은 집이 있는가 하면, 유리창 커튼이 반쯤 뜯어진 채 몇 달씩 방치된 집도 있다. 아이들의 옷은 언제 빨았는지 모르게 꼬질꼬질하기 일쑤고 어떤 때는 심한 냄새까지 난다. 개가 깔고 앉았는지 코트에 개털이 잔뜩 붙어 있는 경우도 허다하다.

길 하나를 가운데 두고 양쪽으로 트레일러 파크가 있다. 그 두 그룹의 아이들은 서로 앙숙이다. 어떤 때는 버스 안에서 투닥거리다가 버스에서 내리는 순간 엉겨 붙어 주먹질을 하기도 한다. 그렇게 되면 패싸움으로 번지기 십상이고 사이는 점점 더 나빠지게 마련이다.

거기서 별로 멀지 않은 부자 동네 아이들은 고급 코트와 깨끗한 장갑, 따뜻한 머플러 차림으로 신사 숙녀처럼 예의가 바르다. 버스 안에서 말썽부리는 경우도 드물다. 한 번은 초등학교 일학년짜리가 집에서 급히 뛰어나와 차문 앞에 서서 급히 토스트를 입에 구겨 넣는 모습을 보고 웃은 적이 있다.

"미안합니다. 하지만 이 토스트를 마저 먹어야 해요. 아침에 빈속으로 학교 가면 속이 울렁거려서 공부를 못한다고 엄마가 그랬거든요."

버스 안에서 음식을 먹지 못한다는 규칙을 어길 수 없어 추운 데도

밖에 서서 먹는 녀석은 꼭 끌어안아주고 싶도록 귀여웠다. 그러나 아이들을 안아주는 것은 금지되어 있다. 성추행으로 오해받기 쉽기 때문이다. 못되게 구는 학생들이 화를 돋울 때는 두 손을 깔고 앉는다. 나도 모르는 사이에 손이 나가 멱살을 쥐거나 쥐어박기라도 한다면 그 뒷감당을 할 자신이 없어서다.

　미국 중서부의 작은 도시에 사는 나는 올해로 학교 버스를 운전한 지 십오 년이 된다. 한국에서 고등학교도 채 마치지 못한 내가 남편과 이혼한 후 구할 수 있는 직장은 많지 않았다. 초등학교에 다니는 딸을 남에게 맡기면서까지 다닐 만한 직장은 더더욱 없었다. 그러다 이웃집 여자 소개로 학교 버스를 운전하게 되었는데 수입 면으로 넉넉하지 않은 게 흠이지만 나름대로 보람도 있고 배울 점도 많았다. 무엇보다 아이와 같은 시간에 등하교를 할 수 있어서 좋았다.

　딸아이가 열 살이 되어 집에 혼자 있을 수 있게 되자 나는 부족한 생활비를 메우기 위해 한국 식품점에서 파트타임으로 일을 시작했다. 새벽에 집을 나가 학생들을 학교에 데려다주고 나면 오전 열시부터 오후 한시까지 세 시간 동안 식품점에서 일을 한다. 그리고 다시 학교로 가서 아이들을 집에 데려다주고 가게로 돌아오는 시각은 네시 반. 그때부터 또 서너 시간 일을 하는 것이다. 그렇게 다람쥐 챗바퀴 돌듯 바쁘게 움직이다보면 이런저런 생각을 할 틈이 없어 오히려 좋다. 하루 종일 식품점에서 일을 하면 돈은 더 벌겠지만 아이들과 정이 들어 버스 운전을 그만둘 생각은 아직 없다.

큰 도시는 어떤지 몰라도 우리 동네는 학군별로 초등학생부터 고등학생까지 같은 버스를 타고 다닌다. 그러다 보니 형제, 자매는 물론 가정 사정도 어느 정도 알게 된다. 초등학생 때 내 버스를 탔던 아이들을 고등학생이 된 후에 다시 만나는 적도 많다. 반갑다고 인사하는 아이들이 대부분이지만 나쁘게 변한 아이들을 보는 경우도 종종 있다. 눈에 거슬리는 옷차림과 불량한 눈길로 욕을 뱉어내는 걸 보면 그 아이들이 앞으로 어떻게 살아갈지 대충 짐작이 되어 안타까웠다.

작년 봄, 동료 운전사 트리샤는 별일 아닌 듯싶었던 사건으로 일자리를 잃었다. 삼십대 초반의 트리샤는 인생 경험이 적어서인지 말썽 부리는 아이들을 다루는 데 서툴렀고 툭하면 사소한 일까지 일일이 보고하며 신경질을 부렸다.

어느 날, 트리샤의 보고 때문에 이 주일이나 학교까지 걸어다녀야 했던 남학생이 버스에 오르며 트리샤에게 얼굴을 바짝 들이댔다. 그리고 손가락으로 그녀의 목에 칼을 긋는 시늉을 하며 죽여버리겠다고 으르렁댔다. 겁이 난 트리샤는 911에 전화를 걸고 곧장 경찰서로 학교 버스를 몰고 갔다. 버스가 경찰서 앞에 멈추는 순간, 기다리고 있던 경찰들이 현행범 덮치듯 들이닥쳐서 그 남학생을 끌어내어 땅바닥에 엎드리게 하고는 온 몸을 수색했다. 찾고 있던 칼은 학생의 주머니에서도, 땅바닥에 쏟아놓은 가방 속에서도 발견되지 않았다. 트리샤의 목에 난 작은 상처는 남학생의 손톱자국이었다. 버스 안에 있던 아이들은 일제히 일어나 뒤로 팔을 돌린 채 수갑을 차고 끌려가는 남학생의 모습을 바라봤다. 한 달 동안 학교를 쉬었던 트리샤는 그 후에도 학교로 돌아오지 않았다. 학교 버스만 보면 겁이 나서 밤에 잠을 제대로 잘 수가 없다고 했다.

학생들보다 학부모 다루는 일이 더 힘들 때도 있다. 그들은 툭하면 학교로 전화해서 불평을 했다. 운전기사가 커브를 너무 바짝 돌더라, 어찌나 운전을 험하게 하는지 하마터면 우리 개를 칠 뻔했다 등등. 그럴 때 학교 측에서는 거의 언제나 학부모 편을 든다. 지난달에도 작은 사건이 하나 있었다.

초등학생을 집 앞에 내려놓을 때는 반드시 밖에 나와 기다리는 부모나 어른이 있어야 한다. 아니면 집 안에서 내다보고 있는 엄마와 눈을 맞춰야 한다. 어른이 없는 상태에서 그냥 내리게 하는 것은 절대 금지사항 중 하나다. 어른이 보이지 않으면 아이를 그냥 학교로 데려와야 한다.

그런데 어느 날, 트레일러 파크에서 조금 떨어진 고급 주택가에 사는 젊은 엄마가 운전석 쪽으로 오더니 내일부터는 자기 집 현관까지 아이를 데려와서 초인종을 누르라고 요구하는 것이었다. 그렇게 되면 시간이 너무 걸려 다른 아이들을 제시간에 데려다줄 수 없다고 설명하는 도중, 그녀는 내 말을 자르고 안 그럴 시엔 학교에 전화하겠다며 쌩하니 돌아섰다. 학교로 돌아와 책임자에게 그 사실을 보고하자 그는 내 손을 들어주었다. 툭하면 세금을 많이 낸다는 이유로 거리낌 없이 무리한 요구를 하는 사람들에게 그도 심정이 상해 있었는지 모르겠다.

다음날 오후, 그녀는 집 앞에 나와 있지 않았다. 빵빵 혼을 눌렀지만 창으로 내다보지도 않았다. 일부러 그러는 것임에 틀림없었다. 나는 아이를 학교로 데리고 와버렸다. 행여 뒤늦게라도 달려 나와 눈이 마주치게 될까 봐 그쪽으로는 눈길도 주지 않았다. 오랜만에 속이 시원했다.

버스에 오르는 앤디의 털모자에 머리핀이 잔뜩 꽂혀 있었다.

"앤디, 모자에 머리핀을 왜 그렇게 많이 꽂았어? 백 개도 더 되겠는데."

"딱 백 개예요. 우리 엄마랑 세 번이나 세어봤는걸요."

앤디는 쓰고 있던 모자를 훌렁 벗어 내 앞으로 내밀었다.

"오늘이 이학년으로 올라가서 백 번째로 학교 가는 날이거든요. 그래서 선생님이 뭐든 백 개를 가져오라 그랬어요."

"그랬구나. 좋은 생각이네. 찰리야, 너는 뭘 가져갈 건데?"

나는 앤디 뒤로 버스에 오르는 찰리에게 물었다.

"별사탕이요. 그런데 두 개는 내가 조금 전에 먹었어요."

찰리는 기어들어가는 목소리로 말했다.

그러고 보니 유니스는 목에 시리얼 목걸이를 걸고 있었다.

"유니스, 색색가지 시리얼로 목걸이를 만들었구나. 이쁘다. 그런데 그게 백 개는 안 될 것 같네. 너도 몇 개 먹었니?"

"아니요. 여기 팔찌도 있잖아요. 이것까지 합해서 백 개예요."

유니스가 앞으로 팔을 쑥 내미는 바람에 팔찌에서 노란색 시리얼이 부서져버렸다. 유니스는 울상이 되었다.

"괜찮아, 괜찮아. 내가 선생님한테 잘 말씀드려줄게."

유니스를 달래는데 좌르륵 동전 떨어지는 소리가 들렸다. 급히 뛰어오던 마크가 버스에 오르면서 그만 손에 들고 있던 봉지를 놓치는 바람에 그 속에 들었던 일 센트짜리 동전들이 바닥으로 쏟아진 것이다. 동전들이 또르르 여기저기로 굴러갔다. 마크는 의자 밑을 기어 다니며 동전을 줍기 시작했다. 다른 아이들도 일제히 일어나 동전을 주우며 소리를 질러댔다. 그만두고 자리에 앉으라는 말이 아이들 귀에는 전혀 들리지 않는 것 같았다. 이러다가는 학교에 늦을 테지만 어쩔 수 없었다. 할 수 없이 나도 동전 줍는 일에 동참했다. 아이들은 신이 나 한쪽에서는 줍고, 한쪽에서는 주운 동전을 큰 소리로 세기 시작했다. 아흔하나라고 외치는 소리와 아흔셋이라는 소리가 동시에 들렸다. 아이들은 서로 자기가 옳다고 우겨댔다. 나는 얼른 가방을 뒤져 동전 지갑을 꺼냈다. 동전이 다섯 개밖에 없었다. 게다가 동전을 담아 왔던 비닐봉지는 한쪽이 툭 터져 있었다. 나는 마크의 양쪽 주머니에 동전들을 넣어주었다.

"마크야, 너도 내가 선생님께 잘 말씀드려줄 테니까 그냥 학교 가자, 응?"

마크는 행여 주머니에 든 동전이 빠질세라 살살 걸어서 자기 자리로 가 앉았다.

이렇게 정신없이 하루가 시작되었다. 그런데 일이 생기는 날은 한 가지 사건으로 끝나는 경우가 별로 없다. 학교에 도착하려면 아직 십여 분쯤 더 가야 하는 지점이었다. 뒤에서 술렁거리는 소리가 들렸다. 얼른 백미러를 올려다봤다. 휠체어에 앉아 있던 메디슨의 머리가 뒤로 젖혀져 흔들거리고 있었다. 입가에 거품이 묻어 있는 것 같기도 했다. 늘 있는 일이라 면역이 될 때도 됐으련만 이런 일이 벌어지면 여전히 가슴이 벌렁거린다. 나는 얼른 차를 길옆에 세우고 911로 전화를 한 후 학교에 알렸다.

"아무래도 학교에 좀 늦을 것 같아요. 구급차를 불렀거든요. 메디슨이 또 발작을 일으켰어요."

"아, 메디슨……. 그렇지 않아도 미리 얘기를 하려고 했는데 한 발 늦었군요. 앞으로는 메디슨이 발작을 일으켜도 911로 전화하지 마세요."

"그게 무슨 소리예요?"

"그애는 아무래도……. 어쨌든 메디슨의 발작은 이제 더 이상 응급 상황이 아니라 하나의 에피소드일 뿐이니까 그냥 내버려두라구요. 메디슨 부모의 결정이에요."

학교 사무원의 목소리는 매정할 정도로 차분했다.

"그러니까 앞으로 메디슨이 발작을 하면 그냥 두고 보기만 하라는 거예요? 발작을 하다 숨이 막혀 죽거나 말거나 모른 척하라구요? 그걸 지금 말이라고 하는 거예요?"

"글쎄 그게……. 의사도 이제는 손을 더 쓸 수 없다고 해서 내린 결정이라니 나도 할 말이 없네요. 911에는 내가 전화해서 가지 말라고 할게요."

'응급 상황이 아니고 그냥 에피소드일 뿐'이라는 사무원의 말이 귀에 쟁쟁거렸다. 다행히 메디슨은 별 탈 없이 곧 진정이 되었다. 중증 장애인이라 몸을 못 가누는 것은 물론, 밥도 입으로 먹지 못하고 목에 구멍을 뚫어 튜브로 음식을 집어넣는 메디슨이 수시로 발작을 일으키니 오래 살지 못하리라는 건 알지만 그래도 이건 아니지 싶어 화가 났다.

사건은 여기에서 끝나지 않았다. 오후에 아이들을 태우고 학교를 떠나자마자 뒤에서 비명소리가 들렸다. 백미러를 통해 열 살짜리 에이미가 얼굴을 감싸 쥐고 우는 모습이 보였다.

"미세스 한! 제니가 에이미 얼굴을 주먹으로 때렸어요!"

에이미 옆에 앉은 아이가 소리를 질렀다. 에이미와 통로를 사이에 두고 옆 좌석에 앉은 제니는 모른 척 창밖을 내다보고 있었다. 나는 차를 길 옆에 세우고 제니를 앞자리로 불렀다.

"너 왜 그랬니? 에이미는 너보다 한참 어리잖아."

"쪼끄만 게 따박따박 대들잖아요."

"그런다고 때려? 바로 며칠 전에 스펜서한테 얻어맞았다고 그렇게 분해하던 네가 그러면 어떡해?"

나는 운전석 옆에 꽂아둔 클립보드와 펜을 꺼냈다.

"제니 스미스, 너희 집 주소가 어떻게 되더라?"

"나, 우리 집에 안 살아요. 얼마 전부터 위탁 가정집에 살아요."

"왜? 엄마는?"

"우리 엄마 지금 감옥에 있어요."

제니는 아무렇지도 않은 투로 말했다. 오히려 내가 놀라 왜 그렇게 됐느냐고 묻자 여전히 별일 아니라는 듯 주저 없이 대답이 나왔다.

"우리 엄마 창녀거든요. 다른 창녀한테 마약 팔다 걸렸어요."

나는 잠시 할 말을 잃고 차가운 미소를 띤 제니의 얼굴만 바라봤다.

"그런 얼굴로 볼 것 없어요. 어려서부터 위탁 가정집을 하도 여러 군데 다녀서 난 아무렇지도 않다구요."

친구들이 들어도 상관없는지 제니는 하얀 이마를 찡그리며 큰소리로 말했다. 이렇듯 부끄러움조차 없는 듯 말하는 아이에게 어떻게 반응을 해야 할지 난감했다. 제니의 얼굴이 예쁘다는 점도 마음에 걸렸다.

제니와 단짝 친구였던 미셸은 지금 감옥에 있다. 가족 몰래 이웃집 중년 남자와 성관계를 맺으며 돈을 받아왔던 미셸은 어느 날 그 남자 집에 휘발유를 뿌리고 불을 질러버렸다. 다행히 그때 집이 비어 있어 다친 사람은 없었다. 미셸은 방화범으로 체포되어 소년원으로 보내졌다. 왜 그랬는지 확실한 건 모르지만, 미셸이 임신한 상태였던 걸로 미루어보아 그 남자가 헤어지자고 했던 게 아니냐는 말이 돌았다. 미셸처럼 소년원에 수감되는 일은 안 생긴다 할지라도 제니가 고등학교를 졸업할 확률은 그리 많아 보이지 않았다.

미셸보다 더 내 마음을 아프게 하는 건 제이미다. 현재 고등학생인 제이미를 내가 처음 본 것은 유치원 다닐 때였다. 과잉행동증후군이 있는 제이미는 다소 주위가 산만한 경향은 있었지만 늘 웃는 얼굴이었고 친구들을 좋아하는 아이였다. 그런데 아이들은 제이미를 끼워주지 않았다. 옆에 앉으려 하면 밀쳐내기 일쑤였다. 버스 바닥에 주저앉으면서 하하 웃는 제이미가 안쓰러워 아이들을 야단치면 그때뿐, 여전히 제이미는 끼어주지 않는 아이들의 주위를 맴돌았다.

다른 동네 아이들을 픽업하느라 몇 년 동안 제이미를 못 보다가 지난 학기부터 다시 내 버스를 타기 시작한 제이미를 보는 순간, 나는 가슴이 먹먹해졌다. 아이가 완전히 변해 있었던 것이다. 제이미는 두루미처럼 고개를 늘인 채 땅만 보고 걸었다. 얼굴에는 웃음이 사라지고 없었다. 버스에서 내리면 다른 아이들을 피해 서둘러 길을 건넜다. 어느 날, 한 학생이 버스에서 내리며 일부러 제이미의 머리 위로 오렌지 주스 병을 기울였다. 얼굴 위로 흘러내리는 주스를 손으로 닦으며 제이미는 오히려 미안한 듯 멋쩍은 미소를 지을 뿐이었다.

한국 식품점에서 오전 내내 꼬박 서서 김치를 담근 나는 점심도 못 먹은 채 다시 학교로 향했다. 십이월인데도 날이 추워지지는 않고 거의 사흘에 한 번 꼴로 비가 내리더니 오늘도 잔뜩 흐린 게 금방이라도 빗방울이 떨어질 것 같았다. 차에 시동을 걸자 라디오에서 크리스마스 캐럴이 흘러나왔다. 당신이 없으면 블루 크리스마스가 될 거라며 엘비스 프레슬리가 흐느적거리듯 노래를 부르고 있었다. 그렇지 않아도 바깥이 온통 회색이라 기분이 꿀꿀하구만……. 나는 라디오를 꺼버렸다.

학교 주차장 뒤편에 차를 대고 서둘러 버스 옆으로 가던 나는 그만 놀라 멈춰 섰다. 지난가을까지만 해도 휠체어에 앉아 남이 밀어주기만 기다리던 앤지가 양 손에 목발을 집고 내 쪽으로 천천히 걸어오고 있었던 것이다. 그 뒤에는 특수 아동 클래스를 맡은 미스 카이저가 앤지의 휠체어에 앉아 두 손으로 바퀴를 굴리며 따라오고 있었다.

"조금만 더. 조금만 더. 앤지. 아주 잘하고 있다."

미스 카이저는 조정 선수들의 주장처럼 소리를 질러댔다. 비틀비틀 걸어오고 있는 애가 정말 앤지인가 싶어 놀란 채 바라만 보는 내게 미스 카이저가 눈을 찡긋했다. 앤지는 한 발 한 발 힘들게 버스로 다가왔다. 내가 아이를 도와주기 위해 가까이 가자 미스 카이저가 강력하게 저지하는 눈짓을 보냈다.

"옳지. 이제 거의 다 됐다. 앤지. 너는 할 수 있어."

미스 카이저의 독려에 앤지가 입술을 악 물었다. 버스 계단에 목발을 올려놓으며 앤지가 입을 열었다.

"다아 와았다……."

앤지가 말을 하다니. 잘못 들은 건가? 너무 놀라 아이의 입을 쳐다보던 나는 얼른 팔을 뻗어 아이를 받쳐주며 버스에 올라 앞자리에 앉혔다. 앤지는 씨익 웃었다.

미스 카이저의 머리카락은 오른쪽은 빨간색, 왼쪽은 보라색이었다.

코트 밑으로 보이는 양말도 각각 다른 색이었다. 지난봄부터 이 학교에서 가르치는 미스 카이저는 거의 매달 머리 색깔을 바꾸는 것 같다. 처음 학교에 온 날, 그녀의 머리 색깔은 위쪽은 흰색, 아래쪽은 까만색이었다. 나와 눈이 마주치자 그녀는 활짝 웃는 얼굴로 자기 머리를 가리키며 외쳤다.

"스컹크 같죠?"

나이는 삼십대 후반쯤 됐을까, 목소리 크고 씩씩한 그녀가 그 순간부터 마음에 들었다. 그 후로 어느 날은 노란색, 어느 날은 갈색, 눈에 익을 만하면 머리 색깔을 바꾸는데 그것도 왼쪽과 오른쪽을 다른 색으로 염색하기 일쑤였다. 미스 카이저가 특수 아동 클래스를 맡은 후 아이들이 눈에 띄게 변해간다는 소리를 듣기는 했지만 오늘 그 현장을 목격한 나는 입이 딱 벌어졌다.

앤지는 중증 장애아로 말 한마디 못 하고 휠체어에 고개를 숙인 채 앉아만 있던 아이다. 말을 못 하니 아이큐가 어느 정도인지도 알 수 없었다. 그랬던 앤지가 수술을 받을 거라는 말은 들었지만 말까지 할 수 있게 될 줄은 상상도 못했다. 들리는 말에 의하면 미스 카이저가 앤지 엄마와 담판을 지었다고 한다. 어려서부터 병원에 들락거리는 아이가 안타까워 매사에 손발 노릇을 하는 엄마를 못 하게 막았다는 것이다. 교실까지 따라 들어와 시중들던 엄마를 못 들어오게 했으니 엄마는 물론 다른 선생님들도 강력하게 항의했지만 그녀는 들은 척도 하지 않았다.

"뭐 해요? 나 안 태울 거예요?"

그제야 정신이 든 나는 얼른 휠체어 들어 올리는 버튼을 눌렀다. 천천히 올라오던 휠체어가 버스 안으로 들어오자 미스 카이저는 짝짝이 양말 신은 발을 앞으로 쭉 뻗으며 벌떡 일어났다. 그리고 앉아 있는 앤지의 코트를 여며주며 말했다.

"나는 이 아이들이 너무 사랑스러워요. 이 담에 혹시 내가 아이를 못 낳으면 이런 아이들을 입양해서 키우고 싶어요. 대학 졸업하고 처음 맡은 아이들이 청각 장애아 여덟 명이었는데 그 아이들은 천사였어요."

미스 카이저 같은 사람이 있는 한 블루 크리스마스를 걱정할 필요는 없을 것 같다. 오늘은 비 대신 눈이 내릴 것 같은 기분이 들었다.

+ 이경숙

미국에서 산 지 삼십 년이 넘었다. 그래도 아들이 감옥에 있다거나 딸이 카페에서 춤추는 직업을 갖고 있다는 말을 서슴없이 하는 사람들을 보면 여전히 적응이 안 된다. 우리 같으면 남이 알세라 쉬쉬 할 얘기를 처음 보는 사람 앞에서 아무렇지도 않게 하는 사람들. 우리보다 솔직해서일까, 아니면 문화 차이인 걸까. 그러다 문득, 이것이 어쩌면 치유의 한 방법일지도 모르겠다는 생각이 들었다. 차가운 웃음을 띤 채 엄마가 창녀라고 말하던 제니도 어떻게든 조금이라도 치유가 되면 좋으련만. 너무 일찍 맞은 세찬 비바람에 이미 돌이킬 수 없이 꺾여버린 건 아닌지……

팝콘

어둠 속에서 아기 울음소리가 들린다. 작은 손전등이 켜진다. 허공을 가르는 불빛. 아기가 자지러지게 운다. 불빛이 빠르게 움직이며 방 안을 헤매는가 싶더니 우유병에 고정된다. 큼지막한 손이 그것을 낚아채서 아기의 입에 물려준다. 울음소리가 그친다. 손전등이 꺼지고 조용해진다. 곧이어 다른 아기가 칭얼댄다. 다시 손전등이 켜진다. 여기저기 찾아보지만 우유병은 없다. 불빛이 아기 침대를 비춘다. 우유병을 물고 편안하게 잠들어 있는 아기. 그 밑으로 또다른 아기가 울고 있다. 잠든 아기가 물고 있던 우유병을 빼앗아 우는 아기의 입에 물려주는 손. 우유병을 뺏긴 아기도 잠에서 깨어 울기 시작하자 울음소리는 이중창이 된다.

형광등이 켜지고 방 안의 풍경이 드러난다. 방 가운데에 이층으로 아기 침대가 놓여 있는 원룸 형태의 공간이다. 한쪽에는 종이기저귀랑 분유통이 쌓여 있고 아기 용품들이 널려 있다. 다른 쪽은 여러 권의 두꺼운 원서들이 불규칙하게 세워져 있고 이불이 바닥에 아무렇게나 구겨져 있다. 그가 비몽사몽인 채로 우유병 하나를 위층 아기에게 주었다가 아래층 아기에게 주었다가를 반복한다. 더 크게 우는 아기들. 아무래도 이건 아닌 것 같다. 코를 쿵쿵거리다가 아래층의 아기 엉덩이를 들추어본다. 질펀하게 똥을 싸놓았다. 뒤돌아보니 그녀의 자리가 비어 있다. 벌써 학교에 간 건가?

화장실 문을 열어본다. 그녀가 변기 위에 앉아 시험 공부 삼매경에 빠져 있다.

"참 대단하다. 어떻게 이 난리통에도 공부가 되냐?"

똥 기저귀를 쓰레기봉투에 담으며 그가 말한다. 그녀가 귀마개를 빼내며 묻는다.

"뭐라고?"

가방을 들고 나서는 그녀를 졸졸 따라 나오며 그가 볼멘소리를 한다.

"나 혼자 두고 또 도망가기냐?"

"네가 장학금 받을래? 자신 있음 내가 남고."

그가 대답을 못한다. 아무래도 그에게 장학금은 무리다.

"우리 쌍둥이, 아빠 말씀 잘 듣고 있어야 해."

천진하게 자기 발가락을 잡고 놀던 쌍둥이가 그녀를 보고 벙긋 웃는다. 그가 뒤돌아서며 한숨을 쉰다.

그녀가 높게 펼쳐진 도서관 계단을 힘차게 올라간다. 도서관은 쥐 죽은 듯이 조용하다. 밤을 꼬박 새운 몇몇은 아직도 책을 보고 있고 몇몇은 책상에 엎어져서 자고 있다. 빈자리를 찾아 앉은 그녀가 책상 위에 노트를 펼친다. 우등생의 노트답게 반듯한 필체로 일목요연하게 정리되어 있다.

집에 남은 그도 밥상 위에 노트를 펼쳐놓고 공부를 하고 있다. 그의 노트는 그녀의 것과는 비교가 안 될 정도로 너절하다. 밥 한술 먹다가 노트를 보고, 또 한술 먹고 노트를 본다. 보행기를 탄 쌍둥이가 그와 눈을 맞추며 해해거린다. 그도 똑같이 해해거린다. 그럭저럭 밥 한 공기를 다 비우고 트림까지 하고 나서 이번엔 청소를 하려는 모양이다. 앞치마를 두르며 열의를 다진다. 청소기의 모터 소리가 들리는가 싶더니 초고속으로 방을 치우고 쌍둥이에게 분유를 타서 먹이고 설거지까지 끝낸다. 그가 만족한 얼굴로 말끔해진 방안을 둘러본다.

쌍둥이를 멜빵에 메서 앞으로 안고 뒤로 업고, 오른손엔 책가방, 왼손엔 기저귀 가방을 들고 그가 집을 나선다. 건물의 맨 아래층에 유아방이 있다. 초인종을 누르자 유아방 여자가 문을 연다.

"죄송합니다, 선생님. 시험이 있는 날이라 좀 빨리 왔어요."

유아방 여자가 선뜻 아기를 받아 안지 않고 뚱한 얼굴로 쳐다본다. 그가 수다스러워진다.

"요 녀석들, 깨끗이 목욕시켰고요. 우유도 빵빵하게 먹였습니다. 하루 종일 얌전히, 아주 얌전히 있겠다고 저랑 약속도 했고요."

유아방 여자가 마지못해 쌍둥이를 받아든다. 매번 이러면 곤란하다는 표정이다.

조교가 시험지를 나눠준다. 문제를 보자마자 학생들이 인상을 구기며 탄식한다. 맨 앞줄에 앉아 있는 그가 답을 못 쓰고 낑낑대는 반면, 서너 번째 뒤에 앉은 그녀는 잘도 써나간다. 시험이 거의 끝나갈 무렵, 그녀를 포함한 몇 명이 제일 먼저 답지를 들고 일어난다. 그는 점점 초조해진다. 그녀가 답지를 제출하기 위해 앞으로 걸어 나간다. 그가 채우지 못한 답지를 옆으로 밀어놓고 통로에 길게 다리를 뻗는다. 그녀가 그의 다리를 뛰어 넘어 지나가버린다. 소리 없이 그가 무너진다.

그와 그녀가 마주 앉아 있다. 뭔가 심각한 분위기다. 쌍둥이는 잠들어 있다.

"의사고시가 겨우 한 달 남았어. 쌍둥이를 어떻게 할 거야?"

"우리끼리 해내기로 했잖아. 난 쌍둥이를 돌보는 게 의사고시보다 중요한 문제라고 생각해."

두 사람의 기싸움이 팽팽하다. 그녀가 볼멘소리를 한다.

"너랑 나 그리고 쌍둥이한테 의사고시보다 더 중요한 게 어딨냐?"

어린 부모의 논쟁 소리를 들은 것일까. 쌍둥이가 잠에서 깨어나 칭얼댄다. 두 사람, 감정은 상해 있지만 할 일은 하는 스타일이다. 그가 쌍둥이를 달래는 사이 그녀가 익숙하게 분유를 탄다. 그런데 분유통이 거의 비어 있다. 끝까지 닥닥 긁는 소리를 내며 그녀가 말한다.

"지금 우리 쌍둥이에게 가장 절실한 건 능력 있는 부모야. 분유 값조

차 달랑달랑하는 가난한 부모 말고."

그가 충격을 받는다.

다음날도 그 다음날도 비슷한 일상이 반복된다. 그녀가 어스름한 새벽 기운 속에 높은 도서관 계단을 오르는 시간, 그는 앞치마를 두르고 쌍둥이를 목욕시키고 청소를 한다.

"선생님 말씀 잘 듣고 얌전히 지내야 해."

그가 쌍둥이의 볼에 입을 맞추고 유아방의 초인종을 누른다. 기다렸다는 듯이 얼굴을 내미는 유아방 여자의 표정이 단호하다.

"오늘도 죄송……."

그가 말을 꺼내려는데 여자가 먼저 치고 나온다.

"보육비가 두 달이나 밀렸어요."

"다음달에 같이 계산해서 드릴게요."

얼렁뚱땅 쌍둥이를 안으로 들이미는 그를 유아방 여자가 밀어낸다. 이번엔 단단히 벼른 모양이다.

"학생네 딱한 사정은 알지만, 나도 생활이 있잖아요."

유아방 문이 천천히 닫힌다.

도서관을 둘러보는데 그가 보이지 않는다. 휴대전화를 만지작거리며 그녀가 갈등한다. 시간이 돼도 학교에 나타나지 않는 그가 걱정이 돼서 전화를 걸고 싶은 것이다. 버튼을 누르려다 황급히 마음을 바꾸는 그녀. 지그시 입술을 깨물며 다시 책장을 넘긴다.

유아방에서 거절당하고 집에 돌아온 그는 아예 학교에 가는 것을 포기하고 쌍둥이나 돌볼 생각이다. 펑퍼짐하게 눌러앉아 쌍둥이에게 이유식을 먹인다. 잘도 받아먹는 쌍둥이. 근심 어린 그의 표정이 쌍둥이를 보고 있으면 환해진다. 휴대전화가 울린다.

"지금까지 잤지? 구제불능이다, 정말."

그녀의 째지는 목소리가 쏟아진다.

"쌍둥이 간식 시간이다. 그만 전화 끊어라."

그는 화를 내기도 힘겹다는 투다.

"유아방에 못 맡겼어? 보육비 좀 밀렸다고 안 받아준대?"

"그런 거 아니야. 쌍둥이가 아빠랑 떨어지기 싫다고 해서 그냥 집에 있는 거야."

"시험은 어쩌려고?"

"너나 잘해. 난 집에서 공부해도 되니까."

통화하는 잠시 사이에 쌍둥이가 그의 노트에 이유식을 엎어버렸다. 그가 소리도 내지 못하고 표정으로만 비명을 지른다. 얼른 싱크대로 들고 가서 물에 씻어내리고 수건으로 눌러 물기를 뺀다. 잉크가 번져 노트가 아예 보지 못하게 되었다.

"애는 자기가 볼 테니까 너는 공부만 하라고 했단 말이지? 이우연, 생각보다 신사네."

그녀가 친구 미리와 함께 학교 식당에서 저녁을 먹고 있다.

"신사는 무슨. 자기가 돈 벌 자신이 없으니까 나보고 벌어 오라는 거지."

"너 현실을 몰라도 너무 모르는구나. 솔직히 우리같이 잘난 여자들은 우리보다 잘난 남자 만나는 거 현실적으로 어렵거든. 마담뚜들 사이에 이런 말이 있대. 여자 의사한테는 남자 의사가 최고의 신랑감이지만 남자 의사한테는 여의사가 최악의 신붓감이라는."

"아무리…….."

그녀가 피식 웃는다.

"한국 남자들, 원래 자기보다 똑똑한 여자 싫어하는 경향이 있잖아. 솔직히 이우연 정도면 괜찮은 남자야. 성적은 별로지만, 너를 지극정성으로 챙겨주는데다 귀여운 구석도 있고."

그녀가 고개를 갸우뚱하며 생각에 잠긴다.

의사고시 시험일이다. 어둑해진 길을 따라 사람들이 시험장을 걸어 나온다. 시험을 마친 환호성이나 들뜬 분위기도 없이 다들 무거운 발걸음이다. 올해는 문제가 유독 어려웠다. 응원하러 나온 후배들도 선배들 눈치만 보다가 그냥 꾸벅 인사만 하고 만다.

그녀가 심각한 표정으로 시험장을 걸어 나온다. 후배들을 보는 둥 마는 둥 하고 그대로 지나쳐버린다. 그녀의 뒤를 열심히 따라가는 그. 비교적 한적한 곳에 이르자 그녀의 어깨에 팔을 두른다.

"수석 못하면 어떠냐. 부담 갖지 마라."

그녀가 멈춰 서더니 씩 웃는다.

"너 19번하고 35번 문제 풀었어?"

"어? 어어, 풀었어."

그가 어물거린다.

"쉽지는 않았을 거다. 그 문젠 수석과 차석을 가려내려는 문제였거든."

그가 기가 죽어 묻는다.

"너는 풀었니?"

"나야 뭐 완벽하게 정답을 써냈지."

그녀와 미리, 그와 정현, 네 사람이 나이트클럽에 모였다. 의사고시를 끝낸 기념으로 마음껏 즐기려는 것이다.

"마셔, 마셔. 오늘은 마시다가 죽어도 좋다."

잔을 부딪치고 소리 지르고 미친 사람들처럼 들떠 있다. 무대에 오른 네 사람이 마구잡이로 몸을 흔들어댄다. 어느 순간 음악이 질척하게 바뀐다. 정현이 재빨리 그녀의 손을 이끈다. 미리와 그는 테이블로 돌아와 술을 마신다. 정현과 그녀가 제법 진하게 춤을 추고 있다.

"어어, 저것들이……."

그가 바짝 달라붙어 춤을 추는 두 사람을 흘겨본다.

"술이나 마시자니까."

미리가 그의 시선을 가로막으며 술을 따라준다. 그러나 그의 시선은 불안하게 그녀의 뒤만 쫓는다. 더 바짝 그녀를 끌어안는 정현. 그녀는 정현의 목에 팔을 두르고 몸을 밀착시키고 있다. 웬만큼 취기가 오른 탓인지 눈도 게슴츠레 풀려 있다.

미리의 만류를 뿌리치고 그가 무대로 뛰어나간다.

"체인징 파트너, 체인징 파트너."

두 사람 사이를 파고들며 그가 애교를 떤다.

"싫어, 인마."

정현이 그를 밀쳐내고 그녀를 더 바짝 끌어안는다. 화를 꾹 참으며 그가 말한다.

"현명이 취했거든. 집에 데려다줘야겠다."

이번엔 그녀가 그를 제치고 정현에게 엉긴다.

"집에 안 가. 한참 분위기 좋은데."

그가 홧김에 힘껏 두 사람을 밀쳐버린다. 그러나 어떻게 된 일인지 저쪽 벽까지 밀려나 쿵 하고 얼굴을 박아버린 사람은 바로 그다. 코를 움켜쥐고 그가 나뒹군다.

그녀는 의자에 쓰러져 잠들어 있고, 그는 코에 커다란 휴지 뭉치를 끼우고 정현과 어깨동무를 하고 있다.

"현명이한테 손대지 마라. 너 죽고 나 죽는다."

그가 혀 꼬부라진 소리로 협박한다.

"웃기네. 네가 뭔데?"

정현이 비웃는다.

"여기 떠야겠다. 누가 현명이 업을래?"

두 남자가 동시에 손을 번쩍 든다.

"나."

"어림없어, 인마."

팔차로 넓은 도로에 라이트를 켠 차들이 줄지어 달린다. 그 옆 좁은 인도로 그녀를 업은 그가 힘겹게 걷고 있다. 겉옷을 그녀에게 걸쳐주고 티셔츠 차림이다. 코에는 큼지막한 휴지 뭉치가 박혀 있다.

"무겁지?"

등 뒤에서 그녀가 묻는다.

"아니, 하나도 안 무거워."

기우뚱거리면서도 그녀를 소중하게 다루는 그다.

신입 인턴들이 줄지어 서 있다. 의사 가운을 입고 가슴에 이름표를 단 그녀가 맨 앞줄에 서 있다. 그 뒤에 미리의 모습도 보인다. 뒷짐을 진 주치의가 일장연설을 한다. 처음엔 부드럽게 시작한다.

"앞으로 일 년 동안 여러분의 교육을 담당하게 될 주치의 노방주입니다. 독사라는 별명으로 더 유명하죠."

인턴들이 히죽거린다.

"우리 병원에서 가장 윗사람은 환잡니다. 첫째도 환자, 둘째도 환자, 셋째도 환자! 나나 여러분을 포함한 병원의 모든 시스템은 환자를 위해서 존재한다고 보면 됩니다."

점점 인턴들의 표정이 숙연해진다.

"그럼 환자 밑에는 누가 있을까요? 바로 교수님이죠. 그 교수님 밑에는 전임이 있고, 전임 밑에는 치프가 있습니다. 그리고 그 치프 밑에는 삼년차, 이년차, 주치의가 있고, 주치의 밑에 바로 여러분, 인턴이 있는 겁니다."

신입 인턴들이 고개를 끄덕이는 동안 주치의가 잠시 뜸을 들인다.

"그럼, 인턴 밑에는 누가 있을까요?"

주치의가 그녀를 지목한다.

"오현명 선생이 말해봐요. 전국 수석한 수재라던데."

그녀가 간신히 어물거린다.

"간호사 아닐까요?"

푸하하하, 주치의가 거침없이 웃어버린다. 그녀의 얼굴이 빨개진다. 주치의의 눈빛이 매섭게 빛난다.

"잘 들어요, 오현명 선생. 인턴 밑에는 오로지 시멘트 바닥밖에 없습니다. 그래서 인턴을 발턴이라고도 하죠. 무조건 발로 뛰어야 하는 발턴 말입니다……. 앞으로 여러분은 가장 낮은 곳에서 가장 궂은일을 도맡아 해야 할 사람이란 걸 명심하시기 바랍니다."

주치의의 일갈에 신입 인턴들의 표정이 얼어붙는다.

비상구 계단에 앉아 그녀와 미리가 꾸역꾸역 샌드위치를 먹고 있다.

"아침은 먹었냐?"

"몰라, 기억 안 나."

샌드위치를 급하게 먹었는지 그녀가 캑캑거린다.

"우리, 의사인 거는 맞냐? 부려먹더라도 최소한 끼니는 챙겨 먹이면서 부려먹어야 하는 거 아니냐고."

두 여자가 먹으면서 말하고 말하면서 먹으며 꾸벅꾸벅 졸기까지 한다.

"우리 매트리스에 몸 도장 찍어본 게 언제냐?"

"이틀 전인가, 사흘 전인가 세 시간 잔 게 전부야."

그가 쌍둥이를 안고 병원 식당에서 그녀를 기다리고 있다. 문을 열고 들어오는 그녀의 모습에 반가워하며 그가 일어선다.

"곧 가봐야 해."

마주 앉자마자 그녀가 말한다.

"아무리 바빠도 밥은 먹을 거 아니냐."

"그럴 시간 없다니까. 잘 있었어, 우리 쌍둥이?"

그녀가 쌍둥이를 보고 활짝 웃는다.

"한번 안아주지그래."

"내 입장 알잖아."

그가 쌍둥이를 그녀에게 넘겨주려는데 그녀는 주위 사람들의 눈치를 먼저 살핀다.

그가 이런저런 식료품이 든 봉투를 들고 집에 들어선다. 못 보던 벙거지를 쓰고 있다. 보행기를 타고 놀던 쌍둥이가 모자에 관심을 보인다. 짜자자잔, 그가 모자를 벗자 쌍둥이의 눈이 놀라 동그래진다. 민둥머리다.

"아빠가 말야, 올해엔 꼭 의사고시에 합격해야겠거든. 니들이 도와주는 거다. 알겠지?"

쌍둥이가 까르르 웃는다.

늦은 밤까지 공부하다가 고개를 들어보니 쌍둥이가 자기들끼리 놀다가 아무데나 쓰러져 잠들어 있다. 아래를 만져보면 기저귀가 척척하다.

"쌌으면 쌌다고 해야지. 그냥 자면 어떻게 해? 감기 들면 어쩌려고."

쌍둥이가 안쓰러워 그가 혼잣말을 한다.

달력에 빗금 쳐지는 날짜들. 두 계절이 훌쩍 지나갔다. 그녀는 여전히 바쁘다. 어떤 날은 주치의에게 무자비하게 혼나면서 쩔쩔매고, 어떤 날은 수술한 소년에게 소변관을 끼우다 실수하여 소변을 얼굴에 뒤집어쓰기도 한다. 그러면서 그녀는 점점 일에 익숙해지고 있다.

쌍둥이도 제법 컸다. 집 안을 난장판으로 만들지만 자기들끼리 잘 놀고 있다. 그는 결연한 자세로 시험 준비 중이다.

"그만 자자, 애들아."

쌍둥이를 하나씩 침대에 눕히는데 몸에 미열이 있다.

"열이 좀 있네."

그가 쌍둥이에게 차례로 뽀뽀해주고 일어서는데 자신의 몸도 으슬으슬 한기가 인다. 그가 일어서서 벽에 붙은 보일러 온도를 높인다. 창밖을 보니 눈이 내리고 있다. 그녀에게 문자를 날린다.

그녀의 휴대전화에 문자 메시지 창이 깜박인다.

— 추워. 감기 조심

빙긋 웃는 그녀. 답장을 날린다.

— 오늘은 집에 갈 수 있을 것 같아

그가 그녀의 메시지를 보고 좋아한다.

— 정말이야?

— 응. 미리가 대신 당직 서주기로 했어

— 쌍둥이가 열이 좀 있어. 감기 들려나 봐

— 약 가지고 갈게, 기다려

그가 그녀의 베개를 짓누르듯 끌어안으며 마구 키스해댄다.

새벽이 되어도 그녀는 오지 않는다. 추운 듯해서 살펴보니 보일러 표시등에 '연료 보충'이라는 빨간 표시등이 깜박인다. 밖에는 요란한 바람 소리와 함께 눈이 오고 있다. 하필 이런 날씨에 기름이 떨어지다니. 서랍에서 남은 돈을 꺼내 세어보지만 얼마 되지 않는다. 그가 주유소에 전화한다.

"죄송한데요. 기름 좀 배달해주세요. ……눈이 많이 와서 미끄럽다는 건 저도 아는데요. 어린애들이 있어서요."

전화를 마친 그가 쌍둥이의 이마를 짚어보고는 이내 걱정스러운 표정이 된다.

응급실이 응급환자들로 넘쳐나고 있다. 건장한 남자들이 줄줄이 깨지고 칼에 찔려 들어오는데, 상태가 심각한 사람도 여럿이나 된다. 흰 가운에 핏방울을 묻힌 채 그녀가 심폐소생술을 실시한다. 처치실 문밖에는 비장한 얼굴로 무릎을 꿇고 있는 청년 둘이 있다. 그들도 여기저기 터져 있기는 마찬가지다. 그들 뒤에 서 있던 험악해 보이는 남자가 그녀를 가리키며 소리친다.

"과장 없어? 어째서 우리 형님한테 쪼끄만 여자애 하나만 달랑 붙여 놓는 거야, 엉?"

그러거나 말거나 그녀는 치료에만 열중하고 있다. 주치의가 달려와 남자를 상대한다.

"보호자께서는 상황을 이해하셔야 합니다. 여기 오실 때 이미 숨이 멎은 상태였고 칼이 너무 깊숙이 박혀서……."

남자가 주치의의 멱살을 잡고 흔든다.

"이 자식이 왜 이렇게 이유가 많아? 무조건 살려내라니까. 우리 형님이 누군 줄이나 알어, 니들?"

파김치가 되어 그녀가 숙소에 들어온다. 머리는 흐트러졌고 다리가 후들거린다. 나 몰라라 하고 그냥 침대에 드러눕고 싶지만 그럴 수는 없다. 그녀가 피로 얼룩진 가운을 벗어 세탁물 바구니에 던져 넣더니 깨끗한 새 가운으로 갈아입고 다시 밖으로 나간다.

집에는 열이 나는 쌍둥이가 칭얼거리고 있다. 하나를 안고 달래면 또다른 한 놈이 칭얼댄다. 그가 물수건으로 열심히 열을 식혀보지만 역부족이다.

"엄마가 약 가지고 온댔는데 왜 이렇게 안 오냐."

현관문을 열어보면, 아직도 어둡고 눈보라가 휘몰아친다. 얼른 문을 닫는다. 혼자서 쌍둥이를 데리고 병원에 갈 엄두가 나지 않는다. 그녀에게 전화를 건다. 신호가 가지만 받지 않는다.

"제발 받아라. 제발······."

세탁물 바구니 속에 던져진 그녀의 가운 주머니에서 전화 소리가 울린다. 그러나 방엔 아무도 없고 그녀는 아직도 응급실에 있다. 지쳐서 얼굴이 아예 까맣다. 차례차례 시트가 덮이는 조폭들의 얼굴. 시계를 보니 새벽 여섯시다.

앰뷸런스 한 대가 응급실에 들어온다. 그가 쌍둥이를 데리고 온 것이다. 쌍둥이에게 산소마스크가 씌워지고 그가 안절부절 못하며 불안해한다.

"급성 폐렴인 줄도 모르다니. 나 같은 놈은 의사 될 자격도 없어."

그가 자책한다. 선배 의사가 위로한다.

"의대 나왔다고 다 의사 아니거든. 특히 소아과는 자기 애 하나쯤 키워봐야 진정한 소아과 의사가 된다고 하더라."

그녀가 달려온다. 두 사람은 어색한 분위기 속에서 서로의 시선을 피한다. 그러다가 쌍둥이를 사이에 두고 서로 티격태격 말싸움을 벌인다. 그녀가 일갈한다.

"어떻게 이 지경이 되도록 애들을 방치할 수가 있어?"

"방치했다고?"

그가 그녀를 밀치며 분노한다.

"약 가지고 온다면서 안 온 게 누군데 그래?"

어두컴컴한 공원 벤치에 그가 등을 구부리고 모로 누워 있다. 그의 발밑에서 소주병이 아래로 굴러 떨어진다. 울고 있는 모양이다. 그의 어깨가 들썩인다.

미리와 그녀가 아이 하나씩을 맡아 얼음주머니로 열을 식히고 있다.

"연우 열이 안 떨어져. 해열제 주사한 지 삼십 분이 지났는데. 현우는 어때?"

"마찬가지야."

"일단 열부터 잡고 보자."

그녀가 연우를 벌거벗겨서 안고 욕실로 데려간다. 샤워기의 물소리와 함께 자지러지는 아기의 울음소리가 들린다. 미리도 현우를 데리고 욕실로 들어간다.

그가 갈지자로 거리를 걷고 있다. 멈춰 서서 여기가 어딘지 주위를 둘러본다. 희미하게 시야에 들어오는 지하철역 출입구.

"쌍둥아, 기다려라, 아빠가 간다."

손에 꼭 쥐고 있던 종이봉투를 무엇에 걸려 넘어지면서 놓친다. 봉투 속에는 앙증맞은 신발 두 켤레가 들어 있다. 비틀거리며 일어난 그가 봉투를 챙겨들고 지하철역 입구로 걷는다.

체온계를 겨드랑이에서 빼내 눈금을 읽는 그녀가 환하게 웃는다. 미리도 체온계의 눈금을 보고 환하게 웃는다.

"이제 됐어. 고비는 넘긴 거야."

쌍둥이의 숨소리가 한층 편안하게 들린다.

"그런데 우연이는 어디 갔니?"

그때 그녀의 휴대전화가 울린다.

"여보세요? 뭐라고요?"

얼굴에 피가 범벅이 된 그가 역무원과 실랑이를 벌이고 있다. 들고 있던 종이봉투에도 피가 묻어 있다. 그가 역무원을 협박한다.

"내가 여기서 팍 죽어버리면 니들이 책임질래, 엉?"

"손님, 참으세요. 시퍼렇게 젊은 분이 죽기는 왜 죽습니까?"

역무원이 쩔쩔맨다.

"그러니까 보내달라고. 보내주면 안 죽을게."

그가 얼렁뚱땅 빠져나가려는데 역무원이 뒤에서 허리를 잡고 늘어진다.

"역에서 손님이 죽으면 우리가 얼마나 곤란해지는지 아세요?"

그가 발버둥을 친다.

"놔. 놓으란 말야. 안 죽을게 제발 놔줘."

막 그곳에 도착한 그녀가 그 장면을 본다. 기가 막힌다는 표정이다. 그녀를 발견한 그의 얼굴에 화색이 돈다.

"에스컬레이터에서 굴러 떨어지셨습니다. 순식간이어서 어떻게 손 쓸 틈도 없었습니다."

그녀가 그의 상처를 들여다본다. 여기저기 깨지고 퉁퉁 부어 있다. 그런 얼굴로 그가 애교를 떤다.

"집에 가자, 자기야. 나 안 아파. 하나도 안 아프다니까."

병원 복도에 새로 들어온 인턴들이 부동자세로 줄을 서 있다. 그 속에 그가 있다. 잠시 후 그녀가 나타난다. 그가 어깨를 쫙 펴며 그녀에게 윙크한다. 거만한 자세로 그를 지나치는 그녀. 뒷짐을 진 채 인턴들 사이를 오가는데 그 구두 소리만으로도 살벌한 위엄이 느껴진다.

"환자 밑에는 교수님이 있고, 교수님 밑에는 전임이 있습니다. 그리고 전임 밑에 치프가 있고 치프 밑엔 삼 년차, 이 년차, 주치의가 있죠. 그 주치의 밑에 바로 여러분, 인턴이 있습니다."

그녀가 잠시 뜸을 들인다.

"그럼 인턴 밑엔 누가 있나요?"

고개를 갸우뚱할 뿐 아무도 대답하지 못한다. 그녀가 그를 지목한다.

"나이가 제일 많은 이우연 선생이 대답해보세요."

그가 확신에 찬 목소리로 말한다.

"간호삽니다."

"나 참. 간호사한테 뺨 맞기 딱 좋은 소리네요."

줄 서 있던 신입 인턴들이 키득거린다. 모욕감으로 그의 얼굴이 벌게진다.

"잘 기억해둬요, 이우연 선생. 인턴 밑에는 시멘트 바닥밖에 없습니다. 인턴이야말로 가장 낮은 곳에서 가장 궂은일을 도맡아야 할 사람이란 뜻입니다. 변비 환자의 똥을 파내는 것은 물론, 화농 환자의 고름을 짜내고, 오줌을 뒤집어쓰고, 토사물을 치우는 일도 모두 여러분, 인턴이 해야 하는 일입니다."

신입 인턴들의 표정이 점점 굳어진다.

"알아들었어요?"

"네에."

풀이 죽은 목소리다. 그녀가 거칠게 몰아붙인다.

"목소리가 그게 뭡니까? 다들 죽도 못 얻어 먹었어요?"

"아닙니다!"

이번엔 제법 크다.

"큰 소리로 세 번 복창하세요. 인턴 밑엔 시멘트 바닥이다!"

"인턴 밑엔 시멘트 바닥이다! 인턴 밑엔 시멘트 바닥이다!"

"더 크게!"

신입인턴들, 목이 터져라 외쳐댄다.

"인턴 밑엔 시멘트 바닥이다! 인턴 밑엔 시멘트 바닥이다! 인턴 밑엔 시멘트 바닥이다!"

그 소리를 들으며 당당하게 뒤돌아서는 그녀의 입가에 의미심장한 미소가 피어오른다.

+ 한수경

사랑은 내 안에 타인을 들이는 것. 이상하기도 하다. 내 안의 공간은 생각보다 넓지 않아서 나를 버린 만큼, 꼭 그만큼만 사랑으로 채울 수 있다는 사실. 이번 작품은 '어쩌다가 임신' 과정을 거쳐 쌍둥이의 부모가 되었지만 젊음도, 꿈도, 사랑도, 그 어느 것도 포기할 마음이 없는 초보 부부의 전쟁을 그렸다. 작품 하나를 내놓을 때마다 좋든 싫든 성장통을 앓아야 하는 게 작가의 운명인가 보다.

/

푸른, 그 새벽

딱, 한 달 남았다.

그 새벽, 푸르스름한 기운을 뚫고 달렸던 한적한 거리가 신희의 머리를 맴돌고 있다. 최고 속력으로 달려 어딘지 모를 거기에 닿고 싶었다. 그로부터 일 년 오 개월이 지났다. 잊고 싶은 마음과 잊기 싫은 마음, 체념과 안간힘의 이율배반, 두 마음이 종일 다툰다. 신희는 시도 때도 없이 두근거리는, 오랜만이어서 몹시 낯선 감정을 일단 인정하기로 했다.

퇴근 무렵 교정지를 갖고 갔다가 편집장 진지식이 저녁이나 함께 하자고 해 따라나섰던 그날, 그 푸른 새벽이 시작되었다. 진지식은 드라마 작가가 되겠다며 출판사를 그만둔 신희를 볼 때면 방구석에 처박혀서 잘도 글이 나오겠다고 퉁바리를 주곤 했다. 거기에서 끝나지 않고 자신이 이끌고 있는 책을 준비하는 사람들의 모임, 즉 '책준사'에 신희를 가입시키고 가끔 불러내 사람들과 어울리게 했다.

그날 저녁 예비회원 두 사람과 첫 대면이 있었다. 남자는 고위 공무원이고 여자는 스타일리스트였다. 진지식은 그들에게 신희를 드라마 작가로 소개했다. 공모전에서 계속 미끄러진 신희는 작가라는 호칭에 얼굴이 붉어졌다. 스타일리시한 그녀는 처음 만났다는 공무원과 신희를 마치 오랜 친구 대하듯 했다. 웃다가 남의 무릎을 치기도 하고, 갑자기 팔짱을 끼기도 했다.

진지식은 슬쩍 그녀가 '돌싱'이라고 일러주었다. 신희는 돌싱을 '내숭 안 떨어도 시비 걸 사람 없는 그룹'으로 분류해놓았다. 내숭을 너무 떨어도, 내숭을 너무 안 떨어도 눈총 받는 노처녀들보다 그들이 훨씬 편할 터였다.

"사정나이트 어때요? 사정호텔 지하, 거기 요즘 자리가 없다던데……."

스타일리스트는 자신의 제안에 대한 대답은 필요없다는 듯 빨리 가자고 재촉했다.

밴드가 생음악을 가열차게 연주하는 가운데 사람들이 몸을 흔들고 있었다. 누군가 위에서 조종이라도 하듯 한 뭉치의 희뿌연 덩어리가 규칙적으로 출렁였다. 합류하면 표류할 것 같은 불온한 기운이 감돌았다. 더 생각할 겨를도 없이 스타일리스트의 재촉에 모두들 플로어로 나갔다. 서울 인구가 많은 만큼 노처녀들도 많구나, 라며 휘휘 둘러보던 신희는 곧 쓴웃음을 지었다. 그녀들이 대개 유부녀라는 사실에 현실 감각이 무뎌졌다는 자책이 일었다.

"유부녀들이 이 밤에 여기 온 건 원나잇 탐색일 테고, 그 자극에서 돌싱 예고편이 시작되는 거거든. 하긴 돌싱이 신나게 흔들다가 짝 만나 늦둥이 하나씩 낳으면 출산율 높아지고 좋지 뭐."

자리로 돌아와 맥주를 쭉 들이키던 진지식이 스타일리스트의 말을 거들었다.

"그러니까 저 여인들이 우리나라 출산율을 책임질 귀한 분들? 정국장님, 출산율 높일 분들 입장료는 나라에서 책임져야 하는 거 아닙니까?"

정국장도 무상이어야 더 많이 흔들러 오겠죠? 그래야 무상급식 먹을 애들이 많이 나올 테고, 라며 장단 맞췄다. 신희는 유부남이 나이트 가는 건 당연하게 여겼으면서 유부녀는 안 된다는 의식을 갖고 있었네요, 라고 말하려 했으나 끼어들 포인트를 찾지 못했다.

신희는 스타일리스트를 보며 좀더 분발해야겠다는 각오를 다졌다. 그래야 드라마든 결혼이든 진전이 있을 것 같았다. 일단 일행을 따라 부지런히 플로어를 들락거렸다. 진지식과 블루스도 한 번 췄는데, 그는 내내 다른 남자들과 밀착하고 있는 여자들을 훔쳐보느라 바빴다.

어차피 누구의 짝도 아닌 이들은 서로를 탐색하느라 분주했다. 훤칠한 데다 멀끔한 진지식을 훔쳐보는 여자들이 많았다.

적극성을 발휘하려 했으나 눅눅한 날 가라앉은 머리카락처럼 신희는 이내 축 처졌다. 소음과 속도에 적응하기 힘들었다. 하지만 마흔을 앞둔 노처녀의 부적응증이 '조신한 척'으로 매도될 것 같아 보조를 맞추려고 애썼다.

자리에 돌아오니 붉게 달아오른 정국장이 가방을 챙기고 있었다. 여러 여자와 몸을 부벼서인지 아쉬운 기색 없이 일어섰다. 공무원과 수위 높은 모습을 연출한 스타일리스트는 어디선가 걸려온 전화를 받고는 희색이 만면해져서 달려 나갔다. 진지식만 보이지 않았다. 이제 그만 가고 싶었다. 귀가 먹먹한 데다 체력도 달리고, 무엇보다 즐겁지가 않았다. 가방을 챙기려는데 진지식이 남자 둘을 데리고 왔다.

"김작가 인사해. 저쪽에서 춤추고 있더라고. 우리 책준사 회원들인데 지난 모임 때 안 나와서 못 봤지? 이쪽은 성형외과 박민우 원장이고 이쪽은 우리나라 최고 기업 경영기획실의 최재덕 부장."

TV에 자주 나와 얼굴이 익은 박민우와 악수를 끝내자 최재덕이 신희를 확 잡아당겼다. 신희가 깜짝 놀라자 춤추자구요, 라며 싱긋거렸다. 취기가 약간 오른 남자의 자신감이 뱃속 맥주 거품처럼 부푼 듯했다. 신희는 앞으로 계속 만나야 할 책준사 회원의 손을 뿌리치지 못했다. 최재덕은 눈을 찡긋거리며 열심히 몸을 흔들었다.

─터치 바이 터치 유 아 마이 올 타임 러버 스킨 투 스킨

조이의 노래가 나오자 최재덕이 음악에 맞춰 신희의 어깨와 허리를 마구 터치했다. 신희는 대놓고 놀란 표정을 짓지 않기 위해 안간힘을 썼다. 노처녀의 나이트클럽 가이드라인이 어느 선까지인지 가늠하기 힘들었다. 일단 스타일리스트처럼 대범한 태도가 어울릴 것 같았지만 몸에 쉽게 익지 않았다.

음악이 〈라붐〉 주제곡 〈리얼리티〉로 바뀌자 온몸이 녹녹해지는 느낌이었다. 최재덕이 끌어당겼을 때 소피 마르소라도 된 듯 눈이 스르르 감겼다. 목에 팔을 두르는 것까지는 따라하지 못했지만. 음악에 빠져, 피로에 지쳐, 남자의 체취에 취해 아득해질 무렵 손이 바지 속으로 쑥 들어와 엉덩이를 슬쩍 만지고는 빠져나갔다. 너무 놀라 주춤하는 사이 뺨을 한 대 올려 부칠 타이밍이 지났다는 걸 깨달았다. 몇 잔 마신 맥주 때문에 생각도 행동도 반 박자 늦어지고 있는 게 문제였다. 신희는 조금 전의 일이 잘 실감나지 않았다. 있을 수도, 있어서도 안 되는 일이 마구 피어오르는 공간이라는 건 어쩔 수 없이 인정한다지만. 최재덕은 신분과 체면 따위는 다 제쳐두고 술과 음악과 춤에 기대 한껏 호기를 부렸다. 복잡한 신희를 최재덕이 익살스러운 표정으로 훑어봤다. 동물적 촉수만 살아 꿈틀대는 곳에서 정색하고 따져봐야 뭐 하나, 망설이는 사이 최재덕이 다시 밀착해왔다. 확 밀쳐낼 것인가, 그냥 덮고 갈 것인가 고민할 틈도 없이 이번에는 위를 공략당했다. 잽싸게 들어온 손이 신희의 가슴을 꽉 쥐었다. 그제야 신희는 최재덕을 확 밀쳐 냈다. 먼저 뺨을 때렸어야 하는데, 또 타이밍을 놓쳤다.

피하는 게 상책이라는 결론을 내리고 가방을 챙기려는데 새로운 남자가 등장했다. 자리를 잘못 찾은 줄 알고 두리번거리는 신희에게 남자가 앉으라고 손짓했다. 탄탄한 근육이 드러나는 티셔츠 차림의 짧은 머리, 종일 의자에 앉아 일하는 이들과 다른 부류로 보여 차라리 안심되었다.

"박민우 원장하고 저쪽에 있었어요. 잠시 전화 받고 오는 바람에…….진지식 편집장과 같이 왔다는 작가님 맞죠?"

신희는 긍정도 부정도 못하고 약간 고개를 흔드는 시늉만 했다. 이 애매한 신분을 확실히 안착시키려면 빨리 당선되어 작품을 내놓는 수밖에 없다.

"드라마 쓰려면 세상 풍파를 겪어봐야 할 텐데……. 나야 뭐 대하드라마감이지만 말입니다."

풍파를 겪지 않아 글이 나오기 힘든, 능력 없는 작가 지망생이라는 말로 들려 공연히 위축되었다. 출판사 그만두고 삼 년 동안 공모에 낙방할 때마다 겪은 풍파가 크건만. 이래저래 세상살이가 힘에 부친다는 생각에 마음이 무거워졌다. 신희는 빨리 화제가 바뀌길 기대했다. 헬스 트레이너일까? 아니면 체육대학 교수? 운동팀 감독? 신희가 박민우 원장 친구인 짧은 머리 근육남의 직업을 가늠해보고 있을 때 새로운 여자가 다가왔다.

"언니, 우리 오빠들하고 합석해도 되죠?"

허락을 구하는 '돼요'와 통보하는 듯한 '되죠'의 미묘한 차이, 교정

볼 때마다 고쳐주는 단어이다. 아까부터 우리 자리를 넘본 모양이다. 너한테 '오빠들'에 대한 소유권이 없다는 걸 잘 안다는 듯 여자는 당당했고, 신희는 자신도 모르게 고개를 끄덕였다. 자리로 돌아온 세 남자는 새로운 여자들의 잔에 맥주를 따르며 싱글거렸다. 최재덕이 조금 전 일은 잊은 듯 다짜고짜 한 여자의 어깨를 감싸며 흐흐 웃음을 흘렸다. 차라리 잊고 외면해주는 게 고마울 거 같았다. 새로운 남자만 덤덤한 표정이었다. 지금 돌아가면 앞으로 책준사 모임에 못 나갈 거 같아 신희는 꺼림칙하지만 엉거주춤 앉았다. 풀리지 않는 드라마를 해결하려면 풍파를 겪어야 한다고 합리화했지만 짧은 머리 때문인지도 모른다는 생각이 슬쩍 들었다.

한시를 넘어서자 플로어가 조금 한산해졌다. 남녀 비율이 여전히 비슷한 걸 보니 짝을 맞춰 슬슬 사라진 것 같았다. 블루스 타임이 되자 엉겁결에 신희는 짧은 머리와 짝이 되었다. 지방을 푹신하게 두른 진지식이나 최재덕과는 다르게 단단한 근육이 감지되었다. 뇌 저편 어디에선가 생각보다 먼저 감각이 찌징 발동해 온몸을 빠르게 휘감았다. 여자 쳐다보기에 바쁜 진지식과 어떻게든 밀착하려던 최재덕과는 다른, 품격 있는 스텝이었다. 한 번의 블루스 타임이 끝난 뒤 노래방으로 자리를 옮긴다고 할 때 신희의 마음에 아쉬움조차 일었다.

조명이 밝은 곳으로 오자 여자들이 좀 쑥스러워했지만 노래가 시작되자 이내 어색함은 사라졌다. 최재덕은 발라드만 나오면 여자를 끌어안고 춤을 췄다. 밝아서인지 더듬지는 않고 최대한 몸을 밀착했다. 애초에 합석을 요구한 여자의 팔이 진지식을 휘감았고, 진지식은 그 손길을 은근히 즐기는 듯했다. 짧은 머리는 방음 유리벽 안에 갇혀 있기라도 한 듯 덤덤한 표정을 고수했다. 박민우가 보이지 않았지만 아무도 신경 쓰지 않았다.

진지식과 합석녀는 계속 노래를 하고, 최재덕은 요란한 장식을 한 사십대와 밀착해서 춤을 추느라 정신이 없었다. 신희 옆에 우두커니 앉아 있는 여자는 부르르 떠는 스마트폰만 만지작거렸다.

"받으세요."

신희의 말에 그녀는 무심한 목소리로 남편이에요, 저 오늘 처음 나왔어요, 남편이 바람피워 배신감에, 이상하게 생각하지 마세요, 라고 했다. 신희는 전 일 때문에 나왔다가, 저분과 같이 일해요, 라며 진지식을 가리켰다. 신희는 다시 만날 사이가 아니어도 변명이나마 주고받는 게 인생에 대한 예의야, 라고 읊조렸다. 예의 따위야 이미 초저녁에 사라져버렸지만.

"저기 두 분도 결혼하셨나요?"

신희의 물음에 그녀는 그렇긴 한데, 저 친구는 별거 중이에요, 라고 했다. 노래하는 진지식에게 흡착판을 들이댄 문어 여인.

신희는 배신당한 주인을 대신해 쉴 새 없이 부르르 떨어대는 스마트폰을 보다가 문득 주머니를 뒤졌다. 저녁 아홉시경 사정나이트에 들어간 뒤로 휴대전화를 한 번도 안 만졌으니 문자든 부재중전화든 떴을 것 같았다. 주머니와 가방을 다 뒤져도 휴대전화는 나오지 않았다.

"아, 어떡해. 핸드폰 잃어버렸나봐. 나이트에서 떨어뜨린 거 같은
데……."

최재덕은 못 들은 척했고, 진지식은 노래책을 뒤적이며 잘 찾아보
라고만 했다. 새벽이 가까워오는 시각, 쾌락의 물결은 남자들의 기사
도 정신을 다 밀어내버렸다. 포기하려는데 짧은 머리가 일어서면서 말
했다.

"찾으러 갑시다. 나이트 청소 끝나면 바로 문 닫을 텐데."

진지식에게 차 열쇠를 받은 짧은 머리가 앞장섰다. 신희의 가슴이
생각났다는 듯 툭 떨어졌다. 최근 몇 년 간 남자로부터 배려를 못 받아
서인지 반응 속도가 늦는 듯했다. 남자가 선뜻 나서준다는 건 어떤 의
미일까, 어쨌든 배려는 따뜻하고 오묘했다.

멀지 않은 사정나이트로 가는 동안 남자는 굉장히 밀리는 덴데 한
적하니 좋네요, 곧 날이 밝겠지요, 라고 했다. 몇 살이냐, 결혼했냐, 따
위를 묻지 않는 남자는 드물건만. 비슷한 질문을 하고 웃음 포인트도
똑같은, 파리하고 지루한 남자들과 다르다는 것만으로도 그는 기억에
남을 것 같았다.

나이트클럽이 평일 성당만큼 조용하다는 게 신기했다. 적막이 내려
앉은 그곳에서 사람들이 청소를 하고 있었다. 욕망과 욕정이 터질듯
부풀어 올랐던 공간에서 허리를 굽히고 말없이 움직이는 이들의 모습
이 비실재적으로 느껴졌다.

짧은 머리는 일행이 앉았던 자리를 샅샅이 뒤진 뒤 웨이터를 불러 휴대전화 못 봤느냐며 확인까지 했다. 결국 휴대전화를 못 찾고 다시 차를 탔지만 조금도 아쉽지 않았다. 곧 스마트폰으로 바꿀 계획인데다, 고물 휴대전화에 남아 있는 번호로 연결할 인연도 없으니.

어느 틈엔가 까만 하늘이 서서히 바래면서 푸른빛으로 옮겨가고 있었다. 푸른 새벽, 그대로 마구 달리면 기암절벽 아래 푸른 물이 넘실대는 그런 곳이 나타날 것만 같았다.

이대로 어디론가 가고 싶어요, 신희는 영화 주인공처럼 말할 뻔했다. 그때 짧은 머리가 입을 열었다.

"이대로 쭉 달리고 싶군요."

신희는 너무 놀라 그의 옆얼굴을 바라봤다. 짧은 머리는 어쩐지 결연한 눈빛이었다. 신희는 기어이 말하고 말았다.

"저도 같은 생각을 했는데…… 푸른 새벽에 어디론가 떠나고 싶다는……."

모르는 남자와 함께, 라는 말은 뺐다. 진심으로 신희는 떠나고 싶었다. 그러면 막막한 드라마도 풀리고 꽉 막힌 삶에 가라앉은 먼지도 날아가버릴 것만 같았다. 충동적인 사랑, 기꺼이 맞아들이고 싶었다. 푸른 새벽이라는 특정한 공간의 부추김에 기대어.

"그러면 대하드라마가 재미있게 진행될 텐데 말이죠. 작가님한테 좋은 소재를 제공할 때가 있겠죠."

신희는 순간, 얼굴이 화끈했다. 남자는 그냥 드라마 작가한테 어울리는 농담을 했을 뿐인데, 진심으로 달아올랐으니.

"노래방에 다 왔네요."

현실 속 남자의 목소리에 아쉬움이 묻어나는 듯했다. 내리려는 신희에게 남자가 휴대전화를 쥐어주었다. 여기 떨어져 있네요, 라며. 신희가 고맙다는 말을 하기도 전에 남자는 차에서 내렸다. 이십사시간 카페에 앉아 있는 사람들이 보였다. 커피 한잔 하실래요, 라고 말할까 망설이는데 이미 남자는 엘리베이터 버튼을 누르고 있었다.

짧은 머리는 소파에 몸을 묻고 눈을 감았다. 무표정 속에서 복잡함이 꿈틀대는 것 같았다. 신희는 눈 감은 그를 훔쳐보면서, 뭔지 모를 아릿함과 허전함에 마음이 스산했다.

박민우가 얼굴에 솜털이 보송보송한 늘씬한 여성과 노래하는 중이었다.

— 널 붙잡을게 픽션 인 픽션 놓지 않을게 픽션 인 픽션

박민우는 바지에 손을 넣고 비스트 춤을 따라하면서 열심히 랩을 했다. 비교적 빠르지 않은 랩인데도 몇 소절 빼먹고 대충 이어 붙였다. 구하라와 비슷해 보이는 여자 옆에서 땀 흘리는 박민우는 안쓰럽게도 래퍼 용준형의 아버지나 삼촌뻘로 보였다. 진지식이 이번에도 친절하게 '애인'이라고 일러주었다. TV에 고정 출연하는 지킬 박사의 삶은 고달플 게 틀림없었다. 밤이면 마누라 눈길 피해 새파란 애인과 발맞추려고 랩까지 외워야 하는 하이드씨로 살아야 하니.

― 다시 한 번 더 말하지만 지금 너는 내 옆에 있다고 그렇게 믿고 있어 난

하이드 씨의 노래에 이십대 생머리가 작은 소리로 읊조렸다.

― 하지만 픽션

가사가 두 사람의 마음을 대변하는지 어쩐지 다들 관심이 없었다. 신희는 자신에게 호락호락하지 않은 픽션과 논픽션을 동시에 곱씹어 봤다. 드라마든 남자든 자신에게 곁을 주지 않는 그 고고하고 고단한 물결을. 어쨌든 자신이 단조롭다는 것, 신희는 단순하고 맥 빠진 원인을 떠올렸다. 슬쩍 짧은 머리의 얼굴을 봤다. 그에게 어떤 스토리가 담겨 있는 것일까.

그러고 보니 최재덕도, 같이 춤추던 여자도, 보이지 않았다. 최재덕은 원나잇스탠드에 성공해 하룻밤에 여러 가지를 달성한 것 같았다.

짧은 머리는 한 차례도 노래를 부르지 않았다. 신희에게도 노래를 시키는 사람이 없었다. 사람들은 밤이 깊을수록 자신에게 점점 더 집중하게 되니까. 박민우는 젊은 애인과 알 수 없는 노래를 계속 부르고, 진지식과 문어 여인은 지치지도 않고 춤을 추었다. 남편에게 배신감 느껴 일탈한 여자만 외롭게 앉아 있었다.

몸도 마음도 의자 아래로 녹아내릴 것처럼 피곤했다. 이미 시계는 여섯시를 향하고 있었다.

"진편집장님, 이제 그만 가요. 너무 늦었어요. 아니, 너무 빠른가? 아침이 다 되어가니 말입니다."

신희의 말에 그제야 다들 일어섰다.

"최부장 어디 갔어? 어설프게 잠자리에 들면 새벽 골프 모임에 못 간다고 해서 같이 밤새운 건데, 혼자 내뺀 거야?"

박민우의 푸념에 진지식도 툴툴거리며 일어섰다.

다같이 노래방을 나선 것 같은데 아무도 보이지 않았다. 박민우는 젊은 애인과 노래방에 남았는지도 모른다. 스마트폰만 만지작거리던 배신녀도, 진지식에게 내내 밀착하고 있던 문어 여인도, 사라지고 없었다. 짧은 머리는 어디로 간 걸까. 신희는 고맙다는 말과 잘 가라는 인사를 못 한 게 못내 아쉬웠다. 진지식의 차가 주차타워에서 내려오자 어디서 나타났는지 문어 여인이 다가왔다.

"그만 가세요. 너무 늦었잖아요. 아니, 너무 빠른가?"

신희의 말을 듣는 둥 마는 둥 그녀는 진지식만 바라봤다. 이번에는 눈길로 진지식을 빨아 당길 태세였다. 신희는 조수석에 올라타면서 일부러 문을 쾅 닫았다. 진지식도 아쉬워하는 눈치였지만 신희는 모르는 체했다.

차가 대로로 나설 때 짧은 머리가 골목으로 들어가는 게 보였다. 넓은 등판이 어쩐지 조붓해 보였다. 내려줘요, 라는 말을 신희는 힘들게 삼켰다. 뒤를 돌아보는데 대로까지 따라 나온 문어 여인이 멀어지는 차를 바라보고 있었다.

신희는 짧은 머리에 대해 묻고 싶은 걸 억지로 누르고 있다가 결국 말을 꺼냈다.

"아까 그 아저씨, 너무 고마웠어요. 핸드폰 찾으러 같이 가주셔서. 근데 돌아오는 길에 차에서 찾았어요. 뭐 하시는 분이에요?"

진지식은 풋, 하고 웃더니 왜 관심 있어? 라고 했다. 신희는 잠자코 있었다.

"신희씨 글 쓰는 데 도움 줄 수 있는 남자쯤? 나도 자세히는 모르는데 오늘 오전 경찰서에 자진출두할 건가 봐. 한 삼 년 맞으려나. 잘하면 이 년, 재수 좋으면 일 년 육 개월. 얼마 전 뉴스에 나왔잖아. 조폭들 패싸움한 거. 그 사람이 조직의 넘버 투인데, 주요 임무는 보스 대신 감방 가는 거, 아마 이번이 세 번째쯤 될 거야. 그쪽 조직은 그래도 신사적인 편이래. 사업도 깨끗하게 하고. 그래 봤자 불법이지만 그쪽 사람들 치고는 그렇다는 거지. 근데 다른 쪽이 계속 시비를 걸어와 감방 갈 일이 생긴다나 봐. 박원장 병원 건물 지을 때 찌질한 놈들이 방해해 도움을 요청했다가 알게 됐대. 저런 남자, 괜히 멋지잖아. 우리가 봐도 그래. 자기들끼리는 잔인하다고 하더라구. 그래서 속으면 안 돼."

또 뇌 저쪽에서 찌징, 이상한 기운에 떠올랐다. 뭔가 다른 분위기라고 생각했지만, 설마 조폭일 줄이야. 그냥 멍한 기분이었다. 나야 뭐 대하드라마감이지만 말입니다, 작가님한테 좋은 소재를 제공할 때가 있겠죠, 그의 말이 이명처럼 웅웅 울렸다.

"아직 독신이라지 아마? 좋아하는 여자가 많다는데 마음고생 시키기 싫다나봐. 저 사람들의 최대 약점은 빠져나오기 힘들다는 거지. 신희 씨가 마음에 들었나? 선뜻 핸드폰 찾아주겠다고 나섰잖아.”

자신에게만 집중하게 되는 시공간에서 외면하지 않은 건 확실했다. 더 이상의 의미를 부여하는 건, 자신없었다.

“옥바라지 하면서 드라마 한번 써봐. 창작은 관념으로 안 돼. 체험이 중요하거든.”

진지식은 킬킬 웃으며 아직도 한산한 도로에서 속도를 올렸다. 신희는 순간 팟 하고 떠오르는 게 있었다. 애초에 사정나이트에서 노래방으로 올 때 신희는 뒷자리에 앉았었다. 그런데 짧은 머리는 앞자리에서 휴대전화를 찾았다며 건네줬다.

‘남자가 주차타워에서 내려온 차의 뒷자리를 살펴봤고, 그때 이미 휴대전화를 발견하고도 나랑 함께하기 위해 나이트까지 간 거야.’

그 남자가 자신에게 사인을 보낸 게 확실하다는 생각이 들었다. 함께 떠나 자신의 대하드라마를 들려주고 싶었던 걸까. 하늘이 말갛게 밝아오고 있었다.

그 순간 진지식의 전화가 울렸다. 신희는 자신도 모르게 귀를 쫑긋 세웠다. 어쩌면 짧은 머리인지도 모른다는 생각에.

“네, 다음에요. 오늘은 가야 해요. 차 못 돌려요.”

문어여인이 아직도 대로변에서 진지식을 빨아 당기는 중이었다.

“그 여자한테 전화번호 알려줬군요. 책준사를 ‘위독남’으로 바꾸심이 어떨지. 위장독신남클럽.”

“아, 뭐 마음이야 언제나 싱글이지. 번호 안 알려줬다가 여자가 자존

심 상해 콱 죽어버리면 어떡해."

신희는 진지식의 핑계를 들으며, 짧은 머리를 생각했다. 감옥에 가는 그에게 과연 누가 손가락질 할 수 있을 것인가. 다들 지능적으로 일탈을 만들어내고 있는데. 신희는 눈을 감았다. 그와 함께 어디론가 달리고 싶던, 조금 전 그 파란 하늘이 덮치듯 펼쳐졌다.

신희는 그 후 책준사 모임에 나가지 않았다. 최재덕은 바로 다음날 신희에게 전화해 잘 들어갔느냐고 물었다. 일류 기업 경영기획실 부장의 목소리는 혹시 어젯밤 일이 문제 되지나 않을까, 탐색하느라 바짝 긴장해 있었다. 책준사에 나가지 않은 건 최재덕도 껄끄럽지만, 박민우를 보면 젊은 애인 앞에서 용쓰던 모습이 떠올라 쓴웃음이 나올 것 같아서였다. 그날 이후 출판사에 가면 담당자만 만나고 바로 돌아왔다. 진지식과 맞닥뜨리면 문어 여인과의 칙칙한 사랑을 확인하게 될 듯하여.

신희는 작가연수원에도 부지런히 나가고 스터디 그룹에도 열심히 참여했지만 제대로 된 작품을 쓰지 못했다. 그 푸른 새벽에 대해 쓰고 싶었으나, 차마 시작할 수 없었다. 감사도 못했는데, 그 일을 작품에 이용한다는 게 어쩐지 도리가 아닌 듯했다. 사실은 그 얘기를 시작하려면 그를 만나야 할 것 같아서였다. 무엇보다도 결심하지 못하는 자신이 비겁하게 느껴졌다.

솔직하게 감정을 표현한 그날 밤 그들을, 자신은 결코 탓할 자격이 없다는 걸 인정했다. 그리고 고맙다는 말은 그가 감옥 안에 있을 때 전해야 유효하다는 생각이 신희의 머리를 맴돌았다.

짧은 머리가 일 년 육 개월을 선고받은 날로부터 세지 않으려 했으나 기억에서 떠나지 않았다. 푸른 기운이 도는 새벽이면 저절로 눈이 떠졌다. 깜깜할 때 깨어 점차 색깔이 옅어지는 하늘을 하염없이 바라보기도 했다. 그리고 그날 그 푸른 빛깔에 이르면 눈을 감고 그와 함께 달리는 상상을 했다.

딱, 한 달 남았다.

+ 이근미

특별히 애착 가는 것도 없고, 심각하게 머리 쥐어짜며 고민할 일도 없이, 핑글핑글 대충 살았다. 갑자기, 인생에 대해 깊이 생각하게 되었다. 절친한 친구가 그토록 붙잡고 싶어 한 삶의 끈이 본인의 의지와 상관없이 툭 끊어지는 걸 목격하고부터이다. 새삼 삶을 재정비하는 중이다. 인간의 결심이라는 게, 참 허술해서 문제다. 받은 달란트를 두 배로 남기려면 은혜가 덧입혀져야 한다. 열심을 지속해야 빛을 발할 수 있음을 늘 곱씹는다. 자유의지를 남용하며 사는 삶이 만연해 있다. 많은 열매를 맺어, 제자임을 보여주고, 영광 돌리고 싶은 것, 그게 재정비하는 내 삶의 모토다.

섬

당신은 지금 흰 천을 물들이려 한다. 땅에 묻어놓은 커다란 항아리에 염색물이 가득 담겨 있다. 천을 염색물에 담그자 금방 어린 잎사귀 빛깔로 변한다. 당신의 손도 쪽빛에 물들어 푸르다. 세 번 물들인 어린 잎사귀 빛깔의 천이 빨랫줄에서 너울너울 춤을 춘다. 당신은 물감이 똑똑 떨어지는 천의 구김살을 펴고 있다. 평행선처럼 길게 그어진 두 개의 빨랫줄이 당신과 나를 갈라놓는 경계선 같다. 빨랫줄 아래 보이는 조그만 발이 비밀의 문을 여는 암시 같아서 나는 천 아래의 발만 안타깝게 바라본다. 깊은 바다를 닮은 쪽빛 천에 얼굴을 묻고 싶다.

바다가 깊을수록 쪽빛이 짙은 것처럼 염색물에 두 번 담근 천과 세 번 담근 천의 빛깔이 확연히 다르다. 물을 들여서 햇볕에 말리고, 다시 염색물에 담그는 번거로운 과정을 여러 번 반복하고 나서야 비로소 고운 색상이 나온다던 당신의 말이 귓가에 맴돈다. 온종일 황토를 거르거나 메리골드, 쪽, 잇꽃 등의 꽃을 따고, 삶고, 물을 들이며 하루를 보내는 당신. 천연 염색을 하는 과정이, 지난한 역경을 겪으며 깊어지고 넓어지는 인간사와 같다고 했던가.

당신은 염색물에서 꺼낸 천을 들고 옥상으로 올라간다. 빳빳하게 마른 천을 걷고 거기에 세 번 물들인 천을 널어놓는다. 마른 천을 안고 내려오던 당신이 헛발을 딛고 허공을 난다. 바람에 흩날리던 쪽빛 물결. 당신은 천을 감고 가파른 계단을 구른다. 당신의 몸을 감은 쪽빛 천에 붉은 얼룩이 진다.

엄마, 엄마!

당신을 안는다. 어처구니없도록 쉽게 부서진 당신. 지금 당신은 부서진 쪽배에 몸을 싣고 바닷속으로 한없이 가라앉는다. 나는 어찌할 바를 모른 채, 서둘러 당신의 배에 발을 올린다. 쪽배의 밑바닥에 물이끼가 파랗게 끼어 있다. 배가 바다 밑바닥에 닿자 흙먼지 같은 앙금이 자욱하게 인다. 배에서 먼저 내린 당신이 내 손을 잡아준다. 해파리나 참돔, 상어가 쪽배로 몰려온다. 호기심 많은 물고기들이 우리 팔에 입을 대고 지나간다. 수초를 헤치고 나아가던 당신이 희게 빛나는 모래를 가리키며 말한다.

조심해, 움직이는 모래란다.

당신의 손을 잡고 은빛 모래밭을 조심스레 걷는다. 모래밭 양쪽에 서 있는 두 개의 기둥 같은 암석을 지나자, 청회색 어둠 속에 거대한 섬이 숨을 쉬고 있다. 기원전 8500년대에 지각 변동으로 사라진 섬이라고 당신이 귓속말로 일러준다. 고도가 높은 산으로 맑은 강이 흐르고, 해초가 두껍게 자라는 흰색 석조 건물과 말을 탄 기사의 조각상이 움직이는 모래에 뒹굴고 있다. 비옥한 들판과 무지갯빛 보석이 많았다던 신비의 섬. 한때 부귀영화와 찬란한 문명을 자랑하던 그 섬이 물고기의 안식처가 되어 바닷속에 조용히 잠들어 있다. 당신은 움직이는 모래를 지나서 섬으로 나를 이끈다.

이것 때문이었어요? 그렇게 다급하게 떠난 것이.

당신의 얼굴에 당혹스러움이 떠오른다.

예측 못한 여행이었어.

여기 섬이 있는 걸 어떻게 아셨어요?

언제나 그렇듯이, 운명이 나를 이끌었어.

삶과 죽음의 경계가 늘 궁금했다며, 당신은 모래에 끌리는 치맛자락을 여민다. 청동의 흉상이 모래에 누워 웃고 있다. 당신은 산호초와 해초 밭을 건너 섬 안의 어느 집 마당으로 들어간다. 거기서 나는 볼 것을 보고 만다. 그 집의 뜰에서 쪽빛 물감에 흰 천을 담그고 있는 당신을. 뜰 저편으로 들판이 보이고, 티테이블 위의 카세트에서 스팅의 음악이 흐르고 있다.

— 그는 명상하듯 카드를 돌려요. 숫자들이 춤을 추네요…… 난 여러 얼굴을 가진 사람이 아니에요…….

나는 당신의 귀에 대고 가만히 속삭인다.

여기서 엄마와 함께 살고 싶어.

당신이 쓸쓸하게 웃으며 말한다.

아마 네 딸도 너와 같은 생각을 하고 있을 거야.

딸!

그 말에 당황한 나는 얼굴을 붉힌다. 딸을 잊고 있었다. 죄책감으로 마음이 무겁다. 당신은 내 손을 잡으며 미안하다고 말한다. '지금의 너처럼…… 나도 너를 잊고 있었어. 그게 미안해.' 엄마의 그 말에 나도 모르게 털썩 주저앉고 만다. 엄마의 부재를 견디고 있을 딸을 생각하면 가슴이 무너지는데도 코로 입으로 피를 뿜던 여자, 그녀에게는 정말 돌아가고 싶지 않았다.

*

수술 부위에 염증이 생겼다. 음식을 삼킬 때마다 칼로 베듯 목이 아프고, 통증으로 온몸에 열이 후끈거렸다. 목이 아파서 아무것도 먹지 못했다. 배가 고프다 못해 속이 쓰렸다. 목이 아프다고 멀쩡한 배를 굶기는 게 공정하지 못한 것 같아서 냉동실에 얼려두었던 피자를 녹였다. 치즈가 흰 고무줄같이 죽죽 늘어나는 피자를 최대한 오래 씹어서 삼켰다. 하필이면 혀뿌리 쪽인지. 암 중에서도 가장 질이 나쁜 암이었다. 음식을 마음대로 먹지 못하게 된 것이 지독한 형벌 같았다.

피자가 주린 배를 자극했는지 먹기 전보다 더 배가 고팠다. 밥을 먹고, 두유를 먹었는데도 허기진 배는 만족을 모르는 짐승처럼 으르렁대기만 했다. 배고픔을 잊기 위해 뭔가를 해야만 했다. 욕실 바닥에 신문지를 깔았다. 항암 치료를 받으면 어차피 빠지게 될 머리카락을 내 손으로 잘랐다. 잘라낸 머리를 보지 않으려고 눈을 감았다. 개털을 밀기 위해 사두었던 기계로 남은 머리를 말끔하게 밀어냈다.

윙 하는 기계음을 듣고 온 걸까. 남편이 뭐 하냐고 묻지도 않고 나를 바라보았다. 상심으로 그늘진 그의 얼굴이 허한 공동 같았다. 그는 베란다로 나가서 담배를 뻑뻑 피워댔다. 그를 도와줄 방법이 없었다. 갑작스러운 삭발에 그가 느꼈을 혼란과 분노를 짐작했다. 차라리 목전에 닥친 죽음의 위협이 두렵다고, 살고 싶다고 솔직하게 털어놓는 편이 나았다. 그래봤자 달라질 게 없겠지만 서로 단단해질 필요가 있었다.

머리카락을 쓸어내고 책을 집었다. 책갈피에 커피를 흘린 자국이 남아 있었다. 콜롬비아의 향이 배어 있을 테지만 냄새를 맡아보지는 않았다. 그의 어깨에 머리를 기대고 밤하늘에 치솟은 달을 보고, 별을 보았다. 청청하도록 맑은 날이어서 별이 더 밝게 빛나는 밤이었다. 뭉클하게 가슴을 적시는 것이 뭔지 몰랐다. 양치질을 하기 위해 욕실에 들어갔다. 고개를 젖혀 입을 헹구는데 목구멍으로 뜨거운 것이 넘어갔다. 꿀꺽 삼키던 그것을 세면기에 뱉었다. 검붉은 피의 분출이었다. 분화구에서 불이 치솟듯 피가 왈칵왈칵 쏟아졌다. 욕조의 거울에 비친 얼굴이 두려움에 질려 있었다.

젠장, 이게 뭐야.

암 수술을 받는 것으로 내 생의 나쁜 순간이 모두 지나간 줄 알았다. 욕실 문을 돌아보았다. 욕실 문을 잠그고 삼십 분이면 깨끗이 끝날 것 같았다. 얼핏 딸의 노랫소리가 들렸다. 그럴 리가 없었다. 이불을 덮어주고 딸의 이마에 굿나잇 키스까지 하지 않았던가. 비명을 질렀는지 잘 생각이 나지 않는데, 욕실 문이 열리고 그가 얼굴을 들이밀었다. 두 손으로 피를 받고 있는 나를 보며 그가 짧은 외마디 비명을 질렀다. 피를 멈추게 할 방법을 몰랐다. 구급차를 불렀다. 온통 피, 피! 간신히 지혈이 되었을 때 창이 훤히 밝아오고 있었다. 응급실에서 사흘을 보내고 입원실로 올라갔다. 겨우 물을 마시고 미음을 넘기기 시작할 무렵 다시 피가 터졌다. 역시 첫번째처럼 세면장에서 양치질을 하던 중에 일어난 일이었다. 아물려 있던 열매가 팡 터지는 느낌이었다. 목구멍이 따끔한 것과 동시에 뜨거운 것이 마구 쏟아졌다. 흐르는 피의 양이 그저께와 달랐다. 수도꼭지를 가장 세게 틀어놓은 것처럼 피가 무섭게 솟구쳤다.

설마 이렇게 끝나려고.

불쑥 머리를 들고 일어나는 배반감은 또 무엇인지. 딸이 겨우 열 살이었다. 엄마 없이 살 수 있는 법을 배우기엔 너무 어리지 않은가. 아직은 엄마가 필요할 때이고, 사랑을 듬뿍 받아야 할 나이였다. 신의 사랑을 증명하는 유일한 것이 엄마라고 했다. 신이 세상 모든 곳에 있을 수 없어서 '엄마'라는 존재를 만들었다고. 그게 신이 '엄마'에게 부여한 사명이라면 아이가 다 자랄 동안 곁에서 지켜줄 수 있게 해줘야 하는 것 아닌가. 신에게 물어보고 싶다. 내게서 엄마를 떼어내는 것도 모자라서 또다시 내 딸에게서 엄마를 떼어내려는 의도가 무엇인지. 지난 한 달 동안 내게 가한 횡포가 악마의 짓인지 신의 짓인지.

엄마가 떠날 때나 지금이나, 신은 여전히 우리 모녀에 대한 배려가 없다.

그날, 나는 창가에 선 채로 사라진 섬에 관한 글을 읽고 있었다. 여행작가가 꿈이었고, 섬에 애착이 많았던 나는 전설의 섬 아틀란티스에 관한 책을 읽고 있었다. 섬에 관한 글을 쓰려는 계획으로 자료를 모으던 중이었다. 섬의 가장 높은 부분에 강이 흐르고, 붉은 안개가 감돌고, 주변의 섬까지 통치를 하던 엄청난 세력을 가진 아틀란티스가 바닷속으로 홀연히 사라진 신화 같은 추정들이 내 호기심을 자극했다. 무려 오천만 년 전의 얘기를 쓰기 위해 나는 섬에 관련된 책을 모두 모았다. 삶의 뒤안길로 사라진 모든 인간이 그러하듯, 전설 속으로 사라진 섬 또한 세상 곳곳에 흩어져 있는 많은 섬 중의 하나였다.

그 섬 어딘가에서 엄마가 흰 천에 쪽빛 물을 들이고 있었다. 푸른빛이 감도는 대기로 창끝 같은 햇빛이 쏟아지고 있었다. 염색물에 손을 담그는 엄마를 보며 스팅의 음악에 귀를 기울였다. 밖으로 달려 나가고 싶은 충동을 애써 눌렀다. 엄마의 머리 위로 날개 큰 새가 훨훨 날아가는 것이 보였다. 짧은 컷처럼 새가 금방 자취를 감추었다. 나는 창에 기대어 책을 두 손으로 떠받친 자세로 쪽빛에 물든 천이 바람에 일렁이는 것을 바라보았다. 엄마는 마른 천을 안고 내려오다 계단을 굴렀다. 머리를 부딪친 그녀를 안아서 무릎에 뉘었다. 돌에 부딪친 부분이 커다랗게 부풀었다.

오, 하느님!

그 말을 끝으로 엄마는 앰뷸런스를 타고 가던 중에 숨을 거두었다. 피멍이 든 엄마의 가슴에 쪽빛 천을 안겨주었다. 불귀의 길을 떠나는 그녀에게 애장품 하나쯤 챙겨주고 싶었다. 엄마는 저녁 해처럼 바다에 잠긴 섬처럼 그렇게 사라졌고, 섬에 관한 책들은 언제까지나 책상에 얹혀 있었다. 그 후로는 섬에 관한 책을 만지지도 않았다.

실이 뚝 끊기는 느낌.

핏줄이 터지는 순간 목구멍이 따끔했다. '나한테 왜 이러는 거야.' 칫솔을 던지고 두 손으로 피를 받으며 세면장을 나왔다. 피를 보고 놀란 사람들이 악악 비명을 질러댔다. 멀리서 간호사가 뛰어오는 곳이 보였다.

신이든 악마든, 더 이상 나를 건드리지 마.

목구멍까지 차오른 말이 피가 되어 끝없이 쏟아졌다. 어쩌면 딸과 헤어질지도 모른다는 생각에 이르자 살아야 한다는 생각이 맥박처럼 뛰놀았다. 피, 피! 간호사! 발소리와 말소리, 비명소리로 주위가 부산했다. 간호사와 의사가 달려왔다. 두번째는 첫번째보다 더 지독했다. 첫번째는 정맥이 터졌고, 두번째는 동맥이 터졌다. 첫번째는 지혈로 피가 멎었지만 두번째는 수도꼭지를 열어놓은 듯해서 당장 수술실로 가지 않으면 안 되었다.

혈압이 떨어지고 있어요, 목을 찢어, 수혈, 수혈! 혈관이 잡히지 않아요…….

여러 가지 말이 귓전에서 와글거리다 사라졌다. 침대에 두 팔이 묶였다. 암 수술을 받을 때도 이렇게 곤혹스럽지는 않았다. 그때는 설마 죽기야 하려고, 라는 막연한 믿음이 있었다. 누군가 내 목구멍을 뚫고 인공호흡기를 달았다. 입 안은 거즈로 채워지고, 기계의 도움으로 호흡을 했다. 의식을 잃기 전, 튜브가 주렁주렁 달린 거치대와 나를 둘러싼 의료진들의 초조한 얼굴을 보았다. 틈새로 물이 빠지듯 의식이 새어나갔다. 빛이 흐려지며 사방에 어둠이 들어차고, 적막이 나를 에워쌌다. 간호사가 두 손으로 수액 주머니를 꾹꾹 눌러 짰다. 수액과 피가 빠른 속도로 흘러들었다. 팩이 바뀌고 또 바뀌었다. 다른 한 명의 간호사가 바쁘게 뛰어다니며 혈액 전용 아이스박스에 피를 날랐다. 거즈를 물고 있는 여자는 두 다리만 버둥거렸다.

환자를 수술실로 옮겨…….

세 번째 수술이었다. 불과 한 달 사이에 일어난 혼란을 이해하지 못했다. 정맥과 동맥이 연이어 터지는 순간 나의 신은 어디서 뭘 하고 있었는지. 유체이탈한 영혼이 수술대에 누운 여자를 내려다보았다. 피로 얼룩진 여자의 손과 발을 깨끗이 씻어주고 싶었다. 인공호흡기가 대신 숨을 쉬어주고, 혈관에 낯선 피가 들어갈 동안 여자는 주먹을 움켜쥔 채로 속수무책의 시간을 견뎠다. 욕실 문을 잠그는 대신 비명부터 지

른 여자에게, 가장 빨리 끝낼 수 있는 순간을 놓친 불운한 여자에게 스
팅의 음악을 들려주고 싶었다.

　─ 내가 쓴 가면은 하나랍니다. 두려워하면 지는 거죠…….

　내 딸을 지켜야 해…….

　대답의 이면에 남아 있는 공백을 말없음표로 남겨두었다. 가슴을
누르는 압력과 물속으로 한없이 가라앉는 느낌에 나를 맡겼다. 손아귀
의 힘을 풀어버리자 이상할 정도로 마음이 편해졌다. 불빛 아래 결박
되어 있는 여자를 낯설게 바라보았다. 무력한 그 몸에 아직도 생명의
불씨가 파닥이고 있다는 사실이 놀라웠다. 정말 몰랐다. 인간이 고작
운명의 한 방에 산산이 부서지는 유리였던 것을.

　혀뿌리 쪽의 암이 발견되기 전까지 내 삶은 온통 자신감에 차 있었
다. 나는 아직 마흔 살이 되지 않았고, 아이는 잘 자라고, 통장은 알맞
게 살이 쪄 있었다. 그 자잘한 평온함을 갖기 위해 남다른 욕심을 부린
적도 없고, 도둑질도 하지 않았고, 남의 가슴에 칼을 들이댄 일도 없다.
내가 진정으로 바랐던 건 언제까지나 소박한 그대로 살았으면 하는 것
이었다. 첨탑의 십자가를 생각했다. 고사리 손을 모으던 시절부터 함
께한 사이라면, 그동안 쌓은 정을 생각해서라도 신과 나 사이에 적어
도 약간의 배려가 있어야 했다고. 암 수술 중에 레이저가 핏줄을 피해
가게 하는 정도의 배려, 염증 없이 수술 부위를 아물게 하는 정도의 배
려를 기대한 것이 그리도 과한 바람이었을까. 모르겠다. 신이 인간에
게 허용한 거리가 얼마만큼이고 사랑의 깊이가 어느 정도인지.

신의 역할이 인간의 삶에 개입을 하지 않고 다만 지켜보는 것이라면, 세상이 생긴 이후 인간이 신에게 경배를 바친 수많은 기도와 정성은 무엇이었을까. 인간은 늘 신의 능력을 믿어왔고, 신은 자신을 닮은 인간들이 행복하게 살기를 바란다고 믿었던 그것이, 인간의 일방적인 환상에 불과한 것이었는지. 신과 인간의 관계가 두 개의 벽처럼 그렇게 막막한 것인 줄 알았다면, 그것을 알고도 인간이 그처럼 신에게 절대적이고도 무조건적인 신뢰와 사랑을 바칠 수 있었을까. 극단의 고통에서 기어 나온 인간이 신의 재단에 엎드려 두 손을 모을 때, 신이 어떤 얼굴을 하는지 보고 싶다.

불빛 아래 누운 여자가 채집통에 핀업된 잠자리 같다. 가슴에 박힌 바늘 때문에 잠자리는 가늘고 긴 몸통을 까딱거리다 움직임을 멈추고 만다. 잠자리는 이른 아침 들녘으로 달려가는 꿈을 꾼다. 풀잎에 매달린 이슬이 발목을 적신다. 이슬! 파열된 혈관에서 흘러내린 것이 맑은 이슬이었다면 내게 다가온 상황을 좀더 담백하게 받아들일 수 있지 않았을까. 너무 붉어서 무섭기까지 한 그것이 내 몸을 이루는 근원이고, 생명에 대한 집착이 그 붉디붉은 선혈에서 비롯된 것을 깨닫는 순간, 나는 그 뜨겁고 진한 것이 싫어졌다. 할 수 있다면 몸속의 피를 모두 이슬로 바꾸고 싶었다. 피가 꼭 붉어야 할 이유는 없었다. 흰색 피도 괜찮고 푸른색 피도 괜찮을 것 같았다. 피가 어떤 색이든 두려움이나 연민에 사로잡히지 않고 날개를 펼쳐 창공을 날 수 있으면 되는 것이다. 풀은 이슬을 먹고도 짙푸른 몸을 만든다.

구석의 바구니에 던져놓은 환자복이 진동으로 부르르 떤다. 열 번, 스무 번. 딸이 학교에서 돌아올 시간이었다. 문자메시지를 보내도 응답이 없으니까 딸이 전화를 한 것이다. 엄마와 연락이 닿을 때까지 번호를 누르고 또 누를 딸의 불안한 얼굴이 생생하게 떠올랐다. 숨을 헐떡이며 달려와 재잘재잘 수다를 떠는 딸의 청결한 숨결을 맡을 수 있으면 악마에게 나를 던져주어도 좋다고 생각했다. 댄스곡에 맞춰 춤을 추는 아이. 신주머니와 가방을 흔들며 뛰어오는 아이. 큰소리로 일기를 낭독하는 아이. 그 아이를 생각하며 나도 모르게 엄마를 찾았다. 신이 아닌 엄마를.

엄마, 내 아이와 나를 지켜줘요.

나를 두고 떠나던 그 순간, 엄마는 남편도 딸도 아닌 신을 불렀다. 엄마의 그 탄식이 나를 절망의 나락에 떨어뜨렸다. 그때 분명히 깨달았다. 인간끼리의 사랑은 살아 숨 쉬는 동안에만 유효한 계정인 것을. 그걸 알면서도 벼랑 끝에 매달린 나는 신을 찾지 않고 엄마를 찾았다.

*

애, 그만 일어나. 날이 밝았어.

당신의 목소리가 멀리서 아련하게 들린다. 청회색의 고요 속에 침잠한 바다. 그 심해 깊은 곳에 창과 방패를 든 석상이 서 있다. 단아해 보이는 석조 건물과 우람한 기둥, 벽으로 모자반이나 바다호랑가시 등

의 해초가 자라고, 물고기들이 해초 사이에 알을 낳는다. 고래가 흰 석
조건물의 기둥 사이로 잔물결을 일으키며 지나간다. 당신은 고래의 등
을 쓰다듬는다. 고래가 뿌웅~ 노래를 부른다. 고래의 노랫소리가 당신
의 위로같이 들린다.

저길 봐.

당신이 한 무리의 고기떼를 가리킨다. 섬의 가장자리로 북태평양의
청잣빛 바다에서 돌아온 연어가 무리를 지어 다닌다. 현호색을 띤 어
미 연어를 가리키며 당신이 말한다.

어머니의 강으로 돌아가는 중이란다.

알을 가득 품고 있겠죠.

연어에게는 그게 살아야 할 이유이기도 하고 죽어야 할 이유이기도
해.

죽음으로 운명에 맞서는 귀향. 거친 물살을 가르며 어머니의 강에
알을 낳을 때까지 힘겨운 여행을 멈추지 않을 연어의 행렬이 장엄하
다. 물살을 헤치고 가는 연어에게 길을 비켜준다. 아름답지? 하고 묻는
당신의 눈이 반짝거리며 빛난다.

쟤네들에겐 생의 마지막 여행이 될 거야.

알에서 깨어난 새끼들은 죽은 어미의 몸을 뜯어 먹고?

어미는 본래 그런 운명을 타고 난 존재란다.

자신 없어요, 난.

당신은 내 볼을 어루만지며 가장 절실한 것을 위해 기도하라고 한

다. 내게 가장 절실한 것. 혼자서 엄마의 부재를 견디고 있을 내 딸, 딸을 포옥 안아주고 싶다, 그 작은 몸에 밴 젖내를 맡으며 따사로운 체온을 느껴보고 싶다. 먼 길을 돌아서 내게 걸어온 엄마. 내가 다시 기도란 걸 하게 된다면 가장 먼저 당신을 위해 하게 될 것이다. 당신은 내 손에 상어의 등뼈로 만든 묵주를 쥐어준다. 그냥 흐르는 대로 순리에 따르라던가. 힘을 빼고 자신을 풀어놓을 때 비로소 자유로워진다고.

말을 마친 당신은 암석으로 된 두 개의 기둥이 있는 곳까지 나를 배웅해준다. 나는 쪽배를 타고 노를 젓는다. 물이끼가 덮여 있고 바닥으로 물이 스며드는 작은 배가 섬을 떠난다. 당신은 쪽빛 옷자락을 끌며 해초가 덮인 석조건물 안으로 사라진다. 당신의 치맛자락이 뿜는 푸른 빛이 채 사라지기도 전에 바닥의 모래가 움직인다. 섬을 지키던 두 개의 기둥과 흰 석조 건물이 움직이는 모래 속으로 쑤욱 빨려든다. 거대한 왕의 입상이 모래의 소용돌이 속으로 사라진다. 남은 건 청회색 어둠뿐.

돌아오는 길이 너무 멀고 쓸쓸했다. 엄마의 머리칼과 하얀 맨발이 잠깐 떠오르다 사라진다. 가슴이 답답하다. 주먹으로 가슴을 두드리고 싶은데 팔이 움직이지 않는다. 몸을 움직여보려고 몸부림을 치다 눈을 뜬다.

환자가 깼어요.

성급하게 다가온 얼굴 하나가 나를 보며 묻는다.

내가 누군지 알겠어?

까맣게 잊고 있었던 사람. 내 아이의 아버지. 그를 안다고 고개를 끄덕이려도 목이 움직여지지 않는다. 몸이 젖은 나무토막 같다.

중환자실이야.

그가 일러주지 않아도 냄새로 이미 알아챘다. 후텁지근하고 혼탁한 죽음의 냄새로. 깊이 잠들어 있는 동안 나를 대신한 인공호흡기가 무수히 많은 운동으로 그 공기를 빨아들였을 것이다.

마지막으로 잘라낸 세포에서는 암 조직이 발견되지 않았다고 그가 검사 결과를 일러준다. 이제 죽음의 사슬에서 풀려났고, 잃은 체력만 회복하면 된다는 말이 어쩐지 나와 상관없는 얘기같이 들린다. 아슬아슬하게 매달려 있던 절벽에서 구원받았다는 말이 어째서 축복으로 들리지 않는지. 수술실 문이 열리는 것을 보았던가 못 보았던가. 물큰한 피 냄새에 정신이 혼미해진다.

환자분, 눈을 깜박거려보세요.

사흘 만에 깨어났다고 간호사가 친절하게 일러준다. 피를 멎게 하는 과정에서 혹시 뇌에 손상이 갔을지도 모를 경우를 대비해 약으로 재웠다던가. 나도 모르는 사이에 지나간 시간. 그 사흘을 나는 모른다. 얼핏 생각나는 것이 내 무릎에 머리를 뉘고 있던 엄마, 당신의 모습이다. 죽을 각오로 돌아오는 연어의 사투를 생각하며 당신을 마음에서 내려놓는다. 이제는 당신을 보낼 수 있을 것 같다.

눈을 감으세요, 뜨세요, 발가락을 움직여보세요, 손가락을 움직여보세요…….

간호사가 여러 가지 주문을 한다. 말이 하고 싶은데 목소리가 나오지 않는다. 그의 손을 당겨 손바닥에 글씨를 쓴다.

오늘이 무슨 요일이에요?

내 물음에 그가 대답한다.

금요일이야.

사흘 만의 부활이라고 일러주는 그의 손바닥에 딸의 이름을 쓴다. 너무 어려서 딸을 병원에 데려오지 못했다고 한다. 딸을 보려면 내가 살아서 병실을 걸어 나가는 수밖에 없다고. 초췌한 얼굴에 떠오른 웃음이 가엾다. 손아귀에 움켜쥐고 있는 것을 만지작거린다. 알이 열 개인 그것은 손목에 끼는 작은 묵주다. 꿈에 엄마가, 상어 등뼈 묵주를 쥐어주던 생각이 난다. 어머니의 강을 찾아가던 연어떼가 눈에 선하다. 세 번쯤 물을 들인 어린 잎사귀 빛깔의 천이 빨랫줄에서 너울너울 춤을 추고, 두 개의 빨랫줄 사이에 서 있던 엄마가 쪽빛에 파랗게 물든 손을 흔든다.

섬이 보고 싶어. 어딘지 모를 바닷속의 그 섬이.

그의 손을 당겨 글씨를 쓴다. '섬을 보았어…….' 나는 하고 싶은 말을 끝까지 쓰지 못하고 잠에 빠져든다. 되돌아온 것이 다행스럽기도 하고 슬프기도 하다. 모래에 묻혀 있던 흰 맨발, 엄마, 당신의 작은 맨발이 그리워요. 두 번 다시 보지 못할 그것이.

작은 배가 쪽빛 물결을 헤치고 다가온다. 작은 배는 바닷새처럼 자유롭다. 나는 물이끼가 덮인 배 밑바닥에 신발을 가지런히 놓고, 배를 왔던 길로 돌려보낸다. 파도에 몸을 맡긴 배는 저 홀로 출렁대며 바다 안개에 묻힌다. 해초가 빽빽이 자란 섬 하나가 신기루처럼 나타나다 사라진다.

+ 장정옥

내륙에 살다보니 섬을 볼 기회가 별로 없었다. 섬을 처음 본 것이 스무 살 여름이었다.
여덟 시간을 달린 배가 흑산도를 지나 홍도에 닿았을 때 바다에 황혼이 지고 있었다.
그날 나는, 안개에 휩싸여 바다 위에 아련히 떠 있는 섬의 신비를 보았다. 스무 살까지
봐온 것 중에서 가장 아름다운 것이었다. 그날 내가 본 것이 단순히 아름다운 몽상이
기만 했을까. 돌이켜보면 눈으로 본 것보다 마음으로 본 것이 더 많아서 그 섬을 그렇
게 사랑하고 만 것이라는 생각이 든다. 바다에 저 홀로 둥실 떠 있는 섬의 자유로움이
금방이라도 날개를 펼쳐서 비상할 알바트로스의 움츠림 같았다고 할까.
그 후 삶이 괴로울 때마다 바다 안개에 묻혀 있는 그 섬을 생각하곤 했다. 누구나 자기
만의 섬을 지니고 산다고 생각하면 인생이 조금 덜 외롭다. 상처를 쓰다듬는 글을 쓰
겠다는 생각으로 모니터를 열었는데, 기다렸다는 듯 오래전에 보았던 그 섬이 떠올랐
다. 자유에 대한 글이 쓰고 싶었던가 보다. 잊지 않고 찾아준 섬, 그 방문이 고맙다.

노래하는 빨강

불그죽죽 그대여

이 이야기는 노벨상 작가 오르한 파묵의 《내 이름은 빨강》이나 움베르트 에코의 《장미의 이름》 같은 소설 제목에서 번져 나오는 매혹적인 색깔과는 거리가 멀다.

"나는 빨강이어서 행복하다! 나는 뜨겁고 강하다. 내가 칠해진 곳에서는 눈이 반짝이고, 열정이 타오르고, 새들이 날아오르고, 심장 박동이 빨라진다……."

파묵은 색의 종결자 빨강에 대해 이렇게 찬양한다. 에코 또한 그의 작품 제목을 '지난날의 장미는 이제 그 이름뿐……'이라는 베르나르의 시구에서 가지고 왔는데 헛되이 소멸하여 이름만 남는 아름다움을 위해 그 꽃을 거명한 듯하다. 여기서 장미는 기필코 붉디붉은 색이다.

헛되이 소멸하여 이름만 남았다는 점에서는 그도 비슷하다. 그러나 그의 이름은 뜨겁지도, 붉지도 않다. 불그죽죽할 뿐이다. 특히 내겐 그렇다. 단 한 번의 만남에 불그죽죽한 얼룩을 나의 비싼 원피스에 남겼으니까. 뭐, 클린턴이 르윈스키의 드레스에 남긴 그런 얼룩을 떠올린다면 곤란하다. 나의 얼룩은 목덜미 아래, 그러니까 흉부외과 의사들이 '가슴을 연다'고 할 때의 그 위치이다.

"그러니까 에…… 이제 꽃게철이고 하니까 말야."

부장은 등받이 의자를 뒤로 젖히며 말했다.

"금어기도 풀리고 게가 억수로 잡힌다니까 포구의 풍경이 볼 만할 거야."

아, 네……. 나는 종이컵에 든 커피를 홀짝이며 고개를 끄덕였다. 여기 자판기 커피는 찌든 냄새가 난다. 말발로 사는 기자들의 혀가 커피 맛에는 왜 그렇게 둔한지…… 혀를 차다가 고개를 끄덕인다. 이빨이 세면 혀는 둔해지지. 물속같이 조용한 사무실에 벨소리가 울려 퍼졌다. 나는 황급히 가방을 쳐들고 복도로 뛰쳐나갔다. 양푼. 본명이 양재기인 본인의 묵인하에 쓰고 있는 별명이 떴다.

"이거 차들이 꼼짝 안 하네. 한 삼십 분은 되어야 도착할 거 같은데 미안해서 어쩌지?"

"괜찮아요. 놀고 있죠, 뭐."

출입문에 붙은 '앞서가는 여성지 우먼 인사이드'의 아크릴 판을 바라보며 나는 말했다. '계절이 있는 뜨락' 코너를 맡고 있는 그에게 매달

원고를 써주는 나는 말하자면 하청업자이다. 대체로 그달에 이슈가 될 만한 인물을 만나 탐방 형식으로 쓰는 건데 대학 때 학보사 기자를 하다 결혼하고 학원 논술 강사, 방송국 작가 등을 거쳐 만난 직업이 '자유기고가' 즉 프리랜서 되겠다. 양기자 말로는 결혼은 했지만 애는 없고 직업은 있지만 직장은 없는 나의 스펙이 맘에 든단다. 오리무중 애매한 정체성이 글의 행간을 넓혀주고 있다나.

"그럼 기다리는 김에 칠층에나 올라가볼래요? 이번 포구 일이면 그 사람이 좀 아는 게 있을 텐데……. 글에다 약간의 깊이를 넣을 수도 있거든."

약간의 깊이라. 깊이라 하면 소설가 파트리크 쥐스킨트의 《깊이에의 강요》를 읽은 후로 주인공인 여성 화가를 자살에 이르게 한 그 깊이밖에 떠오르는 게 없다. 건물 로비에 있는 스타벅스에서 한 삼십 분 놀고 있으려 했는데 그 사이 일을 시키는 것 같아 억울했다. 다니던 광고 회사에서 잘리고 실업급여를 타고 있는 남편을 생각하고 칠층으로 가는 계단을 올랐다.

같은 계열 잡지사지만 칠층은 처음이었다. 출입문에 붙은 '과학 세계' 명판을 보며 문을 여니 고요하면서도 팽팽한 공기가 역시나 육층과 비슷했다. 이런 사무실로 걸어 들어갈 땐 마치 베틀의 팽팽한 날줄 사이로 날아든 한 마리의 파리 같은 기분이 든다. 잘못하면 북실에 걸려 어딘가 절단날 것만 같다. 이럴 땐 외판원이 아닌 게 새삼 행복하다.

양푼이 말한 김환 차장은 창가 쪽 책상에 앉아 컴퓨터를 들여다보고 있었다. 내가 다가가자 그는 바로 옆의 작은 환기창을 조금 열었다. 창문을 여는 손에 반쯤 태운 담배가 들려 있었다.

"양기자한테 전화 받았어요."

그는 옆의 의자를 끌어다 앉히며 내게 말했다. 어디선가 까칠한 시선이 날아오는 느낌이어서 나는 목소리를 낮췄다.

"사리 포구에 대해 아시는 게 있다고……."

그는 담배를 털지도 않고 재떨이에 그냥 올려놓았는데 마치 그 담배가 다 타기 전에 나를 보내기라도 하겠다는 모양이었다. 나는 주위를 둘러보았다. 아직도 금연 안 하는 사무실이 있나, 뭐 그런 표정으로. 재떨이에 누운 담배 끝에서 푸른 연기가 고요히 피어올랐다. 창가로 들어오는 오후 다섯시의 가을 햇살 속에서 연기는 마치 수묵화가의 묽은 붓끝처럼 허공을 한 번 획 그어 올리더니 사라졌다.

"아, 미안."

연기를 바라보는 나의 시선에 그가 담배를 비벼 껐다. 나는 그제야 그를 곁눈으로 훑어보았다. 머리는 희끗희끗한데 직급은 차장이고 자리는 입구에서 한참 먼 '상석' 같기도 한데 구석에 처박혀 있다고 볼 수도 있음.

"사리 포구에 가신다고?"

그는 맨입이 허전한지 입을 쩝 다시며 말했다.

"네."

"몇 페이지짜리?"

"사진 들어가고 한 서너 장……."

"왜 양기자가 내 얘기를 했냐면 말요."

그는 문득 재떨이로 눈을 돌리다 이미 하직한 담배를 지그시 바라보았다. 분향에 묵념까지……. 경건해 보였다.

"내가 그 포구에 대해 이 건물에서 제일 많이 안다고 생각해서일 거요. 한 십 년 됐나? 거길 취재하러 다닌 게."

"아, 네."

"그거 하고 난 이리로 올라왔지."

"아, 네."

"나야 뭐 거기 바다 매립하는 문제로 뛰었는데 설마 그걸 다시 하려고?"

그는 몸을 뒤로 살짝 젖히며 팔걸이에 놓인 손을 들어 턱을 비볐다. 삭삭 수염 비비는 소리가 났다. 귀가 솔깃했다.

"아, 아뇨. 그건 아니고요……."

"그렇지. 생선 장수들 좀 찍고 갯벌에 있는 갈매기 좀 찍고…… 화보구만."

"양기자님 말씀이 기사에 좀 깊이를 더할……."

그는 앞에 놓인 빨간 지포 라이터를 집어 손에 넣고 만지작거렸다.

"깊이라……."

창가로 들어오는 해의 역광을 받아 그의 잿빛 머리가 반짝였다. 후광처럼 보이는 그의 햇살을 보며 나는 눈을 찡그렸다. 내 얼굴엔 조명

탄처럼 투하된 햇빛이 뜬 화장에 잔주름까지 잡아낼 것이다. 젠장.

"거기 이젠 아파트 천지지. 그러니 그 얘기가 한 구절쯤은 들어가야 될 텐데, 싶은가 보지? 양기자는?"

"그런가 봐요."

그의 얼굴이 살짝 밝아졌다. 나의 얼굴은 뜨뜻해졌다. 결국 손을 들어 차양을 했다.

"언제 가지?"

"내일 모레가 물때라서요. 그날 가려구요."

"그럼 내가 옛날 자료 좀 찾아주지 뭐."

"네."

계단을 내려오다 중간에 멈춰 섰다. 나선형의 계단에서 올라오는 바람에 원피스 자락이 붕싯 뜨다 말았다. 취재를 나갈 때는 야상 조끼에 청바지를 입지만 사무실에 올 땐 멋 좀 부린다. 얼마 전 큰맘 먹고 구입한 백 퍼센트 레이온 원피스. 입길 잘했다는 생각이 든다. 나를 좀 훑어봤어.

"미안, 미안"

자리에 양기자가 와 있었다.

"이거 사십 분이나 늦었네. 미안해서 어쩌지? 저녁 살게. 근데 왜 얼굴이 그렇게 벌게?"

"칠층 창가에서 태닝했어요. 거긴 블라인드도 안 치고 완전 직광이에요."

"그 사람 잘생겼지?"

그가 소리를 낮췄다.

"에?"

"옛날 사진 보면 완전 꽃미남이야. 근데 감방살이 하느라고 팍 삭았어."

"감방살이요?"

"운동 좀 했거든……."

"아."

결국 나의 얼굴은 작열하는 석양빛이 아니라 '옛날 꽃미남 얼굴'에 반해 붉어져 있었던 것이다. 이래서 양푼은 내게 남자 연예인 인터뷰 기사를 안 주나 보다. 남자 아이돌 가수 하나를 인터뷰할 때 내가 유난히 버벅거렸다나. 뭐, 잘생긴 건 잘생긴 거다. 내가 안중근과 체 게바라를 좋아하는 건 그들이 '그럼에도 불구하고 잘생기기까지 했다는 것'이니까.

百折不屈

백절불굴. 한동안 외갓집 거실에 걸려 있던 액자인데 별로 달필이 아닌 그 휘호를 쓴 이는 독립운동가였던 우덕순이다. 어려서부터 귀에 못이 박히도록 들어온 이야기는 외가가 피난을 내려오기 전 황해도 해주에서 배를 몇 척이나 가진 부자였다는 건데 지금도 외삼촌네 장롱에는 해주 근방의 땅문서가 한 묶음 있다. 누런 습자지에 쓰인 지번과 소유자의 이름들은 하도 바래서 곧 종이색깔과 같아질 운명에 처해 있다.

"피난 나와서리 정부에서 니북 땅을 보상을 해준다고 했지만 몇 푼
되지도 않는데다 통일되면 다시 올라갈 거인데 와 내놓간?"

외할아버지는 그렇게 말하고 얼마 안 있어 돌아가셨다. 제삿날이면
가족들을 앉혀놓고 외할머니가 하는 이야기 중에 가장 힘주는 부분은
외할아버지가 독립군에 군자금을 대주었다는 것이다. '백절불굴'을 쓴
우덕순을 자주 만난 건 사실인지 두 사람이 함께 찍은 흑백 사진도 여
러 장 있었다. 우덕순은 이토 히로부미 암살 작전에 안중근과 함께 투
입되었는데 히로부미가 하얼빈에서 하차할지 그 전 역인 채가구에서
하차할지 첩보가 확실치 않았기 때문에 두 사람은 나누어서 잠복하고
있었다. 만약 하얼빈에서 히로부미를 기다렸던 사람이 우덕순이었다
면 지금 외할머니네 거실의 휘호는 안중근의 것이 될 뻔했다. 나중에
크면서 그 액자가 안중근의 것이었다면 얼마나 좋았을까 하는 생각을
많이 했다. 글씨도 훨씬 유려한데다 사진으로 본 안 의사는 사형 당한
비운의 주인공답게 너무 잘생겼기 때문이었다. 그에 비하면 할아버지
와 찍은 사진 속의 우덕순은 늙고 추레해 보이기까지 했다. 살아남은
사람의 모습이었다.

잡지사 건물 옆은 글자 그대로 먹자골목이다. 근처엔 각종 금융기
관, 언론기관 들이 포진되어 있어 아직 저녁 전인데도 식당들이 갖은
냄새를 피우며 분주하다. 양기자가 단골이라고 데리고 간 곳은 돼지
고기집이다. 겨우 제육볶음이라니, 약속시간에 늦은 게 많이 미안하진

않은 모양이다. 그러나 기자한테 밥을 얻어먹는다는 게 어딘가. 군말 없이 따라 들어갔다.

"오늘은 일주일에 한 번 제주돼지가 올라오는 날이거든. 먹어봤어, 제주흑돼지 볶음?"

"아뇨."

"그, 똥돼지라는 것 있잖아. 옛날엔 변소에서 키웠다는……. 한번 먹어보면 그 맛을 잊지 못할 거야. 얼마나 쫀득한지."

그는 입을 쩝, 다시고 담배를 꺼내 물었다.

"아까 그 김차장 옛날에 포구 매립하는 기사 엎고서 칠층으로 갔거든. 밀려난 거지. 뭐 이젠 옛날 얘기니까 좀 써먹어도 괜찮아."

"깊이…… 때문에 말이죠?"

"그렇지. 거기 포구 가본 적 있어? 새우젓 같은 거 사러."

"아뇨."

"명색이 주부면서 거기도 한번 안 가고 김장을 담나? 어쨌든 거기 가보면 포구 옆으로 주욱 늘어선 아파트들이 눈에 안 들어올 수가 없지. 00화약 회사가 매립한 땅이야. 그걸 김차장이 물고 늘어졌다가……."

그러고는 눈을 들어 입구 쪽을 바라보았다. 등 뒤에서 시끌시끌한 소리가 났다. 돌아보니 어느새 식당은 사람들로 차 있고 방금 문을 열고 들어온 한 떼거리 속에 낮에 본 김차장이 섞여 있었다.

"저 양반, 양반은 못 되는군. 자기 말 하는데 오네."

  양 기자는 혼잣말을 하고는 그쪽을 향해 환하게 웃으며 목례를 했다. 나도 목을 외로 뺀 채 인사를 했다. 그는 손을 가볍게 들어 답례하고 일행들과 입구 쪽에 자리했다.

  "오늘은 여기 좀 번잡할 거야. 똥돼지 먹으러 오느라고."

  똥, 똥 하는 그의 말에 비위가 상해 맥주부터 마셨다. 그러나 정확히 삼십 분 후 나는 빠른 속도로 제주흑돼지 볶음을 입에 처넣고 있었다. 기름기를 쏙 뺀 고기에 매콤한 양념이 배어들어 입에 짝짝 달라붙었다.

  "저 양반이 웬일이야……."

  왜요 하고 고개를 돌려보니 옆 사람과 얘기하는 김차장의 손에 소주잔이 들려 있었다.

  "저 양반은 술 안 마시는데……. 위가 빵꾸 났다구. 두 번씩이나."

  "위가 빵꾸 났다구요?"

  "천공이라나 뭐라나. 비쩍 마른 사람이 아주 말술이었어. 근데 술을 드럽게 배워가지고 주사가 말도 못했지. 평소엔 색시 같던 사람이 술만 들어가면 개차반에 욕드립 끝내줘. 길에 편히 누우시고. 그러다 위가 빵꾸 난 거야"

  그의 위가 빵꾸 났다는데 왜 안중근이 떠올랐는지 모르겠다. 자동 연상인가? 하얼빈역 앞 카페에서 히로부미를 기다리며 안중근은 초조함을 덜기 위해 여섯 잔의 커피를 마셨다고 한다. 몸속에 총을 지닌 채 빈속에 연거푸 마셨을 커피는 필히 독약보다 쓴 블랙이었을 테니 그의 위도 성치는 않았을 거다. 양기자가 술을 마시며 그쪽에 대고 눈웃음을 보냈다. 아마도 눈이 마주친 모양이다.

"긴급조치 9호 위반으로 구속됐었는데 제적됐다가 복학했지. 감방에서 단식투쟁을 할 때 속을 단단히 버린 모양이야. 단식하면 죽을 목구멍에 억지로 처넣는데 그 호스를 물어뜯었다나, 어쨌다나. 이젠 전설의 고향이지, 뭐."

눈으로는 그쪽을 보고 웃으며 입으로는 내게 말하는 모양이 복화술처럼 기이했다. 나는 등짝이 근질거려서 결국 고개를 돌려 그를 보았다. 그는 나를 보고 있었다. 하긴 그 식당에 여자 손님은 나 하나였다. 게다가 제주 흑돼지집에는 다소 어울리지 않는 몬드리안풍의 원피스를 걸치고 있지 않은가.

"신랑은 아직 쉬고 있나?"

느닷없는 양기자의 말에 나는 고개를 돌렸다.

"뭐, 실직급여 다 타면 구직활동할 거래요."

"그래두 애가 없으니 그 정도지. 아유, 애 하나 키우는 데 웬 돈이 그렇게 많이 들어?"

남편이 직장을 관두던 날 나는 백화점에 나가 그동안 가격 때문에 망설였던 이 원피스를 샀다. 아이가 없는 공허함을 쇼핑으로 때우던 버릇을 잠시 쉬어야 했기 때문이었다.

"지금 우리 애가 중2인데 학원을 두 개나 보내. 근데 뭔 학원비가……. 아이구, 선배님."

양기자가 벌떡 일어섰다. 나도 반쯤 일으킨 몸을 돌렸다. 그가 등 뒤에 서 있었다.

"그만 가자니까……. 아직 약 먹는다며…….'

일행인 듯한 남자가 그의 팔을 잡아끌었다.

"아까 인사드렸지?"

양기자가 그와 나를 번갈아 보며 말했다.

"아, 네."

나는 몸을 일으키고 정식으로 인사했다.

"가자니까. 너 고기만 먹는다며 웬 술이야. 나 제수씨한테 혼나."

옆의 남자가 잡아끄는 팔을 뿌리치는데 그는 이미 거나하게 취한 상태였다. 그가 나를 손가락으로 가리켰다.

"내가 이분한테 해줄 얘기가 있어. 먼저 가."

"아, 네. 앉으세요."

양기자가 옆자리의 노트북 가방과 웃옷을 치우는 사이 그는 나의 곁에 앉았다. 가자고 채근하던 남자는 간곡한 듯 부탁의 말을 개운하게 던지고는 삼 초 만에 사라졌고 나는 그의 앞에 수저를 챙겨놓았다.

"요즘 건강이 좋아지셨나 봐요. 다시 술 드시는 걸 보니."

"글쎄."

양기자의 말에 삐딱한 투로 대답하고 그는 나를 향했다.

"그 포구 옆에 00화약 공장이 있는 거 아나? 그 회사가 바다를 백사십오만 평이나 메워 매립했지."

"차장님은 매립에 관심이 많으시지."

“그땐 개인이 바다를 매립하면 정부에서 공사비의 팔십 프로를……”

“보조.”

“응, 보조해주기로 돼 있었거든. 거저먹는 거지, 니미.”

“그래서 요샌 서해안 작업하시잖아요. 매립으로 바뀐 서해안을 GPS로 잡는 것. 선배 최고야……”

“그렇지. GPS는 과학이니까……”

“선배?”

양기자가 거의 요염하게 그를 불렀다.

“선배. 그 얘기는 자리를 옮겨서 듣죠. 이차……”

“뭐야, 새끼야? 이게 어디서 개수작이야. 가려면 너나 가.”

또 시작이다, 중얼대며 양 기자가 황급히 일어났다. 나도 덩달아 일어났다.

“그 땅을 용도변경해서 아파트 지었잖아요? 누가 그걸 몰라?”

양기자는 설레발을 치며 그를 끌고 나갔다. 그러고는 나까지 묶어 문밖으로 둘을 밀어냈다.

“잠깐만 붙잡고 있어. 계산 좀 하고.”

그래서 그와 나는 식당 불빛의 밝은 그늘 속에서 마주 보고 섰다. 그는 몸을 앞뒤로 흔들며 그윽한, 이라기엔 살짝 맛이 간 눈길로 나를 내려다보았다. 그리고 낮은 목소리로 말했다.

“너도 제미니(고문의 일종) 한번 타볼래?”

"네?"

"똑바로 서 있어, 이년아."

"나는 똑바로 서 있거든요? 댁이 흔들거리는 거지."

욕도 먹었겠다, 그가 정신이나 차리도록 대거리하려고 턱을 치켜세우는 찰나 왈칵 하고 뭔가 내게로 쏟아졌다. 그리고 구부린 그의 어깨 너머로 절망에 찬 양기자의 얼굴이 보였다. 내 가슴에 쏟아진 뜨뜻한 토사물이 스커트 앞자락까지 적셔 내리며 길바닥에 뚝뚝 떨어지는 중이었다. 그가 토한 것이었다.

"일냈군, 일냈어."

양기자가 신음 소리를 내며 그를 잡아끌었다.

"미안해. 먼저 갈게. 이 사람 집에 데려다 줘야 해. 미안해."

그는 차마 내 꼴을 바라보지 못하고 그를 거의 포박하듯 껴안고 사라졌다. 나는 가슴께에 붙은 토사물을 맨손으로 털어냈다. 속옷까지 흥건히 젖어 살에 달라붙었다. 다행히 원피스의 기하학적인 무늬 때문에 토사의 내용물이 눈에 금방 띄지는 않았다. 이상한 건, 그 막강한 분량으로 보아 코를 찌를 것이 분명할 텐데 그 냄새가 맡아지지 않는 것이었다.

"술 드셨어요?"

택시기사가 알아보기는 했다.

"매운탕인지 제육볶음인지 뭐 그런 거라고 하셨잖아요?"

세탁소집 남자가 원피스 가슴께를 가리키며 말했다. 다리미질까지 마친 옷의 가슴께에 갈색 얼룩이 손바닥만 하게 남아 있다. 한반도 지형 같군…….

"제가 토한 게 아니에요. 그러니 내용물이 뭔지 모르죠. 하여간 술은 마셨어요."

배상 문제 때문에 첫마디가 까칠했던 남자는 예상 외로 밋밋한 내 표정에 맘이 놓이는지 곧바로 원인 분석에 들어갔다.

"이건 알코올도 기름 성분도 아니고…….."

국과수 연구원처럼 진지한 눈초리로 얼룩을 들여다보았다.

"몇 차례 약품 처리를 했는데도 안 없어지더란 말입니다."

"새옷인데……."

"그러게요. 비싼 건데……."

그는 고개를 절레절레 저었다.

"이런 색의 얼룩이 지는 건."

고개를 들고 나를 똑바로 바라보며 말을 이었다.

"피예요."

그는 확신에 찬 목소리로 다시 말했다.

"피 말고는 없어요. 피도 함께 토한 거야."

위에 빵꾸가 났다……. 양기자의 말이 떠올랐다. 남자가 계속 말했다.

"혈액은 드라이하면 안 돼요. 물빨래 해야지. 근데 이 옷은 물빨래를 하면 안 되는 거고…….”

그는 자기가 찾아낸 딜레마에 고개를 갸웃거렸다. 나의 굳어진 표정이 낙담한 거라 생각했는지 몇 마디 덧붙였다.

“비싼 건데……. 더군다나 딱 한번 입고. 아깝다. 스카프 같은 걸 앞에 두르면 되지 않을까요?”

나는 옷을 예쁘게 접었다.

“뭐 그럴 수도 있고……. 기념으로 가지고 있지요, 뭐.”

그는 내게 사과할 틈도 없이 병원에 입원했고 위가 세번째로 빵꾸가 났다는 애길 양기자로부터 전해 들었다.

“빵꾸도 습관성인가……. 이번엔 금방 못 나올걸.”

삼 개월로 끊은 원피스 할부가 끝날 즈음 원고는 나왔고 나는 퍼덕거리는 게와 시끌벅적한 포구의 정경을 쓰면서 그 뒤로 줄지어 늘어선 아파트들에 대해서도 십 년 전의 일을 상기시켰다. 약간의 깊이를 가지고 말이다.

그가 다시 출근했다는 소식을 듣고 나의 가슴이 뛰었다. 술을 안 먹겠다는 각서에 혈서까지 받았던 그의 아내는 이번엔 유서를 받았다고 한다. 나는 그의 명(命)이 좀더 길기를 진심으로 기원했다. 빨강에 열광한 세밀화가는 눈이 멀었고 장미의 향은 남아 있지 않으니 그가 우덕순만큼이라도 늙어 살아남았으면 싶었다. 내게는 이미 불그죽죽한 얼룩으로 남아 있긴 하지만.

+ 조혜경

이름 석 자가 중천에 뜬 별처럼 반짝이는 사람은 복이 있나니 드높은 명예가 그의 것
이요……. 밤하늘엔 이런 별 말고도 별 볼 일없는 작은 별들이 무수히 많다. 허벌 망원
경에 잡힌 것만으로도 일일이 이름을 붙일 수 없어 H23, F45 등의 기호를 부여한다.
밤하늘 저편에서 잠깐 반짝 하고 조도를 높이는 별을 보면 누군가와 눈이 맞는(?) 순간
같아 가슴이 두근거린다. 그 별빛은 필히 삼억 오천만 광년 전에 떠나 내게로 날아온 것
이니 눈 맞은 시차가 보통 큰 게 아니지만 시간이 무슨 상관이랴. 눈이 맞았다는데.

메아 쿨파

마흔의 나이에도, 자기 아내의 겨드랑이에 날개가 달렸다고 생각하는 남자가 있다. 그 겨드랑이에서 날개는커녕 날개가 돋았다 사라진 흔적조차 발견할 수 없었던 나는, 남자가 막무가내로 믿는 그 성지가 결국 그가 짐짓 고해성사를 하며 비겁하게 숨어드는 제도라는 걸 알았다.

한때는 그도 좋은 연인이었다.

그는 내게 아버지를 가져다주었고, 어머니를 가져다주었다. 어린 시절을 가져다주었고, 하늘을 덮을 지붕과 바람을 막을 벽을 가져다주었다. 자기 가슴에 내 손을 품고 따뜻하게 데워줄 때, 고개를 숙여 내 신발끈을 정성스레 묶어줄 때, 그는 나의 아버지였다. 내 발바닥을 간질이며 장난을 칠 때, 그는 나의 오빠였다. 그가 소정아, 혹은 아가야, 부르며 나를 깨울 때 그는 나의 엄마였다. 밤이면 눈 아래로 별이 반짝이는 산비탈 옥탑방에서 그와 나는 고치 속의 쌍둥이 누에처럼 행복했다. 내 영혼은 산울림처럼 그의 부름에 반응하며 그가 주는 아늑하고 평화로운 세계 이외의 아무것도 더 바라지 않았다.

그는 서른한 살 내 삶에 결혼 아니면 무언가 일을 해야 한다는 강박적인, 현실적인, 상투적인 요구를 하지 않는 유일한 사람이기도 했다.

"창의적인 사람은 잘 빈둥대는 거지."

서른 살까지 나는 내가 무엇을 해야 할지 몰랐다. 대학에서의 전공을 살려 잠시 인테리어 사무실이나 잡지사에도 있어보고, 알량한 글솜씨로 드라마나 영화평을 써보기도 했지만 별 재미가 없었다. 첫 번째 것은 클라이언트들의 요구대로 뭘 한다는 게 생각보다 적성에 맞지 않았다. 두 번째 것은 한 예술가의 영혼을, 혹은 혼신의 결과물을, 유치원생처럼 별 몇 개로 단순화하거나 머리에서 나오는 현학적인 몇 줄 글로 잘난 척하는 게 마음에 들지 않았다. 그래서 접었다.

내가 나에 대해 확실히 아는 건 적당히 불량소녀처럼 세상을 살고 싶다는 거였다.

그래서 나는 청바지에 티셔츠, 낡은 야구모자를 푹 눌러쓰고 정말 불량소녀처럼 거리를 어슬렁거리거나 (그러면 사람들은 선머슴애 같은 말라깽이 계집애를 그저 만만한 대학 신입생 정도로 여겨 내게 딱 어울렸다. 골목에서 혼자 침을 찍찍 뱉어보거나 아, 씨발! 아, 좆나! 열라, 쌍년! 욕을 하면 시원하고 기분이 좋았다. 또 있다. 길 가다 누가 일인 시위를 하고 있으면 그가 든 피켓 옆에 피켓처럼 서 있어주기도 한다. 당사자에겐 삶이 걸린 문제를 놀이처럼 한다는 비판, 수긍한다.) 어느 날은 문자 중독증에라도 걸린 것처럼 정신없이 책을 읽어치웠다. 어느 날은 영화를 두세 편씩 보았다. 어느 날은 종일 침대에 웅크리고 에디트 피아프나 비틀스의 노래를 들었다. 그날 필이 꽂히는 단 한 곡만 편집증적으로 듣는 게 내 방식이었다. 어느 날은 하루 종일 낮잠을 잤다. 그리고 이따금 창밖에 걸린 하늘을 보며 혼자 뒹굴었다. 책임감이 부여되지 않는 그 세상이 나는 좋았다.

엄마는 이런 나를 옥탑방을 얻어 내보냈다. 엄마는 나를 광야로 내보낸 셈이었다. 그 광야에서 일을 하든 연애를 해서 결혼을 하든 니 맘대로 하라는 것이었다.

엄마는 이따금 옥탑방에 있는 내게 생활비를 준다. 서른세 살에 이혼 뒤 열 번이 넘는 이사를 하며 엄마는 뛰어난 재테크 능력을 보였다. 나와 동생과 엄마 몫으로 세 채의 아파트를 마련했다. 그 덕분에 동생과 내겐 엄마 아빠와 함께한 어린 시절이 없었다. 엄마는 늘 어딘가를 나다녔고, 수없이 전화를 하거나 받았고, 때론 술 냄새를 풍기며 새벽에 들어왔다.

열 살 때부터 나는 돌아오지 않는 엄마를 대신해 동생 밥을 챙겨주고, 세탁기를 돌리고, 동생을 목욕시켜 재웠다. 내가 읽어준 수많은 동화 때문에 동생은 동화가 더 현실적인 아이였다. 어느 날은 개구리가 왕자가 될 것 같아 학교 앞에서 개구리를 사 온 적도 있었다. 개구리는 왕자가 되지 못하고 며칠 안 가 죽었다. 광야에 내놓은 딸에게 엄마가 찔러주는 용돈은 딸의 어린 시절을 빼앗아 간 데 대한 엄마 나름의 보상법이었다.

내게도 수입이 전혀 없는 건 아니다. 가끔 친구나 아는 곳에서 일을 부탁했다. 그 돈으로 내가 좋아하는 영화를 보고, 음악을 듣고, 라면이나 바삭하게 구운 김 몇 장을 반찬으로 햇반을 먹고, 책을 읽으며 뒹굴 수 있는 일상을 제공받는 데는 별 불편이 없었다. 나는 스타벅스나 커피빈 유의 명성에는 별 관심이 없지만, 엄마가 주는 용돈으로 가끔 스타벅스에 앉아 오후 내내 노트북을 두드리며 명품(?) 커피를 마실 수 있는 호사도 누릴 수 있었다.

엄마가 주는 돈으로 스타벅스 커피를 마실 수 있다는 건 내게 상당한 상징성을 가지고 있다. 엄마가 내 몫으로 마련한 아파트가 없다면, 그 자본의 힘이 없다면, 내가 이렇게 우아한 백수가 될 수 있겠는가 하는 것이다. 빈둥대는 내 저울추는 본의 아니게 자본의 힘에 있었다.

그래서 기부도 한다. 내 통장에서는 매달 일정 금액의 돈이 서너 군데의 복지재단이나 사회단체로 빠져 나간다. 만 원, 이만 원씩이 고작이지만 이 금액은 내가 이 사회에 부담하는 최소한의 책임의식이다.

이런 내게 연애 감정을 느끼는 인간들이 있다. 문제는 그게 같은 여자라는 거다. 좋게 말해 내 보이시한 매력이 그녀들에게 어필한 거다. 술자리에서 느닷없이 내게 혀를 쑥 들이밀며 딥키스를 한 선배도 있었다.

"선배, 나 고추 달린 동물하고 연애하고 싶거든. 처음과 같이 이제와 항상 영원히. 오케이?"

얼떨결에 입술을 침범당하고 나는 그 선배에게 길길이 뛰었다.

나도 가끔은 연애를 하고 싶었다.

연애에 실패한 친구가 실비아 플러스처럼 가스 오븐에 머리를 처박고 죽겠다고 난리를 쳤을 때, 그 원색의 열정이 한심하면서도 얼마나 부럽던지.

"야아, 그런 건 아무나 하는 게 아냐. 실비아 플러스는 뭐 쿨하게만 간 줄 아니? 제발 의사를 불러줘, 마지막 손에 이런 메모가 들려 있었다더라."

그러면서도 실패한 연애 때문에 오븐에 머리를 박은 인간의 주검은 어떤 모습일까, 그 주검을 보고 싶다는 리얼한 욕망에 나는 몸을 떨었다.

어떻게 인간이 가스 오븐에 머리를 처박을 수 있지? 어떻게 인간이 발에 돌덩이를 달고 물속으로 들어갈 수가 있지? 어떻게 인간이 독사한테 스스로를 물릴 수가 있지? 어떻게, 어떻게, 죽음을 마주하고 그 죽음 속으로 걸어 들어갈 수가 있지? 천지를 불태우는 노을에 눈이 부셔 차를 전복시킨 제임스 딘도 '미필적 고의'?

광야는, 알다시피 고난의 장소인 동시에 신을 만나는 성지다.

초겨울 공원 공기는 청량했다. 마악 물청소를 끝낸 통유리처럼 햇살이 투명했다. 나는 벤치에 앉아 음악을 듣고 있었다. 내 앞으로 불쑥 등산용 스테인레스 커피 잔이 들어왔다. 익숙한 커피향도 함께 들어왔다. 그게 무슨 향인지 굳이 구분하지는 않았다. 어쩌면 향보다 다갈색의 색깔이 먼저 들어왔는지 모른다.

내가 커피 잔을 따라 그를 돌아보았다. 낯선 얼굴이 웃고 있었다. 상대를 무장해제시키는 담백하고 서늘한 얼굴이 온전히 나를 향해 있었다. 손으로 장난스럽게 흩뜨려주고 싶은 기름기 없는 머리칼, 커피보다 옅은 갈색의 폴로 잠바. 모두가 편안했다. 그의 분위기는 황갈색 초겨울의 공원과도 잘 어울렸다.

"마셔요."

내가 커피 잔을 받아들었다. 손바닥에 전해지는 아 따뜻해, 싶은 느낌이 너무 좋았다. 내 온몸이 그 온기에 반응했다. 그가 작은 보온병 뚜껑에 자기가 마실 커피를 따랐다. 나는 그의 손을 보았다. 푸른 핏줄이 물 오른 초봄의 버들가지처럼 우아한, 섬세한 손이었다. 그가 지닌 분위기 중에 가장 은밀한 느낌이었고 섹시했다. 그 손을 바라보다가 나는 문득 얼굴을 붉혔다. 저런 손을 가진 남자는 어떤 남자일까, 그는 무엇을 할까. 액자 속 그림처럼 나는 그를 내 눈에 모두 담아버렸다.

그가 조심스레 커피를 다 따르기를 기다려 나는 첫 모금을 마셨다.

"무슨 노래 들어요?"

그가 내 음악에 관심을 보였다.

나는 친구에게 하듯 그에게 이어폰 한쪽을 내밀었다.

"같이 들어요. 커피 주셨으니까."

내 자연스러움에 그는 빙긋 웃었다.

"무슨 곡이에요? 에디트 피아프의…… 어디서 들어본 곡인데."

그가 고개를 갸우뚱했다,

"〈메아 쿨파〉예요."

"메아 뭐?"

"메아 쿨. 파."

내가 스타카토로 쿨. 파. 찍어 발음해주었다.

"무슨 뜻이지?"

"내 탓이오."

"……?"

"메아 쿨파 메아 쿨파 메아 막시마 쿨파, 내 탓이오 내 탓이오 내 큰 탓입니다."

내가 가슴까지 치며 설명을 하자 그가 깊이 고개를 끄덕였다.

"아아!"

내가 가사 내용을 설명해주었다.

나는 사랑을 함으로써 죄를 지었소.

상대를 내 것으로 만들려고 하는 교만의 죄를 지었소.

상대에게 나의 모든 것을, 목숨까지도 바치고 싶어 하는 소망의 죄를 지었소.

상대의 빛나는 눈동자에 황홀해져서 폭음, 폭식의 죄를 지었소.

나는 사랑을 함으로써 나태의 죄, 분노의 죄, 음란의 죄, 탐욕의 죄를 지었소.

……

그러나 사랑을 하는 나의 혼은 순수했다오.

그러니 한 번도 죄를 범한 적이 없는 사람이 먼저 내게 돌을 던지는 것이 좋겠소.

한 번도 사랑을 한 적이 없는 사람이 내 기도를 거부하는 것이 좋겠소.

메아 쿨파!

나의 죄는 내가 고해성사를 하겠소.

그러나 다시 사랑이 온다면 나는 또 죄를 지을 것이오.

……

"대단한 가산데?"

"그렇죠?"

"……사랑을 하고 싶은 거구나?"

그가 나를 재미있다는 듯 가만히 바라보다가 말했다.

"어쩌지? 난 이미 결혼을 했는데."

그의 천연스러운 농담에 내가 푸웃, 웃음을 터뜨렸다.

"아깝다."

내가 손가락을 딱 소리내어 튕기며 맞받았다.

이상하다. 모든 게 너무 자연스럽고 담백하고 편안하다.

그가 계속 반말을 했지만 그것도 너무 자연스러워 마치 오래전부터 그렇게 해온 사이 같았다.

그의 말처럼 나는 정말 사랑을 하고 싶은 건가. 그것도 〈메아 쿨파〉의 주인공처럼 고해성사가 필요한 부도덕한 사랑을. 억지 고백이 아닌 정말 피 흘리는 죄의 고백을. 그러나 내가 이 노래를 좋아하는 것은 가장 인간적인, 인간의 언어여서이다.

이런 나를 두고 뒷날 그는 '넌 얼핏 보면 무채색인데 알고 보면 원색이야'라고 말하기도 했다.

"아저씨는 왜 대낮에 빈둥거려요? 백수? 예술가?"

내가 짐짓 불량하게 물었다.

"둘 다."

에디트 피아프의 노래에 이어 조르지 주뱅의 온몸으로 절규하는 듯한 트럼펫 연주 〈메아 쿨파〉가 그와 내 귀를 먹먹하게 했다.

나는 분노의 죄를 범했소. 나에 대해, 당신에 대해. 이 세계에 대해…… .

"등산 다녀오세요?"

등산 차림은 아니었지만 그의 옆에 작은 배낭이 보였다.

"그냥 배회해."

"집이 어디세요?"

"저기 아파트."

내가 사는 곳은 네거리 하나를 사이에 두고 새 아파트 단지와 낡은 연립주택 단지가 극명하게 갈려 있다.

"학생은?"

"전 저어기 옥탑방에 살아요."

내가 고개를 빼고 산비탈을 가리켰다. 어떻게 반응을 해야 할지 그가 잠시 난감한 얼굴을 했다.

"천국에서 가장 가까운 방이죠. 한번 놀러 오실래요?"

"그래도 되나……?"

그해, 겨울과 봄 여름 가을.

네 계절 동안 그와 나의 데이트는 주로 옥탑방에서 이루어졌다. 함께 라면이나 밥을 먹고, 음악을 듣고, 디브이디로 영화를 보았다. 그의 입술로 주는 술을 받아 마셨다. 함께 샤워를 했다. 이박 삼일의 여행을 세 번 갔다. 이따금 낮잠을 자긴 했지만, 그는 한 번도 내 곁에서 자고 가지는 않았다. 그는 두 딸과 아내가 원하면, 언제든 두 손 벌려 나는 깨끗하다는 알리바이를 가지고 싶어 했다. 가끔 그가 지면에 발표한 글을 읽기도 하는데, 거기에서도 그의 알리바이가 반짝였다. 그는 자신의 가정을, 중학교 영어 교사인 아내와, 아홉 살과 일곱 살인 두 딸을, 글 상의 행복한 레시피로 올리기를 좋아했다. 나와 그의 시간이 끝난 어느 날, 어느 아련한 연인도 이 레시피로 써줄까 싶게.

그가 돌아가고 난 밤중에 나는 옥상 마당에 나가 그가 사는 아파트의 불빛들을 내려다보았다. 그럴 때면 내가 그에게 연애 이외의 것을 욕망하는 것일지도 모르겠다는 생각이 들었다. 환히 켜진 저 불빛 속에 들어가고 싶다는. 그의 글 상의 반짝이는 레시피가 되고 싶다는. 그러나 여기까지였다.

　어느 계절이든 비가 내리면 깊어진다.

　비가 내린 뒤 가을은 더욱 깊어졌다. 옥상에서 내려다보는 네거리의 은행잎이 하룻밤 사이에 노랗게 짙어졌다. 공기가 방금 빨아 펼쳐 놓은 것처럼 맑았다.

　일요일 오전, 여느 때처럼 청바지에 야구모자를 눌러쓴 불량한 차림으로 나는 마을버스 정류장을 향해 내려가고 있었다.

　오십여 미터쯤 앞에서 한 여자가 마주 올라오고 있는 것 외엔 일요일이어선지 골목은 조용했다. 나처럼 깡마른 여자였다. 얼굴을 감추듯 검은 벙거지를 좀 깊숙이 눌러 썼고, 심플한 트렌치코트를 입었다. 여자가 내 눈에 들어온 건 모자와 코트 때문이었던 것 같다. 이 골목에서 그렇게 세련되게 모자를 쓰고 트렌치코트를 입은 사람을 보기는 쉽지 않았다.

　내가 그 여자 곁을 조금 비껴 지나치려 할 때였다. 느닷없이 그녀가 내 야구모자를 확 잡아채 벗기더니 머리칼을 움켜잡았다. 고개가 획 꺾이고, 빙글 하늘이 내 눈 속으로 굴러 떨어졌다. 모자가 길바닥에 패대기쳐졌다. 움켜잡는 것으로도 모자라 그녀는 다짜고짜 내 머리를 끌고 올라가기 시작했다. 나는 개처럼 질질 끌려 올라갔다.

텔레비전의 슬로모션처럼 골목의 풍경이, 소리가, 모든 게 한순간에 아득히 사라졌다. 처음엔 여자가 정신병자거나 뭔가 오해에서 빚어진 일이려니 했다. 그리고 다음엔 오직 두 문장, 나한테 지금 무슨 일이 일어난 거야? 나한테 어떻게 이런 일이 일어나? 였다. 이제까지는 우리 안의 원숭이를 구경만 하고 살았는데, 그것이 내 역할인 줄 알았는데, 순식간에 내가 사람들이 구경하는 원숭이가 되어 있었다. 그런 다음, 서늘한 부호 하나가 떠올랐다. 그의 아내구나, 하는 생각. 대낮 거리에서 내 존재를 이렇게 당당하게 모욕할 수 있는 여자는 그의 아내 외에는 없을 것이기에.

그녀는 내가 오르내리는 언덕길을, 내가 살고 있는 집을, 옥상으로 올라가는 계단을. 익숙하게 알고 있었다. 그녀는 내 옥탑방을 익숙하게 알고 있었다. 내가 허둥허둥 핸드백에서 열쇠를 찾아 문을 열 때도 그녀는 내 머리를 놓아주지 않았다. 나는 내 방에 동댕이쳐졌다. 나는 넘어진 몸을 본능적으로 동그랗게 오그렸다. 그리고 그녀의 다음 행동을 기다렸다. 잠시 그녀의 씩씩대는 숨소리만 들렸다.

"야, 이 기집애야!"

이윽고 그녀가 내 머리 위에 씹어뱉듯 던진 첫마디였다.

"내 뒤에서, 아니 바로 내 코앞에서 니들이 언제까지 그렇게 즐길 줄 알았니? 하, 스릴 있고, 낭만적이었겠다? 내가 바보 같았지?"

나는 일어나 앉아 무릎을 세우고 그 위에 헝클어진 얼굴을 묻었다. 그녀의 모욕감과 분노를 감당해야 할 자세를 그렇게밖에 취할 수가 없었다.

그녀가 내 방을 훑어보는 기척이 느껴졌다.

"그래, 내 남편이 그 입으로 술 먹여주디? 가슴에 찬 손 넣고 녹여주디? 여행 가서 같이 손만 잡고 잤니? 같이 샤워했니? 치즈 넣고 파 송송 계란 탁, 깨서 라면 끓여주디? 리모컨 들고 친히 채널 돌려주디? 같이 이어폰 꽂고 노래 들었니? 발가벗고 영화 보며 낄낄댔니?"

그녀의 목소리가 응집력을 잃고 흐트러졌다 모였다 했다.

"……."

"나는 그 사람 아내야. 니가 그 얄팍한 사랑으로 침범할 수 없는 이 세상 제도야. 제도! 그게 그렇게 중요하냐고? 나도 니 나이 땐 제도쯤 우스웠지. 그까짓 거 깔아뭉개버려, 우우우~ 줄 좍좍 그어버려, 우우우~ 우리가 새 제도를 만드는 거야, 우우우~ 그럴 수 있었어……. 제도 가지고 너한테 우쭐댈 생각은 없다. 하지만 제도를 모욕하고 무시하는 건 내가 참을 수 없어!"

급기야 그녀는 광화문 네거리의 이순신 장군처럼 큰 칼 옆에 차고 내게 포효를 했다.

그래, 그녀는 제도다. 인정한다. 나는 그 제도를 무시한 적은 없다. 모욕? 제도를 욕망하고 침범했다는 것만으로 제도에게는 이미 모욕적일지 모르겠다. 그렇더라도 모욕할 의도는 내게 없었다. 나는 다만 사랑을 했을 뿐이다. 그런데…… 이 '사랑'이 그 제도와 맞설 수 있을까, 사랑의 순결성으로 제도의 견고한 정당성을 넘어설 수 있을까, 그 제도를 답답하고 천박하다고 경멸할 수 있을까, 하는 생각을 나는 그때 처음으로 해보았다.

그녀가 내 턱을 쳐들었다. 그녀의 눈이 바로 내 눈앞에 와 있었다. 검은 모자 아래서 그녀의 눈은 깊은 우물 같았다. 우물의 수면이 겨울밤 차가운 달빛을 반사하는 것처럼 쨍쨍했다. 그 눈의 분노가, 살의가, 나를 뚫고 들어올 것 같았다.

"내가 머리끄덩이를 잡은 여자가 니가 처음인 줄 아니? 그래도 줄북북 그어버릴 수 없는 게 제도다. 너는 기도할 때 기도문 내용이 어쩌고저쩌고 하며 신한테 가는 길을 따지겠지만, 나는 그게 부처님이건 예수님이건 그냥 무릎으로 그 앞에 엎어져. 너는 니 영혼을 자유를 들먹이며 아무 데나 흘리고 다녀도 되지만, 나는 그럴 수 없다. 제도란, 시시해져도 온 몸으로 살아내야 하는 거니까……."

그녀가 내 얼굴을 탁 치듯 놓았다. 얼굴이 돌아간 채로 나는 가만히 있었다. 그녀가 잠시 말을 끊었다.

"너, 모르지? 남편은 날 천사로 생각한다는 거……."

그녀가 비웃었다.

"내가 니 머리끄덩이 잡은 거 평생 모를걸. 알려고도 하지 않을 테고. 니가 남편한테 수십 번을 일러봐라. 남편이 내 겨드랑이에서 날개를 떼어내는가. 그 날개는 그가 위급할 때 숨어들어야 하는 제도니까. 그러니 아가씨, 이쯤에서 꿈 깨시지."

그녀의 말에서 나는 비로소 알았다. 내가 엄마의 아파트에 의지해 자유를 누리듯, 그는 그 제도에 의지해 일탈의 자유를 누린다는 것을. 그 자유가 들킬 때 있지도 않은 아내의 날개를 찬양하며 비루하게 그 제도 속으로 숨어든다는 것을. 영혼을 아무 데나 흘리고 다닐 수도 없고, 시시해져도 온 몸으로 제도를 살아내야 하는 아내는, 어쩔 수 없이 날개를 달고 날아야 한다는 것을. 많은 아내들은 스스로 신화를 만들며 그 날개를 달기도 한다는 것을.

"난 니들 같은 인간을 잘 알아. 니들은 가장 밑바닥에서 모욕을 줘야 정신을 차려."

나는 그녀가 현명했다고 생각한다. 그녀가 감정의 허세를 부리며 우아하게 나타났다면, 대낮 거리에서 내 머리끄덩이를 휘어잡지 않았다면, 나는 내 사랑을 지질하게 변명하며 연장했을지 모른다. 그의 아내를 좀더 오래 기만했을지도 모른다. 나는 그 어떤 말보다 그녀가 대낮 길거리에서 휘어잡은 내 머리끄덩이에 졌다. 오물이 묻는 것쯤 개의치 않고 삶을 끌어안는 원색적인 열정에 졌다.

"그 사람은 절대 그럴 사람이 아니야. 그 사람은 내가 제일 잘 알아."

내가 그의 아내를 그에게 고발했을 때 그가 내게 일관되게 아내를 방어한 말이었다. 그는 아내의 겨드랑이에서 날개를 떼어낼 생각이 전혀 없어 보였다.

제도는 내게 또 하나를 더 알려주었다. 제도는 내 편을 만드는 것이다. 제도 밖의 나는 내 편이 없었다. 나는 그와 그냥 사랑을 했다는, 사랑을 한 그 순간만은 진실했다는, 최소한의 정당성마저 획득하지 못했다.

그는 옥탑방에 다시 찾아오지도, 전화를 받지도 않았다.

그 겨울, 나는 옥탑방을 내려왔다. 그건, 해와 달과 별을 머릿속에서 유희하며 놀던 시절을 끝내고 진정한 고해성사가 필요한, 그의 아내의 표현대로 한다면 온 몸으로 살아야 하고 시시해져야 하는, 걸핏하면 무작위로 이단옆차기를 날리며 들어오는 세상 속으로 두 발을 내디뎠다는 의미였다. 나는 진정한 광야로 내려온 것이다.

그러나 다시 사랑이 온다면, 나는 기꺼이 정육점 냉장고 안의 선지처럼 붉은 피를 흘려야 하는 그 죄 속으로 또 걸어 들어갈 것이다.

+ 권혜수

많은 노처녀들의 착각 가운데 하나.
주위의 유부남들이 모두 자기한테 와서 부부문제 상담을 한다는 것. 그래서 그들의 가
정사를, 남자의 고민을, 그 남자의 아내보다 더 잘 알고 있다는 것. 그래서 남녀 문제를
누구보다 잘 알고 있다는 것.
거기에 대한 윤명혜 선생님의 일갈, 그건 요단강을 건너보고 못 건너보고의 어마어마
한 차이라는 것. 요단강을 건너가봐야 천국을 알고 지옥을 알지, 요단강 이편에서 가
나안 땅을 바라만 보며 뭘 안다고 주접이냐는 것. 똥과 된장이 보기에는 비슷해도 맛
은 완전히 다르다는 것. 그래도 소설은 요단강을 건너가보지 않고 씁니다.

캠던 가의 재봉틀

1.

임수정은 런던으로 여행할 때면 그랬듯이 소일할 일감을 들고 온다. 딸의 집에 머물게 되면 분주하던 시간들을 꼭 마켓의 영수증을 받아 호주머니 속으로 구겨 넣듯 그녀의 모든 시간들을 접고 마는 것이다. 그녀는 그럴 때마다 색다르게 맞이하게 되는 여가를 즐긴다. 설령 뜻하지 않는 사건들이 생긴다고 해도 그녀 나름대로 시간을 스스로 감당해낼 준비를 해왔다.

딸에게 오기 전에 독서할 책들을 짐 가방에 넣을까 망설이다가 종이는 헝겊보다 무겁다는 생각이 들었다. 그 대신, 바느질을 좋아하는 그녀는 엇비슷한 붉은 빛깔의 조각 헝겊들을 모아둔 보따리를 통째로 가지고 왔다. 조각 헝겊끼리 이어가며 저마다의 모서리가 맞물릴 때면 나름대로 기쁘다. 이런 소소한 즐거움은 고작 참새 등짝만 한 면과 면 사이를 실로 꿰매어 붙이는 섬세한 작업이라 수정은 일찌감치 익힌 바느질 취미에 흡족했다. 그런 행위가 바로 우리네 삶 같다고 느낀다. 한 조각의 헝겊끼리 서로 만나 비슷한 무리들의 빛깔과 인연을 맺는 일은 신경이 쓰이는 만큼 보람도 있다. 마치 가정이라는 울타리와 조각보를 만드는 것과 이치가 그다지 다르지 않다는 생각이 드니까. 그 안에서 각자 몫은 뚜렷하고 구별된다. 분담의 역할은 다르지만 서로 믿고 의지하면서 사는 시간을 함께 나누다보면 자연히 가족의 역사 같은 나름대로의 조각들이 이어진다. 유독 빛깔이 곱다고 헝겊을 중간에 이을라 치면 기어이 뜯고 만다. 모양과 크기가 지나치게 곱거나 뒤처져도 전체의 흐름을 막으니까 그렇다. 조각보를 만드는 데는 재봉틀보다 역시 손바느질이다. 손가락 끝의 지문을 통하여 한 땀 한 땀 헝겊의 씨줄과 날줄을 헤아린다. 중요한 것은 저마다의 특색을 지니고 있는 헝겊 선의 맞물림에서 조화를 이루어야 한다. 그래야 깊은 샘물의 물결무늬처럼 귀태가 난다는 것을 익히 알고 있다.

2.

딸은 런던 스위스 코티지(Swiss Cottage)의 집을 엄마에게 잠시 맡겨 놓고 대학의 같은 과 친구들과 여행을 떠났다. 을씨년스러운 초겨울이다. 수정은 벽의 한가운데 우아하게 놓여 있으나 구실을 못하는 벽난로를 물끄러미 바라본다. 마치 중세시대의 탈출구 같기도 한 그 공간을 마주하는 것만으로도 으스스 한기가 새어 나오는 것만 같다.

영국의 집들은 지붕 위로 솟아난 피리의 끝처럼 뾰족한 주둥이 같은 굴뚝들이 솟아 있다. 과거의 벽난로는 땔감을 땐 연기가 피리 같은 굴뚝으로 뿜어져 나왔다. 이렇게 난방으로 큰 구실을 담당했던 벽난로가 이제 라디에이터에 떠밀려 할 일을 잃은 셈이다. 간혹 창밖의 굴뚝으로 하얀 연기가 모락모락 피어오를 양이면 여전히 벽난로를 애용하고 있는 영국인들을 떠올리곤 한다. 그러나 수정에겐 그 무엇보다도 관심을 가지게 하는 물건이 있다. 벽난로 곁에 점잖게 자리 잡고 있는 영국제 싱거(Singer) 재봉틀의 검은 허리를 어루만질 때면 수정은 꼭 페르시아 고양이의 목덜미 같다는 생각을 한다. 그녀는 이 재봉틀과 무슨 꿍꿍이라도 있는 모양, 입가에 은은한 미소를 감출 생각이 전혀 없다.

처음 싱거 재봉틀을 들고 올 때는 오죽하면 버렸을까 싶을 정도로 거칠게 사용하여 험하게 낡았었다. 그러나 황금색의 'Singer'라 쓴 영어 필기체는 재봉틀 허리께에 인장처럼 뚜렷하게 새겨져 있었다. 수정이 재봉틀이 탐났던 것은 동그란 바퀴의 손잡이를 돌리며 외동딸과의 추억을 되살리고 싶었기 때문일 것이다. 그래서 오늘은 가까운 캠던 마켓으로 나가 옷감을 사야겠다고 마음먹는다.

스위스 코티지의 마을 풍경은 낙엽들이 쉴 사이 없이 구르면서 다갈색의 가루를 빚는다. 전원의 거목들의 아름드리 사이로 바람이 이리저리 불 때면 지붕 틈새로 맛있다고 손꼽히는 몽마우스(Mon mouth)

카페의 원두 커피가루 같은 낙엽 입자들이 날아 앉곤 한다. 그래서 멀리서도 뚜렷하게 지붕의 완만한 선을 자연히 그려낸다. 그런 모습을 응시하면서 자연을 예술가라 부르는 그 이유를 음미하며 또 수긍하는 것이다. 마을로 비스듬히 내려오는 햇살은 온기를 잃은 채 잠시뿐이다. 또 계속되는 회색빛의 낮은 하늘 때문에 불쾌하다. 딱히 이유도 없는데, 막연한 우울함을 자아내면서 그 기운은 마치 용암처럼 도시로 흘러내리는 것만 같았다.

여기서 십여 분 걸어가면 메종블랑 커피숍, 그리고 돌아서서 코너의 주유소를 끼고 길을 따라 내려간다. 그 길로 다시 십여 분을 잰걸음으로 걷자면 바로 캠던(Camden) 마을이다. 발랄한 젊은이들의 광장인 이곳은 로마 병사의 군모 같은 부채꼴 머리 모양을 한 개성파들도 속속 모인다. 몸에 얼룩진 문신을 하고 얼굴에도 서너 군데 피어싱을 하여 독특한 멋을 자랑하는 그들이 즐겁게 모이는 곳도 캠던 시장 주변이다. 여기에는 재즈, 록 등의 장르를 망라하는 세계적인 음악가들의 공연 콘서트가 이어지는 라운드 하우스(Round House) 공연장이 있다. 십구 세기 기차들의 종착지였던 이곳은 기차의 보수 수리 공장이었고 그 후 수십 년간 와인을 보관했던 창고로 사용되었다.

이백 년 전에도 캠던의 긴 운하에는 여전히 맑은 물이 흘렀다. 마차들의 종착역으로서 조건이 좋았던 것은 운하가 흘렀기 때문이다. 마차를 힘겹게 끄느라 혹사한 말들을 흐르는 운하에다 목욕시키고 먹이고 휴식을 취하게 했다고 말한다. 자동차 역할이었던 소중한 말들이 아프면 치료를 해야만 했기 때문에 캠던에다 말 병원까지 세웠다. 말 병원과 기차의 종점이 맞물리던 환경 때문에 사람들이 벌떼처럼 모이게 되어 절로 큰 시장을 형성할 수밖에 없었다. 이곳에 인파가 모여들어 물건들을 교환하고 돈을 벌게 되었다. 이 돈을 안전하게 믿고 보관하는 기관이 없을까 하여 은행도 생겨났고 여관들도 지어졌다. 수정은 캠던의 이같은 역사적인 흐름의 변천을 딸아이에게 들어서 잘 알고 있었다. 기차 공장과 말 병원들이 있었던 곳이 지금은 국제적인 캠던 마켓이라는 이름을 얻었다. 더욱이 기차 공장은 공연장 라운드 하우스라는 이름으로 쓰이게 되었고 관광객들과 예술가들이 한 번은 찾아오고 싶어 하는 곳이다.

그녀는 라운드 하우스 아래층 카페의 도로를 향한 창가에 작은 테이블로 자리했다. 마치 새끼 고양이를 손가방에다 숨기고 조용하라고 달래주는 것만 같은 표정으로 마켓에서 사 온 옷감의 질감을 손으로 만지작거렸다. 그러나 낯선 곳에서 보내는 시간의 양은 짐작하기에 무리수다. 잠시의 여유를 즐기는 사이에 셈하고 있었던 시간의 무게는 상상의 턱을 넘어갔다. 시계는 달음박질쳤다. 마치 수정은 낮잠에서 깨어난 것만 같았다. 고개를 좌우로 흔들고 창밖을 두리번거리며 살폈다. 눈썹에 닿도록 컵을 기울여 남은 커피를 마시고는 서둘러 도로로 나왔다. 이미 어둠을 덧칠할 숨은 그림자가 그녀 어깨 위로 내려앉고 있었다.

3.

　겨우 오후 세시 반을 넘는 주변은 벌써부터 검붉은 황혼을 뒤로하는가 싶더니 이내 어둑어둑해졌다. 도시는 오후 네시를 넘어서면서 캄캄해진다. 아까 걸어온 도로는 막상 여러 갈래의 길에 맞물렸다. 수정은 오거리 앞에서 그만 걸음을 멈췄다. 가뜩이나 난시로 밤에는 사물의 정확한 거리를 인식하는 일에 자신감을 잃고 있는데. 기역자로 몸을 돌리면 메종블랑 카페가 시야에 들어와야 한다. 그러자면 십 분여 남짓 거리를 더 걸어야 하는지가 궁금하다. 조각보를 이어갈라치면 모서리에 헝겊들을 맞물리는 일은 중요한 부분이다. 한 모서리가 빗나가기 시작하면 전체는 그만 실그러지고 만다. 지금 모퉁이에서 길을 잃은 이 순간의 자신처럼. 또한 매일 살아야 하는 삶과도 같았다. 살아가는 목적을 잃고 있을 때의 깊은 비애감을 그녀는 알고 있다.

　메종블랑이라는 조각도 코너의 주유소라는 조각도 오간 데 없다. 삼거리의 파란 눈동자의 꽃집 녀석, 두 아이를 양 손에 잡고 가는 대머리의 젊은 아빠, 세탁소의 중동인 주인뿐만 아니다. 코티지 마을은 어디냐고 물을 때마다 가야 할 길은 엿가락처럼 그 면적을 넓히며 수정의 집과는 멀어졌다.

4.

　수정은 결혼 전에 친정에서 딸을 낳았다. 시집에서 반대가 심했기 때문이다. 처음 수정이 임신하여 알렸을 때 시집은 그녀를 받아줄 수가 없다고 했다. 시어머니는 정히 애를 낳겠다면 낳자마자 입양을 시키라고 거절하였다. 수정은 다니던 호텔 일을 접고 친정에서 딸을 낳았다. 그러면서 남편과는 이 년 남짓 동거 끝에 유별난 결혼이 성사되었다. 당시만 해도 주변의 친구들 간에 소문난 결혼 설화를 남겼다. 시집의 결혼 반대로 하마터면 딸을 잃을 뻔했다. 반대로 친정어머니는 눈에 흙 들어갈 때까지 핏덩이를 입양 못 보낸다 하셨고 애가 시집 갈 때까지 책임지고 기를 참이라며 걱정 말라 으름장을 놓으며 산모와 아기를 보살펴주었다. 수정이 산후 젖몸살로 울고 있을 때도 어머니는 대신 자신의 빈 젖을 첫 손녀에게 물렸다. 어머니는 가족 한 사람을 잃어버리는 불행이 찾아온다면 가족 전부는 가슴의 활화산을 안고 사는 것과 같다고 말하였다.

그녀는 지금 걷고 있는 길이 어디로 가는지 알 수가 없었다. 인적이 뜸해진 도로의 길 위를 무의식적으로 걷고 있지만 생각은 이어서 꼬리를 물었다. 천지개벽하는 한이 있어도 가족만은 똘똘 뭉쳐야 한다는 어머니의 지론을 떠올리며 여행 간 딸을 떠올리는 것이다. 그런가 하면 조각보를 할 때도 수정은 세상을 등진 어머니의 애틋한 사랑이 저며 들어 눈물이 두 볼을 아프도록 후비며 흘러내리곤 했다. 뱃속에서 아기가 놀고 있을 무렵에 어머니가 짬짬이 모아두었던 헝겊들을 물려주었다. 그 시절부터 그녀가 미혼모의 아픔을 딛고 조각보를 하게 된 계기였다.

이곳이 낯선 길임을 어둠에서 인식하는 순간, 그녀는 망망대해에 홀로 남아 발버둥을 치며 헤엄치는 것만 같았다. 물 위로 뜰 수 없는 사람은 수심을 모르기에 자연히 당황한다. 발끝이 바닥에 닿지 않아 발버둥 치듯, 오던 길을 왔다 갔다 하면서 다시 돌아갔다. 걸으면서도 걸었던 길을 또 걸어가는 느낌이 들었다. 하는 수 없이 수정은 딸이 몇 년 동안 머물렀던 캠던으로 다시 가야 한다는 생각을 굳혔다. 거기라면 전철을 타기로 맘을 먹었다.

5.

2년 전 캠던의 여름이었다. 딸과 외출하고 돌아오는데 런던의 변덕스러운 하늘은 굵은 빗방울을 흩뿌렸다. 빗줄기는 거세지더니 잠시만이라도 피해야 될 것만 같았다. 마침 근처에서 빅토리아식의 몇 가옥들이 내부를 수리하고 있었다. 어떤 건물들은 세월에 낡아 더 이상 지탱하기 힘든 낡은 구조물을 털어버리고 그곳을 덧대어 탄탄하게 리모델링을 했다. 이런 일이 도시의 유행처럼 번졌다. 수정은 딸과 같이 우선 비를 피해 나무 아래에 서서 비가 멈출 때까지 주변을 눈여겨보았다. 마침 리모델링을 하는 집에서 버려둔 헌 가재들이 가로수 아래에 널브러져 있었다. 그중 유독 눈에 들어오는 것이 낡은 재봉틀이었다. 수정과 딸의 마주치던 눈빛은 말없이 반짝였다. 그래서 재봉틀을 냉큼 들고 왔다. 그 이후로 싱거 재봉틀은 딸의 거실을 지켜주는 수문장처럼 중후한 앤티크가 되었다.

그녀는 고개를 좌우로 서너 번 흔들며 불안하고 갈가리 흐트러진 마음을 애써 달랬다. 사위는 컴컴한데, 길목의 알파벳으로 기록된 이 정표들은 그녀를 초조하게 만들었다. 어둠은 잔뜩 독이 오른 싸움닭처럼 그녀를 노려보는 것만 같았고 그녀의 풀기 잃은 목깃을 움츠리게 했다. 어둠이 들자 화사한 케이크 같던 빅토리아식 전통의 하우스들은 무장아찌처럼 거무죽죽해 보였다. 밤하늘은 도시의 붉은 조명이 반사되어 밤거리보다 밝은데도 불빛과 어둠 사이로 찾아오는 것은 고막이 아플 정도로 쑤시는 적막함이었다. 바느질을 하다가 일 초 사이에 그만 바늘을 놓쳤을 때의 막막함은 서늘한 한기를 주는 느낌과도 같이 적막한 거리에 가득 차 있었다.

무게도 없는 어둠은 수정의 양 어깨의 힘줄을 아프도록 무겁게 짓눌렀다. 갑갑한 터널을 빠져 나오듯 걸어가던 길목을 홱 돌아서는데, 손전등처럼 환하게 비치는 밝은 건물이 불쑥 나타났다. 건물에서 나온 백열등 불빛이 도로변까지 환했다. 차도에 세워진 자동차는 컨버터블 신형 벤틀리였다. 큰 키의 젊은 남자가 건물에서 급히 나오는데 영어 발음을 보아 영국인이었다. 그는 따라오는 여자에게 말을 하면서 건물 앞에 세워둔 자동차의 운전석에 앉았다. 여자도 남자를 뒤따라서 밖으로 나오고 있는 중이었다. 건물 불빛에 비쳐진 미역처럼 보드라운 그녀의 긴 머릿결이 등을 덮고 있었다. 오리엔탈계의 여자다. 계란빛의 피부는 오만한 듯한 인상마저 풍겼다. 그녀만의 오리엔탈적인 분위기가 영국인과 다르다는 것도 도리어 그녀의 개성을 돋보이게 했다. 수정은 그녀가 남자에게 말하는 모습만으로도 전문적인 일에 종사하는

여성인 것 같다는 생각이 들었다. 운동으로 빚어진 탄력 있는 어깨선
이 불빛에 비쳐서 강하고 다부지게 느껴졌다.

　마침 수정은 주저할 새도 없이 그들에게 다가섰다. 길을 잃고 찾는
일만이 수정의 절박한 목표인 것처럼 그런 표정으로 그들 앞에 황급히
설 수밖에 없었다. 그런데 여자는 자동차 운전석 옆자리에 앉는 것이
다. 수정은 하소연을 하듯 캠던으로 가려는데 길을 가르쳐주실 수 있
나요 하며 입을 뗐다. 여자는 수정을 본 순간 막 출발을 하려는 운전석
의 남자의 행동을 잠깐 멈추게 했다. 여자는 하얀 코트 소매의 긴 팔로
수정 쪽으로 가리켰다. 윤기 나는 긴 머리를 뒤로 젖히고 상체를 자동
차 밖으로 내밀며 수정에게 시선이 멈췄다. 쇼윈도의 불빛에 비칠 때
마다 그녀의 가벼운 앙고라 코트털이 잔물결처럼 바르르 떨었다. 여자
는 왼쪽으로 돌아서 십오 분 동안 죽 걸어가면 캠던이 나오니까 걱정
말고 걸어가세요, 라며 대답해주었다. 여자는 불안한 수정의 얼굴 표
정을 한눈에 알아차린 것이다. 아마도 소나기를 흠뻑 맞고 서 있는 불
안한 모습과도 같았을 것이다. 그러나 수정은 여자가 의례적으로 하는
대답은 아닐 것이라 확신했다. 동양인의 그녀가 아시아계 중년의 수정
에게 바른 대답을 했다는 확신이 들었다. 아마 그녀가 본 수정의 모습
은 영어의 악센트로 보아 한눈으로도 이국 냄새가 풍겼을 것이다. 수
정이 고맙다고 말하자 여자의 눈빛은 물기로 촉촉하게 부드러웠다. 이
내 자동차는 눈 녹듯 어둠의 거리로 흡수되었다. 다시 고막을 건드리
는 정적이 찾아왔다. 주위는 마을인데도 깊은 숲 속 같은 정경이 눈앞

으로 스쳐 지나갔다.

　수정은 어금니를 앙다물고서 어둠을 가르며 걸음에 속도를 냈다. 정확히 십오 분 정도 걸어가라는 그녀의 말을 곱씹으며. 십 분쯤 지났을까. 그런데 조금 전의 가버린 자동차가 마치 심해에서 물 밖으로 미끄러져 나온 잠수함처럼 수정이 옆에 와서 급정거를 하는 것이었다. 여자는 수정에게 차문을 열어주며 먼저 왼쪽으로 돌아가지 않았기 때문에 남편을 집에 내려주고 근방에서 길을 헤매고 있을 수정을 찾아보기 위해 차를 몰고 다시 왔다고 했다. 자신이 가르쳐준 캠던 길을 확실하게 바래다주고 싶다며. 그녀는 선명하게 윤기 나는 각진 턱으로 자신의 옆자리를 가리켰다. 그제야 수정은 가까이에서 그녀를 마주 쳐다보았다. 반짝이는 귀여운 다람쥐 같은 눈망울이 수정을 끌어 당겼다. 수정은 한국과 반대 방향인 운전석 옆자리에 올랐다. 고맙다고 인사하자 여자는 웃으며 말했다. 고맙다는 말 대신에 이것을 읽어보세요. 차를 출발시키기 전에 여자는 손가방에서 빳빳한 종이 한 장을 꺼내며 건넸다. 요번주 삼 일 동안 크래프트 전시회가 있으니 와보면 어떻겠냐는 것이었다. 여자의 얼굴 중앙으로 죽 뻗어 내려온 작고 오뚝한 콧날은 주위 사람을 집중시키는 힘을 가진 것만 같았다. 여자는 수정이 이해하도록 느린 영어로 계속 말을 이어갔다. 그리고 자신을 유나라고 불러달라고 했다. 런던에서 활동하고 있는 중견 작가들의 산실의 문을 열었기 때문에 이번 기회가 소중한 시간이 될 것이라 설명했다. 수정은 그녀의 초대장을 들고서 느리고 조심스럽게 대답했다. 안 그래도 전시회에 가보고 싶었는데요 라며. 크래프트 센터의 수많은 공방들을 보시면 놀라실 겁니다. 작품의 내용은 여기 다 써 있고요, 작가들의 작품을 죄다 감상하면서 시판도 하는 이곳은 그들 작가들의 심장부라 그런지 사람들은 열정을 받아 가지요, 결코 후회 없어요 하며 그녀는 자동차를 서서히 움직였다. 이 행사를 치를 때마다 작가들이 서로 열기를 주고 또 받는 일은 작품을 파는 일보다 더 소중하니까요, 진취적인 산 체험들이라 격려하고 서로에게 칭찬을 아끼지 않아요, 상대방의 관계를 쌓아가는 축제라서요 하며 말을 이어갔다. 사실 스위스 코티지의 딸 집을 찾아가고 있는데 그만 어두워서 길을 잃었어요, 수정은 이렇게 고백했다. 유심히 귀를 기울이던 그녀는 반가운 듯 거기라면 제 집도 그 근방이라 잘 되었네요 했다. 바로 딸의 집과 한 골목 차이로 이웃이었다는 사실을 알고는 두근거리던 가슴이 가라앉는 것이었다.

6.

이튿날은 전날과는 사뭇 다른 날씨다. 부드러운 햇살이 나뭇잎과 가지들을 애무하듯 쓰다듬고 있었다. 수정은 시내 중심가에서 이십여 분 떨어진 크래프트 센터의 두 건물이 있는 거리로 향했다. 이층 버스에 앉았다. 오후가 되면 일시에 도시의 실루엣은 스러져가는 햇살을 아쉬워했다. 황혼의 뒤를 좇느라 나뭇잎들은 숨이 차고 햇살에 바르르 경련을 일으켰다. 황금빛 나무 표피의 속살 속으로도 겨울로 접어든 빛이 깊숙이 스며들고 있었다.

　한 세기를 더 견뎌온 듯한 붉은 벽돌의 견고한 건물 두 채가 작가들만의 공방이 모여 있는 패링턴(Farrington) 거리의 크래프트 센터 건물이다. 일층의 건물 입구는 이름난 사진작가가 찍어놓은 한 장의 사진엽서처럼 보이는 앤티크의 붉은 문이었다. 상업성의 때가 전혀 묻지 않은 순수한 작가들의 불타는 열정이 묻어나는 출입구였다. 광고판이라야 고작 놀이터에 꽂아두는 깃발 같은 안내판 하나만 인도 위에다 달랑 세워두었을 뿐인데. 수정은 인장이 달린 무겁고 탄탄한 붉은 문을 밀고 들어섰다. 진한 원두커피 향을 맡았다. 조용한 겉과는 다르게 실내는 넓고 아늑하며 사람들로 가득 차 있었다. 여분의 공간마다 코코아와 쿠키 그리고 커피가 준비되어 있었다. 비틀스의 달콤한 멜로디가 반죽되어 축제는 고소하고 맛있는 분위기가 감돌았다. 유나는 입구에서 조금 떨어진 곳에 허리에 힘을 주고 서 있었다. 들어오는 이들을 반겨주고 있다가 수정과 눈이 마주쳤다. 유니폼 같은 까만 투피스를 정갈하게 입고 반갑게 맞았다. 그녀의 투명한 입술 사이로 마치 진주를 깨물고 있는 것처럼 하얀 덧니도 보였다. 유나는 우선 오층 건물을 죽 한번 돌아보며 마음에 드는 물건들은 직접 작가로부터 구입할 수 있다고 그녀에게 귀띔을 해주었다.

　수정은 한 시간 정도 돌아보며 작가들의 세계 속으로 풍덩 빠졌다. 그중에서도 손재주에 감탄을 한 작품 앞에 서고 말았다. 딸의 방에 앤티크로 자리 잡고 있는 재봉틀을 수십 배로 축소해서 똑같이 만든 작은 인형을 망설임 없이 구입했다.

유나는 그 작은 재봉틀 모형을 보고 크게 놀랐다. 둘은 오층에 마련된 다과실로 갔다. 유나는 수정의 손에 쥐어진 재봉틀을 내려다보며 이 전시의 프로젝트를 맡아 운영과 광고를 한다고 자신의 소개를 하는 것이었다.

유나는 모형 재봉틀을 받아 유심히 들여다보며 무거운 사연이라도 있는 듯 갑자기 말의 흐름을 느리게 했다. 어느 해인가 집수리를 하면서 목수가 자신에게 묻지도 않고 재봉틀을 길에 내다버렸기에 그만 잃어버렸다고. 수정은 이 말을 듣자마자 숨통이 막혀왔다. 그것은 캠던에서 똑같은 재봉틀을 주워 왔기 때문이다. 실은 제가 말이죠, 서울에서 세 살 때 길을 잃었대요. 길에서 막 울고 다녔던 기억이 어렴풋이 나기도 하고. 그런 게 꿈인지도 모르겠고요. 어제 길을 잃고 다니던 당신을 보자마자 각인처럼 눌어붙어 있는 공포가 떠올라 다시 당신께 돌아간 것이에요. 난 혼자 낯선 길을 가면 지금도 알 수 없는 불안 때문에……. 남편을 만난 것도 길을 묻다가 인연이 되었던 거고요. 이렇게 말하면서 빈 잔에 커피를 덧따랐다. 수정은 물었다. 아끼던 재봉틀이었나요. 그 재봉틀 속에는 제가 감춰둔 한국 주소가 있어요. 제 양어머니는 저를 많이 사랑하시면서 언젠가 유나가 필요하다면 그 주소를 가지고 서울로 찾아 가보라고 하셨죠. 그래서 집수리 센터에 재봉틀을 버린 것을 항의도 했었고요. 어차피 친부모와는 인연 없구나 생각하게 되었는데 어제 저녁에 마치 엄마 같은 분을 만나니 기분이 묘해졌어요. 절 잃어버린 부모는 어떻게 살아갈까 하며 안쓰러운 부모 생각을 다시 해보게 되었어요. 물론 양부모님 역시 너무나 사랑해주시기 때문에……. 유나는 다음 말을 잇지 못했다.

7.

　수정은 집으로 돌아오자마자 손 씻는 습관도 잊은 채 눈앞에 보이는 싱거 재봉틀 앞에 섰다. 그리고 조심스럽게 재봉틀의 실패를 감아 꽂는 아래쪽 서랍의 뚜껑을 노려보았다. 여기라면 흔히 알아낼 수 없는 곳이다. 무슨 사연으로 재봉틀 아래쪽 공간 안에다 주소지를 쓴 종이를 넣었을까 감탄했다. 유년 시절 수정은 여기에 초록빛의 사금파리를 숨겨둔 일이 있기 때문에 한편 유나도 이곳을 이용할 가능성이 높다고 여겨졌다. 만약 주소를 적은 유나의 메모지라도 발견하게 된다면 하는 생각을 떨칠 수가 없었다. 수정은 어깨를 죽 끌어올려서 공기를 폐부로 빨아들였다. 재봉틀의 바늘이 아랫부분의 작은 실패통의 실을 바늘구멍으로 꿰어주는 협소한 공간이다. 유년 시절에는 이 공간이 꽤나 넉넉하게 여겨졌다. 그러나 지금은 수정이 엄지를 디밀기도 매우 비좁다. 밑실을 감아둔 북실 뚜껑을 살짝 떼어냈다. 그러고는 손가락을 깊숙이 넣었다. 유년 시절 수정이 가재를 잡아보려고 냇가에 손을 가까스로 넣었다가 가재가 자신의 손가락을 물었다고 소리를 지르며 울었던 일들이 스쳤다. 그 두려움으로 손가락을 시냇물에 담그듯이 재봉틀을 흔들었다. 그런데 무엇인가 손톱 끝에 와 닿는 느낌이 들어 얼른 손가락을 도로 오므렸다. 다시 집중하고서 실패를 감는 그 아래 공간에 깊숙이 손가락을 가까스로 뻗어보았다. 물체가 스치는 느낌이다. 가재 대신 오색 조약돌만 물에서 건져 고무신에 가득 담아 오던 유년의 기억이 되살아났다. 수정은 불현듯 가슴이 콩닥거렸다.

마침 열쇠로 현관문을 여는 달그락 소리가 들려왔다. 문을 열 사람은 딸 말고는 없다. 등 뒤로 발걸음 딛는 소리가 콩콩 하고 가깝게 들려왔다.

+ 조양희

어린 시절 어머니가 재봉틀로 옷을 만들 때면 곁에 붙어 앉아 헝겊을 잡아드린다거나 실밥을 푼다거나 잔심부름을 하며 바느질 시중을 들곤 했다. 지금은 재봉틀을 보기만 해도 가신 분만 아니라 지나온 시간의 유한성을 사무치도록 느끼게 한다. 이제 손재봉틀은 그 시절의 아름다웠던 추억들을 퍼 올리게 하는 시간의 앤티크다. 재봉틀을 보면 시간을 한곳에 엮어서 바느질하듯 과거와 현재가 하나로 연결되어 맞물릴 것만 같다. 어느 해 캠던 가에서 소나기를 피하다가 버려진 싱거 재봉틀을 집어왔다. 낡은 재봉틀을 쳐다만 보아도 기기한 비밀들이 아래쪽에 옹크리고 숨어 있을 것만 같다. 진작 이야기를 엮어 추리소설을 만들고 싶었다. 이번은 짧은 단편이라 아쉽지만 이야기는 여전히 계속된다.

꽃이 붉다고 한들

나는 지금 사자자리에 유성우가 내리길 기다리고 있다.
시간을 거슬러 그에게로 다가가기 위해.

아름다운 글귀는 비단을 펴는 듯하고, 청아한 노래는 구름도 멈추게 하네. 복숭아를 훔친 죄로 인간 세상에 내려오더니 불사약을 훔쳐 인간 무리를 두고 떠났네. 부용꽃 휘장엔 등불이 어둑하고 비취색 치마엔 향내가 아직 남았는데 이듬해 복사꽃 필 때쯤이면 그 누가 설도의 무덤을 찾아주려나.

전하노니 먼 훗날 그대에게로 시작되는 그의 편지를 읽는 순간 가슴 한 자락이 무너져 내린다.

"낭께서는 아직도 참선을 하시는지, 그리움이 더욱 사무친다오"라고 말하는 그의 목소리가 현실처럼 귓가에 맴돈다.

"삶은 의외로 소소하다네. 정도 그러하지. 많은 벗을 잃었고, 자네를 잃었지. 나는 자네가 사자자리에 별비가 내리는 밤 그곳을 통과해 내게로 오는 일 같은 건, 해서 평생 낯선 곳에서 그리움을 간직한 채 살아가는 걸 바라지는 않네. 멀리 두고 그리워하는 것이나, 잊지 못해 그리워하는 것이나 나에겐 매한가지일세. 내가 자네를 만날 일이 없어서 내 한평생 사는 것 같지 않겠지만, 자네는 이곳에 남아 있어야 할 사람이지. 아니 그러한가?"

아직도 눈을 감으면 그날 밤 그의 목소리가 들리는 듯하다.

그날 나는 산을 넘지 말아야 했다.

그때는 두 마음이었다. 하지만 라디오를 켜는 순간 나는 산을 넘기로 했다.

제주에 본사를 둔 IT 회사에 취직을 한 후 한 달에 한 번 얼굴 보기도 힘든 남자친구를 만나 일주일간 휴가를 같이 보내기로 했기 때문에 가긴 가야 했으니까.

몇 겹의 흰 천이 나무 사이로 드리워진 것 같은 숲을 통과했다. 오를 무렵 시작된 안개비가 순식간에 폭우로 바뀌더니 라디오에 이상한 신호음 같은 잡음이 뒤섞인다. 속삭이는 듯한 진행자의 목소리가 잡음 속으로 사라진 후 땅에서부터 하늘로 이어지는 것 같은 파란 불빛이

번쩍였다. 그 순간 무언가와 부딪힐 것 같다는 직감에 차를 멈추고 운전대에 몸을 숙였다.

번개가 땅에서 하늘로도 칠 수 있는 걸까? 나는 살며시 고개를 들고 차창 밖으로 보이는 하늘을 올려다봤다. 어둠 속에서 빗발은 다시 서서히 약해지고 있었다.

어둠 속에서 검은 형체가 일어서더니 다시 그 자리에 쓰러져버린다. 한라산 노루인가? 믿을 수 없는 광경에 거의 얼이 빠져서 비명도 지를 수가 없었다. 기절 바로 직전에 일단 멈춤을 한 셈이다.

누군가가 '홍' 하고 내 이름을 부르는 것 같았다. 분명 남자의 목소리였다. 흔하지 않은 내 이름을 부르는 소리에 한동안 나는 내 귀를 의심했다.

차 안에서 꼼짝 않고 한참 동안 움직이지 않는 물체를 지켜봤다. 분명 사람이다. 갑자기 쥐 죽은 듯 엎드려 있던 사람이 일어나 앉았다. 남자였다.

어둠 속에서 눈빛만이 빛났다. 그가 나를 바라보고 있다. 나는 차 안에서 운전대를 잡은 채 조용히 정면을 응시했다. 주도권은 나에게 있는 셈이니까. 더구나 탁월한 운전 실력을 가진 내가 그를 따돌리는 일쯤은 식은 죽 먹기다. 하지만 나는 그럴 수가 없었다. 다시 일어난 그가 바로 내 차 앞에서 쓰러져버렸기 때문이다.

어디서 그런 용기가 났을까? 나는 친구 정요가 이번엔 결혼이라는 이름으로 체포 여왕이 되어보라며 준 수갑을 가방에서 꺼내들고 차에서 내렸다. 공포영화보다는 로맨틱 판타지 영화를 머리에 떠올렸기 때문일까? 아니면 달빛 아래서 본 그의 눈빛이 너무 매혹적이어서였을까? 나도 누구처럼 별들에게 물어보고 싶다.

　뒷좌석의 남자는 반응이 없다. 그저 얼굴을 옆으로 한 채 바닥에 누워 있을 뿐이다. 기절했거나 기절한 척하고 있거나 둘 중 하나인데 판단이 쉽지 않았다.

　나는 재빨리 들고 있던 수갑을 그에게 채우고 발목은 목에 두르고 있던 붉은 스카프로 묶었다. 영락없이 손발이 다 묶인 셈이다.

　모든 것이 순식간에 일어난 일이었다. 차 안에 앉아서 하늘을 봤다. 달이 구름을 반쯤 가리고 있었다. 후, 뭔 조홧속인지 모르겠다. 비도 그렇고 안개도 그렇고, 뒷좌석에 널브러져 있는 사극 전문 배우 같은 남자도 그렇고. 전생에 내가 무슨 업보를 쌓았기에 오늘 같은 밤을 맞이했는지 모르겠다.

　차를 출발시켰다. 룸미러에 달린 오다기리 조의 사진이 차가 코너를 돌 때마다 흔들린다. 오다기리 조의 '낭만 듬뿍'인 눈이 그나마 나를 위로한다. 이 이상한 밤에.

　"자네가 연모했다는 그 오다기리 조인가?"

　오다기리 조? 이젠 환청까지 들리는 걸까? 낮지만 그윽한 남자의 목소리를 듣는 순간 온몸에 대패로 갈아도 될 만큼의 소름이 돋았다.

　"미쳤어, 미쳤어, 드디어……."

나는 운전을 하면서도 한 손으로 세차게 뺨을 때렸다. 그동안 논문 준비로 너무 많은 에너지를 소비해 기가 빠졌나 보다. 머릿속은 빅뱅 직전이다. 더 이상 운전을 할 수가 없어서 차를 길가에 세우고 한동안 운전대에 머리를 처박고 있었다. 계속 운전을 했다가는 뒷좌석의 이상한 남자도, 나도 모두 황천길로 갈 게 빤하니까.

남자는 이미 의식이 돌아왔고, 꼿꼿한 자세로 뒷좌석에 앉아 있었다.

민속촌에 출퇴근하는 사람인가? 어림잡아 적어도 삼백 년 전 패션이다. 평생 온몸에 각 잡고 산 사람의 태가 줄줄 흘렀다. 기분 나쁘게 그가 나를 고즈넉한 눈빛으로 바라봤다. 단 일 초 만에 몸을 젤리처럼 만들어버릴 것 같은 눈빛이다.

"내리시죠? 어지간하면 내가 시내까지는 데리고 가려고 했는데 도저히 안 되겠네요. 사극놀이 그만 하시고 어여 내리시지요."

"인연은 정해져 있는 것이지. 내동댕이친다고 비켜갈 것이 아닐세."

이 남자, 선비신이 강림을 하셨는지 말하는 투가 영락없는 사대부였다.

"날밤에 귀신 사탕 까서 드시는 소리 그만 하시고 내리시지요. 내가 당신이랑 가다가는 둘이 황천길 동무 할 것 같으니 그만 내리시지요?"

"인연이라고 하지 않소."

그가 나지막한 목소리로 말했다.

그 순간 가슴이 슬라이딩 도어처럼 활짝 열리더니 그의 눈빛과 목소리가 들어왔다. 정말 알 수 없는 밤이고, 남자였다.

"님 떠난 내일 밤이야 짧고 짧아지더라도 님 오신 오늘 밤만은 길고 길지어다……."

달빛 탓인가? 울고 싶은 상황에서도 그가 시 읊조리는 소리는 멋있게 들린다. 이 남자를 다른 상황에서 만났으면 어땠을까? 아마도 필이 제대로 꽂혔을 게다.

"닭소리 들리고 날은 새려는데, 두 눈에선 하염없이 눈물이 흐르네. 그거 나도 아는 시거든요. 그러니 그만 내리시지요?"

하지만 그는 요지부동이었다.

그가 읊조린 시는 너무도 잘 알고 있는 허균의 정신적인 연인이었던 매창의 시였다. 어떻게 그가 그 시를 알고 있는 걸까? 나야 허균을 주제로 논문을 쓰고 있으니 그렇다고 하지만. 그에게서 알 수 없는 품격과 기상 같은 게 느껴진다. 갑자기 머릿속에 다시 안개주의보가 내리는 것 같다.

푸른 대나무 같은 남자를 차에 태우고 나는 미친 듯이 차를 몰았다. 커브를 몇 번쯤 돌고 다시 평지로 내려와 도로를 달렸다. 미친 듯이 내달려서 그랬는지 어느새 목적지인 모슬포의 별장에 도착했다.

어둠 속에서 희미하게 보이는 별장은 불이 꺼진 채였다. 아직 그가 도착을 하지 않았나 보다. 일이 잘못돼도 아주 잘못되고 있는 것 같다. 차 안의 그는 뒷좌석에 놓인 나의 거문고를 연인을 보는 듯한 눈빛으로 바라보고 있다.

짐을 안으로 옮긴 후 휴대전화를 꺼내 충전했다. 액정에 파란 불이 들어오자 기다리고 있었다는 듯이 발신자 번호와 메시지 도착을 알리는 문자가 떴다. 모두 다 그의 전화였고, 마지막엔 문자까지 와 있었다. 내용인즉 갑자기 대만으로 출장을 가게 됐단다.

그의 문자는 마지막엔 '알지 사랑하는 거'라는 말로 끝을 맺었다. 그의 문자는 항상 그렇게 끝이 난다. 하지만 나는 더 이상 그 사랑을 알고 싶지 않다.

한동안 나는 달빛이 스며드는 거실의 소파 한 귀퉁이에 쭈그리고 앉아서 생각에 잠겼다. 상식적으로 생각한다면 차 안에 있는 남자를 신고하거나 혹은 택시비 정도 줘서 알아서 가라고 해야 하는데 이상하게도 그러고 싶지는 않다. 왠지는 잘 모르겠다. 굳이 설명한다면 산을 같이 넘어서라고나 할까?

날은 어느새 하늘 끝에 주홍빛 리본을 맨 것처럼 변하더니 서서히 바다 끝부터 빛이 차올랐다. 생각하고 또 생각했다. 문밖의 남자에 대해. 아폴로호가 달에 착륙한 이래 과학의 승승장구 시대를 만끽해온 세대인 나는 마치 귀신에 홀린 것처럼 그를 일단은 집 안으로 들이기로 결정했다.

아무래도 밤새도록 어두운 나의 머릿속을 대형 서치라이트 버금갈 만한 위력으로 휘젓고 돌아다닌 그의 눈빛 때문인 것 같다.

문을 열자 기다리고 있었다는 듯이 불어온 바람이 연인의 입김처럼 부드럽게 내 뺨을 스친다. 심호흡을 한 후 나는 바다 냄새가 실린 바람을 맞으며 그에게로 향했다.

정요는 제주도의 바다 냄새를 포세이돈의 향수라고 했는데……. 바람을 맞으며 그에게로 가는 이 난감지경에 그녀가 몹시 그립다.

차 안의 그는 차와 합체라도 된 사람처럼 미동도 하지 않았다. 나는 한동안 그를 바라보다가 창문을 두드렸다. 그가 눈을 떴다. 그와 눈빛이 마주치는 순간 심장이 쿵 하고 내 발밑으로 떨어지더니 어디로인가 데굴데굴 굴러가버린다.

나는 심호흡을 한 후 문을 열었다. 그가 손을 들어 수갑은 어쩔 거냐고 눈빛으로 물어왔지만 나는 단호히 고개를 저었다. 그가 기다렸다는 듯이 수갑을 찬 채 차에서 내렸다. 내 앞에 선 그는 생각보다 키가 컸다. 아침 햇살 아래 서 있는 그는 정말 눈부셨다. 광채가 난다고나 할까. 나이는 한 서른 중반, 상투와 수염을 제거한다면 더 어린 얼굴일지도 모른다는 생각이 든 건, 눈빛 때문이었다. 서른을 넘은 남자의 눈빛이라고 하기엔 눈빛이 너무 도도하고 겁이 없어 보였다.

도대체 이 남자의 정체는 뭘까? 묵향이 배어 있는 것 같은 행동거지와 기백이 서린 눈빛은 이십일 세기의 그것이 아니었다. 그럼 과거에서 온 사나이? 아무래도 그간 무협지와 공상과학 영화를 너무 본 듯하다. 나는 두 주먹으로 나의 머리를 쥐어박았다. 그런 나를 보고 그가 또 씩 웃는다. 역시 소인배를 바라보는 대인배의 웃음이다.

"연극해요?"

나는 그의 시선을 외면한 채 바다를 보며 물었다.

"사당패를 말하는 거라면 아니오."

그 순간 나는 어이가 없어서 그를 올려다봤다. 그는 여전히 나를 보고 있었다. 간절한 그의 눈빛과 마주친 순간 나는 할 말이 없어서 다시 먼 바다로 시선을 돌렸다. 눈빛이 사람을 잡는다더니 그 말이 딱이다.

잔잔한 바다를 보며 그런 눈빛으로 나를 봐줬던 남자가 있었는지 기억을 뒤집어봤지만 역시 아무도 없었다.

"딱 이맘때의 모습이 어땠을지 몹시 궁금했소. 그런데 상상하던 대로여서 다행이라고 생각하오."

그가 빙긋 웃으며 말했다. 아마도 새벽 바다의 풍경을 말하나보다. 하긴 나도 새벽 바다를 이렇게 가까이서 본적은 없다.

바다를 바라보고 있는 그를 몰래 훔쳐보다가 그의 눈과 마주치는 바람에 급하게 하늘로 시선을 돌렸다. 그런 나를 보고 그가 또 웃는다.

"집은 어디에요? 연락처 같은 건 없어요? 기억이 안 나요?"

"거하는 곳 말인가? 그곳은 어디든 있소. 내가 있는 곳이 다 내 집이지. 온 나라를 돌아다는 것이 나의 일이었소."

'이런, 염병'이라는 말이 목까지 나왔으나 차마 내뱉지 못하고 꼴깍 삼켰다.

"참, 장한 일 하셨네요."

몇 세기 전의 어투에, 갓만 쓰면 떡 폼 날 것 같은 모양새의 과대망상증 환자 같은 이 남자를 어찌 해야 좋을지 모르겠다. 경찰서에 맡기면 아마 십중팔구 정신병원 직행일 텐데.

"이름이 뭐예요? 나는…….."

"알고 있소. 어찌 그 이름을 잊겠소. 윤가에 붉을 홍을. 이것도 충분
히 자네다운 짓이지. 아니 그런가?"

그가 수갑 찬 손을 들어 올리며 말한다.

"……."

유구무언. 이 말이 이럴 때 필요한 거라는 사실을 처음 알았다.

"어떻게……."

"그냥. 알고 있소."

하긴 오다기리 조 사진 옆에 박아놓은 나의 한자 이름을 봤다면 이
상한 일도 아니다. 개장수나 엿장수가 아니라 그가 산 속에서 공자 왈
맹자 왈이나 하던 사람이라면 더욱 그렇다.

"그래요? 그럼 그렇다고 해두죠."

"……눈에 보이는 것이 다라고는 할 수가 없다네. 미인은 아니나 자
네가 재주와 정이 넘치는 사람이란 걸 내 진작 알아본 것도 그렇지."

이젠 관상도 보나? 그런데 듣자니 기분이 좀 상하는 말이다. 물론 내
가 고전형의 미인은 아니나, 분명 이목구비가 시원하고 세련된 스타일
이라는 소리를 듣는 편인데 내 옆의 남자가 생각하는 미의 기준은 좀
다른가 보다.

"미의 기준이 미래 지향적이지 않고 과거 지향적이신가 보군요. 암
튼 분명 말하건대, 아침 한 끼 정도는 줄 수 있어요. 하지만 그 이상은

안 돼요."

"내게도 시간이 그리 많은 건 아니오. 때가 되면 가겠지만, 지금은 갈 곳이 없소."

그가 담담한 어조로 말했다. 쫓아낼 테면 그렇게 해보라는 느긋한 표정의 얼굴을 보는 순간 나는 그와 나의 이상한 합숙이 이미 시작됐다는 걸 직감했다. 어째 제대로 걸린 것 같다.

그는 말없이 집 안을 돌아다니거나 책을 읽었다. 그가 같은 공간에 있다는 사실도 잊을 정도였다. 그가 식탁에 쌓아놓고 보는 책들은 내가 서울서 가지고 온《국조시산(國朝詩刪)》,《학산초담(鶴山樵談)》,《하곡집(荷谷集)》,《난설헌집(蘭雪軒集)》,《손곡집(蓀谷集)》같은 보기에 따라서는 고리타분하다고 느껴질 만한 한문으로 쓰인 고서들인데 아주 오래전부터 그것을 읽어온 사람처럼 들여다보고 있다. 보아하니 한문을 좀 아는 눈치다. 다시 살펴보니 좀 배운 티가 나는 것 같기도 하다.

평생 빗자루 한 번 들어본 적이 없는 것 같은 긴 손가락으로 낡은 책을 쓰다듬던 그가 겨울 저녁 햇살처럼 아쉽고 간절한 여운이 담긴 미소를 짓는다. 그 미소가 내 가슴에 잔잔한 파문을 일으킨다. 그런 그를 위해 나는 삼시 세끼를 바친다. 그 대신 그는 수갑을 찬 채 먹어야 했다.

참 특이한 사람이다. 그냥 책을 보고 있는 모습 자체가 그림이고 아름답다. 책에 몰입한 남자의 모습이 섹시한지 처음 알았다. 책을 읽던 그가 갑자기 나를 본다. 눈이 마주치자 환하게 웃는다. 아, 저놈의 눈빛과 미소라니. 백만 불짜리다!

눈빛에 사로잡힌다는 말이 머릿속에 떠오르자 슬그머니 그의 시선을 피했다. 나는 순간적으로 어리석어지지 않기를 내가 아는 모든 신에게 기도했다.

나는 어차피 망가진 휴가 일정이라면 끝내야 할 논문이라도 제대로 하고 싶어서 다시 노트북 앞에 앉았다. 그는 그런 나를 지켜보는 것 같기도 하고 아닌 것 같기도 했다. 산책이라도 나갔다가 어디로인가 사라져주길 바라는 나의 마음과 달리 그는 어김없이 돌아왔고, 책 속에 파묻혀 있다가 문득 고개를 들면 어김없이 나를 보고 있었다.

"내 이름이 홍인 건 알 거고, 그쪽은 이름이 뭡니까?"

생각해보니 나는 그에게 이름조차도 안 물어봤다.

"균이오."

짤막하게 말한 후 그는 입을 다물었다.

"아, 균……. 내가 좋아하는 사람도 균인데……."

"오다리기 조 청년 말고 정인이 또 있었나?"

그가 짓궂게 웃으며 묻는다.

"……뭐, 그렇다고 해두지요. 시대를 앞서갔지만 가장 잘난 남자지요. 왕이 됐어도 아깝지 않은, 그래서 더 가슴 아픈……. 뭐 조선 왕조에는 역적이었을지 몰라도 누군가에겐 진정한 군주였을 남자지요."

그의 눈빛이 웃고 있었다.

"그가 그렇게 대단한가?"

"뭐, 어디에도 얽매이지 않고 뜻대로 행동하고 실천하기 어려운 시대에 그렇게 했다면 대단한 거 아닌가요? 하늘이 재능 있는 사람을 내었는데, 사람이 이를 가문과 과거로 한정시키는 것은 옳지 않다고 주장하는 건 쉬운 일은 아니지요."

그는 대답 대신 또 그저 '미소만 지을 뿐'이다.

세상의 모든 것이 반짝반짝한다. 바다도 흔들리는 꽃들도 햇살 아래서 반짝거린다. 덩달아 그를 바라보는 나의 눈빛도 반짝거린다.

차를 타고 나가려고 하는 나를 보고도 그는 말이 없다. 종일 그는 묵언 수행을 하는 사람처럼 내내 입을 다물고 있다.

나는 그에게 천천히 다가갔다. 그는 햇살 아래서 허균의 《학산초담》을 읽고 있었다.

"아직도 읽고 있어요?"

"출타하시나?"

그가 드디어 입을 열었다.

"뭐 그런 셈이지요. 어때요?"

나는 눈짓으로 그가 들고 있는 책을 가리키며 물었다.

"무엇이?"

"그 사람, 허균……."

그가 또 말없이 웃는다.

"자넨?"

"소녀는 그 사람이 사내 중의 사내라고 생각합니다. 그의 시대에 태어났다면, 분명 사랑했을 그런 남자지요. 그런데 한자를 제법 아시나 봐요?"

이젠 나는 그에게 장난까지 친다. 그 역시 그런 나의 말장난을 말없이 받아준다.

"알 만큼은 알고 있소. 눈을 감아도 다 생각나는 내용이지."

도대체 감이 잡히질 않는 남자다. 나는 만약을 대비해서 테이블 위에 삼만 원을 놓아두었다.

마트에서 모카, 클래식 등등 다양한 종류의 커피믹스를 카트에 담다가 맞은편 코너에서 아줌마들이 모여 있어서 특가 세일이라도 하는 줄 알고 가봤더니 "십만 원 이상 사시는 분 무료 사주를 봐드립니다. 적중률 100%!"라고 써 붙이고 청학동에서 하산한 듯한 댕기머리 남자가 도포를 입고 아줌마들의 사주를 봐주고 있었다. 바로 그거였다. 사주!

얼마 전에 친구 정요와 함께 압구정에 있는 사주쟁이를 찾아갔다. 정요가 결혼할 남자와 궁합을 보러 간다고 해서 따라갔는데, 옆에 앉아서 지루해 하는 나를 보더니 그 사주쟁이가 공짜로 선뜻 봐주겠다고 하는 바람에 사주풀이를 했었다.

그가 내게 "당신은 삼십대 초반 이후의 운명이 희미해. 남자 운? 재주는 하늘에 닿을 듯 뛰어나나 이 세상 사람은 아냐. 어찌 할꼬. 다시 한 번 찾아와, 꼭"이라고 말했다.

나는 장 보다 말고 전속력으로 질주해서 모슬포의 별장으로 다시 돌아왔다. 그는 집에 없었다. 도대체 어디로 간 걸까? 식탁 위에 놓아둔 돈도 그대로였다. 혹시나 해서 바닷가 쪽으로 나가봤다. 하지만 그곳에도 그는 없었다.

서쪽 하늘에 걸린 빛이 점점 사그라지고 있다. 나는 천천히 발길을 별장 쪽으로 돌렸다.

아침에는 혹시나 돌아왔을까 싶어서 그가 쓰던 방문을 열어봤더니 정갈하게 개어놓은 이불이 그대로 있었다. 해가 중천에 뜨도록 그는 돌아오지 않았고, 나는 왠지 아쉬운 기분에 사로잡힌 채 허균이 지은 시집을 읽기 시작했다.

"그대 혼이 올 때에는 바다처럼 넓더니만 혼이 가자 내 방이 고즈넉하네."

어쩌면 이렇게 지금의 내 마음과 같은 시를 지었을까? 나는 수백년 전에 그가 꿈에서 그의 벗들을 만나 쓴 글을 읽으며 감탄했다. 아마도 사람의 마음이란 게 알 수 없는 주파수가 있어서 시간과 공간을 초월하나 보다.

"그것은, 오월 초아흐렛날 서루에서 자다가 벗, 이실지와 이정을 만난 꿈을 꾼 후 지은 것이오. 그것이 지금의 자네의 마음과 비슷한가?"

그 순간 나는 나의 귀를 의심했다. 다시 그의 목소리가 들렸기 때문이다. 아무래도 환청은 아닌 듯해서 뒤돌아봤더니 거짓말처럼 그가 서 있었다.

"도대체?"

"그대가 또다시 나를 불렀으니 내가 온 것이니 탓은 하지 마시오. 그리고 세상에 이유 없이 일어나는 일은 없소. 모두 이유가 있지. 가만히 한번 생각해보시오."

생각이고 뭐고 없다. 그의 말을 듣는 순간 뇌가 멈춰버렸으니까.

"믿지 않겠지만, 그대는 '사이문과 가풍갈'이란 가인들의 노래를 좋아하고, 시문에 뛰어났지."

"제가요? 사이문과 가풍갈?"

그가 갑자기 사이문과 가풍갈의 노래라며 흥얼거렸다. 정말 〈사운드 오브 사일런스(The Sound of silence)〉였다.

아, 그제야 알았다. 고등학교 다닐 때 종종 나와 정요는 사이먼 앤 가펑클을 사이문과 가풍갈이라고 부른 적이 있었는데 아주 오래전의 일이라 잊고 있었다.

놀람의 연속이다. 나는 너무 놀라서 그를 한참 동안 바라봤다. 이것이 철저하게 기획된 연극이나 사기가 아니라면 정말 기절초풍할 일이었다. 늘 그의 글을 읽고, 감탄하고, 그의 행적을 문헌을 통해 알아온 나에게 어느 날 램프의 요정 지니처럼 그가 나타나더니 사이먼 앤 가펑클의 노래를 흥얼거린다는 것은 도저히 있을 수 없는 일이었기에 더욱 그러하다.

"내가 아는 그대는 그랬소. 총명했고, 재주가 많았지. 그리고 늘 떠나온 곳을 그리워하다가 죽었소. 다들 믿지 않았지만 나는 믿었소. 그녀의 재주와 생각들이 다른 세상에서 왔다는 것을. 어느 날 내게 그러더군. 사자자리에 유성우가 내린다는 소리를 듣고 길을 떠났다가 시간을 거슬러왔다고. 아무래도 운명인 것 같다고. 점쟁이가 죽은 자를 사랑할 거라고 했다고 그랬지. 그게 바로 그대였소. 자네가 죽은 후 금강산으로 유람을 갔다가 그곳에서 우연히 한 노인을 만났지. 그가 그러더군. 시간과 공간은 막힘이 없고, 끝이 없이 이어져 있다고. 해서 나는 그에게 부탁을 했지. 그 대신 시를 나누고, 장기를 한 판 둔 후 시간을 뛰어넘게 해달라고.”

담담한 목소리였지만 슬픔이 짙었다.

“그래서 이겼나요?”

“어땠을 것 같은가?”

“아마도…….”

“자네가 인정한 문장가인 내가 내기에 졌을 리가 없지. 나는 노인을 이겼고, 그는 내 소원을 들어줬지. 해서 내가 지금 자네 앞에 있는 걸세.”

“내가 믿어야 하나요?”

나는 눈을 감은 채 그에게 물었다.

“그대가 오지 않으면 나는 아름다운 추억을 간직하지 못하겠지만, 이렇게 그대를 본 후 우리의 정이 소멸되는 것도 나쁘지는 않다고 생각하오.”

"세상과 너무 불화하셨습니다. 안 그랬다면 그 빛나는 재주가 더 쓰일 수 있었을 텐데."

"나는 마갈궁이므로 같은 묘시에 태어난 한퇴지나 소동파처럼 시대에 버림받고 화액을 당할 것을 알고 있소. 허나 내 뜻을 굽히고 싶지는 않소."

그는 의외로 담담하게 말했다.

그건 이미 나도 알고 있는 사실이었다. 하지만 나는 그에게 당신 말이 맞는다고 할 수는 없었다. 당신은 1618년 8월 24일 결안(結案)도 없이 그의 동지들과 함께 저잣거리에서 처형된 건 억울한 일이라고 맞장구를 칠 수는 없었다. 한마디 변명할 기회도 얻지 못하고 사형장으로 끌려가면서 '할 말이 있다'고 외쳤다고 그에게 말해줄 수는 없었다.

"이렇게 나의 정인인 그대를 볼 수 있으니 나는 이것으로 족하오."

그의 눈동자에 추억의 빛이 어른거린다. 그가 기억하는 시절을 나도 알고 싶어졌다. 너무도 간절하게.

내가 알지도 못하는 정인이 시간을 건너뛰어 와서 해주는 말을 다 믿고 싶지는 않았지만 가슴이 아프고 안타깝다. 그의 삶이, 그가 말하는 사랑의 방식이.

그는 내 마음을 꿰뚫을 것 같은 눈빛으로 한참을 바라봤다. 그것은 한없는 그리움과 안타까움과 사랑이 담긴 남자의 눈빛이었다. 내가 그의 말처럼 그의 정인이었는지는 진정 알 수 없지만 그의 눈빛만은 진실을 말하고 있었다. 권필, 이안눌과 시를 논하던 예민한 감수성을 가진 시인이자 정치가이었던 남자가 내 눈 앞에 있는 것이다.

그와 함께 주다스 프리스트(Judas Priest)의 〈비포 더 돈(Before The Dawn)〉을 들었다. 그가 직접 고른 CD였다. 동이 트기 전에 사랑하는 사람을 데려가지 말라는 노랫말과는 달리 그는 밤과 낮이 교차하는 순간에 새벽빛과 함께 갔고, 나는 남았다. 그는 내게 시간의 강을 거슬러 오지 말라고 했다.

나는 홀로 남아 그가 사백 년 전에 붉은 비단에 쓴 편지를 읽었다. 차라리 한평생 그리워하고 사는 게 났지, 나의 불행은 바라지 않는다는 말이 시간을 통해, 한 구절의 시구를 통해 전해져 온다. 나는 이제야 왜 그가 잡히기 전날, 《성소부부고》 초고와 문집에 실리지 않은 원고를 딸네 집으로 보냈는지를 미루어 짐작할 수 있었다.

아름다운 글귀는 비단을 펴는 듯하고, 청아한 노래는 구름도 멈추게 하네. 복숭아를 훔친 죄로 인간 세상에 내려오더니 불사약을 훔쳐 인간 무리를 두고 떠났네. 부용꽃 휘장엔 등불이 어둑하고 비취색 치마엔 향내가 아직 남았는데 이듬해 복사꽃 필 때쯤이면……

비취색 치마에 배인 향내를 잊지 못한 그가 나도 사무치게 그립다.

+ 유춘강

마젠타란 멋진 이름을 가진 색을 좋아한 적이 있다. 지금은 적(赤)이 빠지고, 청(靑)이
빠지고 무채색으로 방향을 트는 것 같은 나날이다.
자카르타에서의 무더운 나날 삼 년을 보내고 나니 나의 연애적 감수성은 나른한 그곳
의 공기 속으로 증발했고, 이젠 새순이 막 돋고 있는 딸의 청춘과 연애 같지 않은 딸의
로맨틱을 곁눈질 하며 감정 이입을 하고 있다.
현란한 채색의 시대가 가고 수묵화의 시대가 오는 건지 모든 게 시큰둥해서 미술 복원
사가 희미한 흔적을 따라 완성하듯 상상을 해본다.
아, 라일락나무 옆에 앉아서 첫사랑이 올라오던 걸 훔쳐보던 그때는 도대체 어느 시점
에서 실종됐을까?

안녕

사라고사 알하페리아 궁전. 요새이기도 했다는 궁전의 칸칸이, 빛과 어둠의 구조, 그 대비가 참 분명하더라. 어둠도 존재 이유가 있다는 걸 증명하듯, 빛이 아니라 그늘 드리운 창이 많았어. 그늘진 창을 만날 때면 숨 한 번씩 쉬면서 백선당을 떠올렸다. 그때마다 내가 휘발되는 것 같았어. 그리하여 지금 여기는 아무도 없다. 안녕!

엽서 사진 속, 궁전의 흰 벽에 비친 햇살이 휘발된 남자처럼 하얗다. 느낌표를 단 안녕이란 단어가 거대한 대리석 벽을 타고 오르는 개미인 양 낯설다. 안녕을 묻고 있는지, 안녕이라 선언하고 있는지 엽서 끝에 매달린 느낌표의 느낌이 애매하다. 아니, 편지글에는 일상적인 불문율이라는 것이 있다. 이건 선언이다.

내 안녕은 어디 있을까. 안녕을 묻듯, 엽서를 품은 채 내게 날아온 구두를 꺼내본다. 앞 꼭지가 골무 모양으로 트였고 굽 높이는 십 센티쯤 될 듯하다. 잔비늘 문양의 거죽은 진홍색이고 밑창은 검다. 작별 선언과 함께 날아온 신발이라니. 진홍색 구두를 발에 꿰어본다. 꼭 맞다. 풀잎 신이든 헝겊 신이든 나무껍질 신이든 가죽 신이든, 그가 이따금 보내오는 신발들의 크기는 늘 내 발에 맞았다. 문제는 늘 색깔이라 여겼다. 나는 붉은 신을 신을 만큼 자신만만한 여자가 못 된다고. 내가 그렇다는 걸 그는 알고 있었다. 신발을 벗어 항공우편 상자 속에 넣고 안녕이라 쓰인 엽서를 올려놓는다. 안녕이라는 말이 맨발을 만지는 것처럼 하전하다. 하필이면 사직서를 내고 짐을 꾸리는 중에 받은 우편물이었다.

이번 달로 지령(誌齡)이 621호에 달한 월간지에 내가 쓴 기사가 실린 건 500호 특집호 때부터였다. '자연과 함께하는 가족생활 정보지'를 표방하는 회사에서는 몇 년 전부터 입사 경력이 십 년 넘는 정규직 직원 하나씩을 잘라 계약직 직원으로 그 자리를 메웠다. 올해는 내 차례였다. 지난달 마감을 마친 뒤 출판국장이 나를 불렀다. 왜 불렀는지 짐작하지요? 일단 사직서를 내고 계약서를 다시 쓰는 걸로 하세요. 출판국장이 그렇게 회사에 남아 있는 사람이었다. 그가 당당했으므로 나는 버틸 명분이 없었다.

"선배, 정말 이대로 그만두실 거예요?"

내 눈치 보며 퇴근 준비를 하던 옆자리의 김기자가 조심스레 물었다. 그는 입사 삼 년차로 지난달 초에 회사와 재계약을 맺었다.

"그만두라니 그만둘 수밖에."

"혹시 어디 가기로 한 데가 있어요?"

"있긴 뭐가 있어."

"그런데 짐은 왜 싸요?"

어차피 이 년 단위 계약직으로 살아야 한다면 여기 아닌 다른 곳에서 할 일을 찾아보고 싶었다. 이번 기회에 삶의 형태를 아예 바꿔보자고 작정했다. 하지만 그 작정이 무모한 오기라는 걸 모르지는 않았다.

"안녕을 연습 중이야."

"헤어지는 거든 만나는 거든, 안녕 연습 같은 건 하지 않아도 돼요. 그런 건 그냥 닥치는 거잖아요? 일단 나가서 술이나 한잔 해요."

"오늘 말고 나중에. 할머니 생신이라 고향집에 가봐야 해. 이래봬도 내가 외동이거든."

김기자가 눈을 치뜨다가 웃는다. 내가 외동이인 것이나 사흘 뒤가 할머니 생신인 건 사실이었다. 나는 송별주가 싫을 뿐이다. 선참들을 떠나보낼 때마다 세상과 회사를 성토하면서도 떠나는 사람이 내가 아닌 걸 다행으로 여겼다. 그때마다 송별주 맛이 깊고도 달았다.

김기자가 배웅이나 하겠다며 내가 꾸려놓은 상자를 안고 나섰다. 나는 그가 지하 주차장까지 나를 배웅하게 내버려둔다. 운전석에 올라앉아 시동을 걸고 창문을 열자 김기자가 물었다.

"선배, 고향이 어디시라구요?"

"학동."

"어디 있는 학동이냐구요."

"아무 데나 있거나 아무 데도 없는 학동이야. 최소한 며칠은 거기 있을 거니까 궁금하면 수소문해 놀러와. 학동에도 한 꼭지 쓸 만한 취잿거리는 있거든."

옛날 학동 뒷산에는 학이 많았다. 뒷산 자락에 있는 백선당(白扇堂) 홰나무에도 학이 수십 마리씩 내려앉았다고 했다. 백선당이 사랑채에만 기와를 얹고 나머지 지붕들에 죄 이엉을 쓰고 있는 까닭도 학이 날아들게 하려던 의미였다. 온 마을의 학이 사라진 뒤 백선당도 기울었다. 젊은 날 과부가 되어 외아들마저 여의었던 백선할머니는 먼 일가 중에서 아이를 골라 양자를 들였다. 학교 마치고 서울에서 직장을 잡았던 양자는 결혼 뒤 직장을 그만두고 사업을 벌였고 백선당의 재산을 움푹움푹 덜어갔다. 그가 선산까지 팔아먹고 백선당의 이백여 년을 허물어뜨리기까지 십 년쯤 걸렸다던가. 백선할머니는 양자에게 재산을 다 앗기고도 백선당 넘겨주기는 마다했다. 그 일로 종손은 양모와 절연하다시피 했고 모자는 화해하지 못한 채 아들이 먼저 세상을 떠났다. 이후 그의 큰아들이 자신의 부친을 대신해 찾아왔으나 백선할머니는 인연이 끝났다고 선언함으로써 그를 거부했다. 그 뒤 백선할머니는 눈이 멀기 시작했고 장님으로 여생을 살다가 세상을 떠났다.

백선할머니 사후 백선당이 다른 누구도 아닌 김반지에게 남겨졌다는 사실이 밝혀졌다. 김반지는 백선할머니가 시집올 때 어린 계집종으로 따라왔던 내 할머니였다. 김반지는 스무 살 즈음에 시집을 갔다가 두어 해 뒤 아들 하나를 안고 되돌아왔고 평생 백선할머니를 지켰다. 아버지는 백선당이 모친에게 물려졌다는 사실을 달가워하지 않았다. 팔아먹을 수도, 들어가 살 수도 없는 백선당은 아버지에게 애물단지였던 것이다. 그건 나한테도 마찬가지였다. 대학 졸업 후 입사해 십여 년을 지내는 동안 전국의 풍광이며 고택들, 전원주택들을 어지간히 찾아다녔다. 그럼에도 나는 백선당을 기삿거리로 삼기는커녕 외려 숨겼다. 백선당에 얽힌 그 많은 것을 쓸 수 없었거니와 그것들을 놔둔 채 한옥의 아름다움이니 풍수지리와 고택의 역학관계 따위를 늘어놓을 수 없었기 때문이다.

"안녕."

김기자에게 인사말을 하고 보니 안녕이란 단어가 몹시 편한 것임을 알겠다. 그 한마디로 다 해결되는 것 같지 않은가. 사라고사에서 붉은 신발과 안녕 엽서를 부친 남자도 그랬을 것이다. 여자에게 안녕이라 띄운 그는 편해져서 새로운 오지로 향하고 있거나 예전에 머문 적 있는 오지에 도착했을지도 모른다. 자칭 떠돌이 돌팔이인 남자는 전공의 과정을 마치고 전문의 과정을 시작하는 대신 '국경 없는 의사회'로 들어갔다. 의대 시절 오지 봉사활동을 계기로 시작된 방랑벽의 작용이었다. 그는 한곳에 오래 머물지 못했다. 그가 떠도는 자신을 어찌할 수 없는 한 내가 그와 더불어 할 수 있는 건 없었다. 아니 그가 정주한다고 해도 나와 함께 할 미래는 애초부터 없었다.

연초록 새잎을 틔우기 시작한 홰나무의 높다란 가지에 계집아이 하나가 앉아 있다. 여덟 살 정초의 나다. 시골에서 아이들이 설빔으로 한복을 입는 일이 드물던 무렵 나는 큰할머니라 부르던 백선할머니로부터 매해 한복 설빔을 받아 입었다. 큰할머니가 당신의 치마저고리를 뜯어 지은 옷이었다. 동네아이들이 내 설빔을 시샘했던가. 백선할매가 나한테 옷을 지어주는 건 내 할머니가 종이라서 그렇다고 놀려댔다. 나는 설움에 쫓겨 백선당으로 왔다가 문득 홰나무에 매미처럼 엉겼고 오르기 시작했다. 색동저고리와 빨간 치마가 거무죽죽한 나무줄기에 펼쳐지는 걸 느끼며 계속 올랐다. 제일 높은 가지까지 올랐을 때 온 동네가 내려다보였다.

그때 신발 한 짝이 왜 벗겨졌던 것일까. 내 신! 외치며 밑을 내려다봤을 때 나무 밑에 온 동네 아이들이 죄 모여든 것 같았다. 어른들이 연신 뭐라고 외치고 있었다. 짚단들이 경운기며 수레에 실려와 나무 밑에 수북이 쌓이는 참이었다. 아저씨 두엇이 올라와 내가 있던 가지로 다가들기 위해 애쓰는데 나는 비로소 무서웠다. 신발이 없어 내 몸이 금세라도 바람에 날아갈 것 같았다. 아저씨들은 내가 있는 나무 꼭대기까지 접근하지 못했고 나는 나무에서 내려오는 방법을 몰랐다. 그때 한 사내아이가 나무를 기어 올라와 옆가지에 앉더니 제 윗도리 주머니에서 내 운동화 한 짝을 꺼내 내밀었다. 설이라고 시골집에 와 있던 큰할머니의 큰손자 대윤이었다. 야, 꼬맹이. 올라왔으면 내려가야지, 네가 솟대 끝에 붙어 있는 새인 줄 아냐? 그만 징징거리고, 신 신고 내려가는 게 어때?

올라간 만큼 내려오는 게 그리 어렵지는 않았던 것 같다. 그 기억의
끝 장면은 내가 엄마한테 퍽퍽 얻어맞은 것이다. 엉덩이며 등짝에 엄
마의 매운 손바닥이 감길 때 울었던 건 아파서라기보다 대윤이 쳐다보
는 게 부끄러워서였다.

"안녕, 꼬맹이들!"

아직 나무 위에 붙어 있는 여덟 살, 열한 살의 아이들에게 서른여섯
살의 내가 손을 흔들어주곤 돌아선다. 안채 바깥마당 화단에는 풀꽃들
대신 연홍색과 진홍색의 명자꽃이 잔뜩 매달려 있다. 꽃잎으로 차를
만들고 열매로 술을 담는 명자꽃을 어릴 때의 나는 가시꽃나무라 불렀
다. 큰할머니가 꽃잎 따는 것을 보고 섣불리 다가들었다가 가시에 손
등을 긁힌 무렵이었다. 그때 손등에 맺히던 피가 명자꽃잎을 따 붙인
듯했다.

"할머니!"

부러 크게 외치며 안채 대문간을 들어서는데 툇마루에 앉은 사람들
이 보인다. 흰 두루마기의 남자와 붉은 저고리를 입은 여자가 찻상을
마주하고 있고 부엌에서는 연둣빛 저고리를 입은 여자가 쟁반을 들고
나오는 참이다. 그이는 쪽진 머리를 하고 있지만 마루의 두 사람보다
어려 뵌다. 이십대 중반이나 될까. 세 사람이 틈입자를 만난 듯 나를 물
끄러미 건너다본다.

"누구세요, 들?"

내 외침에 그들이 황당하다는 듯 웃는다. 내가 익히 아는데 까마득히 잊어버린 사람들인가 싶어 눈을 감았다가 떴더니 마루엔 아무도 없다. 부엌에서 나오던 연두저고리 여자도 사라졌다. 문이 닫힌 안방 앞 툇마루에는 명자꽃을 매단 몇 개의 꽃가지가 천연덕스레 놓였다. 햇빛 눈부신 봄날 오후에 나는 환영을 본 것이다.

"할머니!"

할머니는 귀가 먹은 뒤부터 소리를 듣는 게 아니라 소리의 파장을 느끼는 것 같았다. 인기척을 금세 감지했다. 아무 대답이 없는 건 지금 할머니가 안채에 계시지 않다는 뜻이지만 두 칸의 안방과 대청과 누마루 방까지 차례차례 열어본다. 훈기가 약할 뿐 방방의 낡은 가구나 집기들은 큰할머니 생시와 그다지 다르지 않다. 절연하기 전 큰할머니의 며느리가 백선당의 알맹이를 알뜰히 솎아 간 터라 도둑이 욕심낼 만한 물건은 남아 있지도 않았다.

뒤란 장독대에는 빈 항아리들뿐이고, 텃밭에는 부추와 쪽파만 무성하다. 텃밭 가 담장 너머에서 콩배나무의 연홍색 꽃들이 감실거린다. 검게 익은 콩배를 깨물며 요즘은 새들도 콩배를 먹지 않는다고 말했던 사람은 내 할머니였을 것이다. 할머니와 열 살의 나를 뒤란에 두고 안채 서쪽의 서원(西苑)으로 향한다. 집의 규모에 비하면 의아할 정도로 넓은 서원에는 옛날부터 아무것도 심어 가꾸지 않았다. 어릴 때 나는 그게 의문이었다. 뒤란의 텃밭에다 온갖 남새를 심어먹으면서 서원을 공터로 두는지. 왜 꽃나무도 심지 않는지. 이 집의 계집들과 귀신들이 숨 쉬는 곳이라 예부터 비워두며 살았다는 대답을 언제, 누구에게서 들었는지 모르겠다.

아침식사 후 어느 결엔가 사라졌던 할머니는 서원에 있었다. 할머니가 아흔을 넘기면서부터 어머니는 노인의 입성에 한층 신경 썼다. 노인네 입성이 헐하면 마을 사람들에게 욕을 먹기 십상이기 때문이었다. 오늘 아침 어머니는 생신 맞은 할머니에게 겨자색 치마에 옷고름 대신 고리를 단 연두색 저고리를 입혔다. 할머니 시집 가도 되시겠네. 밥상머리에서 그렇게 할머니의 입성을 칭찬하다가 나는 어머니한테 눈총을 맞았다. 지금 할머니는 지신밟기 하듯 가만가만 거니는 참이다. 혼자가 아니라 좀 전에 내가 툇마루에서 환영으로 보았던 여자와 함께다. 툇마루에서는 내 나이보다 많을 것 같지 않던 붉은 저고리의 여자는 그 사이에 할머니만큼 나이가 들어 있었다. 이제 보니 그이는 큰할머니다.

할머니가 큰할머니를 향해 물었다.

"서진이 알아보시겠소, 형님?"

큰할머니가 고개를 끄덕이며 나를 향해 웃는다. 등이 굽지 않았고 눈도 멀지 않은 것 같았다.

"우리 서진이 오랜만에 집에 왔구나. 큰할미한테 인사할 줄 모르는 건 여전하고."

나는 환영이 아니라 귀신과 마주하고 있었다. 내게 서진이라는 이름을 지어주고 당신 눈이 멀기 전까지 설빔을 지어 입히던 큰할머니

귀신이었다. 귀신이 워낙 태연하니 떨리던 내 맘도 자약해진다.

"좀 전에 흰 두루마기 차림의 그분은 누구세요?"

내 물음에 할머니가 대답했다.

"사랑채 할아버님을 몰라?"

"방금 난생처음 뵀는데 제가 어찌 알아요?"

두 여인이 까르르 웃는데 나는 따라 웃을 기분이 아니다. 눈앞의 여인들이 귀신이든 환영이든 내 상상 속의 사람들이든 내가 평생 알아왔던 뭔가와 어긋났다.

"큰할머니, 우리 할머니 데리러 오셨어요?"

"내가 어딜 가기나 했다니? 난, 우린 항상 여기 있는걸?"

"갑자기 제 눈에 뵈시는 이유가 뭐냐구요."

"네 눈이 이제 좀 밝아진 게지. 우리 눈이 이제 뜨였던지."

할머니들이 또 동시에 웃는데 웃는 얼굴이 달라진다. 점점 젊어진 두 여인의 얼굴이 봄 뜰에 소풍 나온 새댁들 같아지는가 싶더니 눈앞에서 안개가 걷히듯 사라졌다. 그들이 딛고 섰던 곳에는 쇠뜨기와 제비꽃이 간들거린다. 가슴이 마구 뛰었다. 다리가 후들거렸다. 서진아, 할미 꽃신 좀 닦아라. 아침상을 물릴 때 할머니가 그렇게 말했다. 예쁜 옷을 입었으니 꽃신을 신어야겠다고. 설거지 마친 뒤 나는 할머니 문갑에서 보자기에 싸인 당혜를 꺼내 치약으로 닦았다. 수놓인 붉은 꽃에 치약이 닿지 않게 조심스레 흰 가죽만 광을 냈다.

아침에 내가 닦은 당혜가 지금 백선당 안채 대문간 방의 섬돌 위에 놓였다. 누구의 것이든 눈에 보이는 족족 신발을 나갈 방향으로 놓는 게 할머니의 평생 습관이었다. 지금 할머니의 꽃신은 다시 나올 일 없다는 듯 들어간 방향으로 가지런하다. 나는 방문 열어볼 엄두가 나지 않는다.

사랑채 안팎에서 남자들이 윷을 두거나 화투를 치고, 안채 안팎에서는 어머니 또래의 여인들이 잠들어 있거나 수다를 나누고 있었다. 십여 년 전 큰할머니 장례 때와 흡사한 분위기다. 그때와 다른 거라면 상청(喪廳)이 문간방에서 마주 보이는 대청이었다는 것뿐이다. 김반지의 상청은 당신 스스로 들어간 백선당 문간방에 차려졌다. 묘소는 진작부터 서원 서쪽 담장 밖에 있는 아버지의 밭머리로 마련되어 있었다.

의식이 진행되는 동안에는 물론 조석전(朝夕奠)과 상식(上食)을 올릴 때마다 어머니는 곡을 했다. 나는 곡소리는커녕 눈물조차 나오지 않았다. 어머니가 민망한지 몇 번이나 곡소리를 내라고 눈짓했지만 나는 그때마다 고개만 숙였다. 환영이었든 귀신들이었든 나는 비현실에 속한 사람들을 만난 느낌이 아직 생생했다. 빈소랍시고 차려놓고 앉아 조문객을 맞이하고 있는 내가 오히려 현실적이지 않았다.

"서진아, 상객이 오셨다."

아버지 목소리에 일어나는데 상복 치맛자락이 밟혀 휘청한다. 상청이 좁으므로 상객이 여럿이면 내가 밖으로 나갈 참인데 들어선 상객은 한 사람, 대윤이다. 사라고사를 떠나 아프리카 어디쯤에 가 있을 줄 알

왔던 그가 내 할머니의 상청에 나타나 향을 붙이고 혼백에 절하고 아버지와 나를 향해 조상(弔喪)했다. 사라고사를 떠난다는 엽서의 내용이 잠시라도 귀국하겠다는 뜻이었을까. 마주 절하고 일어나면서도 어리둥절하다. 아버지가 대윤과 나를 번갈아보며 말했다.

"둘이 오랜만이지?"

아버지 기억으로 대윤과 내가 마지막으로 만난 건 큰할머니 장례 때일 터였다. 그때 그는 의대 졸업반이었다. 그와 내가 우리 생의 절반을 넘는 시간 동안 소위 연애라는 걸 해왔다는 건 비밀이었다. 그와 나의 연애는 언제나 비합법의 단발 계약 같았다.

"자네 댁에다 부고를 드린 까닭은, 자당께도 말씀드렸네만, 선대에서 어그러진 인연을 자네가 바로잡고, 기왕의 도리를 이어가겠다면 이 백선당을 자네한테 물리려는 뜻이었네."

그가 대답 앞서 나를 쳐다보았다. 어디서부터 왔는지 눈이 퀭하고 입술엔 거스러미가 엉겨 있다.

"그렇잖아도 서류 문제로 잠시 귀국했던 참에 어머니한테 그 말씀 전해 듣고 왔습니다. 할머님 장례 때 찾아뵙고 난 뒤 제가 여기 다시 오지 못했던 건 제 아버지가 저지른 막대한 잘못 때문이지만, 생전의 할머님께서 하신 말씀 때문이기도 했습니다. 그때 할머님께선, 백선당에 혈손이 있음에도 젊은 날의 오기로 양자를 들이셨다고, 그로 인해 속절없는 지경에 이르렀다고 하셨지요. 그 혈손이 누구인지 저한테 말씀하시지 않았지만 그때 어렴풋이 짐작은 했습니다. 아저씨도 알고 계실

거 같은데요."

"물론, 알고 있네."

"예, 그래서요. 저는 이 댁 후손으로서의 책임을 배우지 못했거니와 할머님께 그 말씀을 들은 뒤로 자격도 완전히 잃은 거라고, 그 말씀 드리기 위해 온 겁니다. 죄송합니다."

"세월이 그리 흐르는 걸 내가 어쩌지 못했는데 자네인들 어찌할 도리가 있었겠나. 알겠네. 그동안, 매년 한식날이면 간소하게나마 합사(合祀)를 올려왔는데, 내가 사는 동안에는 계속하겠네. 나중에라도 혹여 서운한 맘이 들거든 언제라도 돌아오게."

"예, 고맙습니다."

"자정이 다 됐는데, 빈방도 있으니 오늘밤은 묵어가시려는가? 술도 한잔 하고."

"아니오. 내일 오전에 출국해야 합니다."

"허면 못 잡겠구먼. 아! 결혼을 했나?"

대윤의 시선이 나를 스치고 지나갔다.

"못했습니다."

"자네도 많이 늦었구먼. 하게 되면 잊지 말고 여기다도 청첩하게."

"예."

"서진아, 네가 이 사람 배웅해주어라. 그리고 더 올 사람 없으니 집에 가서 좀 쉬고."

예상치 못하게 나타난 대윤 때문에 백선당에 모여 있던 마을 사람들의 시선이 온통 상청에 쏠린 참이었다. 제 몫을 못했을망정 그는 서류상으로 여전히 백선할머니의 손자였다. 그가 감옥에서 휴가 나온 영화 속 사내처럼 시선 닿는 사람들 모두에게 굽실거리면서 백선당을 벗어났다. 봄밤, 고샅의 가로등에는 안개가 끼어 어른거린다. 마을 광장에다 차를 세워뒀는지 대윤은 말없이 고샅을 익숙하게 내리 걷는다. 내 차 곁에 주차된 차가 그가 타고 온 것인 듯했다. 차 옆에 다가들면서야 그가 나를 돌아보았다. 그의 눈길이 닿은 내 발에는 검정색 로퍼가 뒤축이 꺾인 채 꿰어져 있었다.

"내가 보낸 신, 이번에는 신었어?"

뜻밖의 질문에 어처구니가 없어 웃음이 났다.

"내가 못 신는 걸 알면서도 계속 빨간 신을 보내온 이유는 뭔데?"

"글쎄. 우리 어릴 때 네가 나무에서 떨어뜨리고 내가 주워 올라간 빨간 운동화 때문이 아니었나 싶지만, 처음엔 의식하지 못했어. 나중엔 신나 안 신나 보자는 심사였던 것 같고. 어쨌든, 회사 그만뒀다며? 앞으로 어디에 있을 건데?"

내가 어디 있든지 변하지 못할 사실은, 우리가 여기 속한 사람들이라는 것이었다. 그와 나는 백선당이라는 한 울타리에서 태어난 아이들이었고 아직도 그 안에 들어 있었다. 그건 잊을 수 있는 기억이 아니라 실재하는 울타리였다.

"엊그제 임종하시던 날, 할머니 찾아 백선당에 갔다가 환영들을 봤어. 귀신들이라고 해야 할지. 여순사건 때 돌아가셨다는 할아버지와 말년을 장님으로 살다 가신 백선할머니와 그분 사후 귀머거리로 사신 내 할머니까지. 그분들이 지금 우리보다 훨씬 젊은 모습으로 나타나 나를 향해 웃으셨어.”

내 말을 듣고 난 대윤이 고개를 끄덕였다. 말없이 운전석으로 올라 앉더니 시동을 켰다. 차창을 열고 무슨 말이든 더 하겠거니 기다리는데 그의 차는 그냥 미끄러져 나간다. 그의 차가 떠난 자리에 밤안개가 잔뜩 끼어 있다. 안개가 붉어 보인다.

+ 송은일

나름대로 치열하게 소설을 써오면서 늘 언젠가는 소설 쓰기가 좀 쉬워지겠거니 기대
하지만 그 기대는 새 소설을 쓸 때마다 헛꿈이라는 걸 깨닫는다. 쓸수록 더 어려워지
는 게 소설이라는 걸.
근래 '환생'을 소재로 삼은 허무맹랑한 소설을 썼다. 초고를 출판사 편집자들에게 읽
힌 뒤 왕창 깨졌다. 몇 달 뒤 출간하기로 하고 개작 작업을 하는 즈음인데 소설은 결국
현실의 한 모습이어야 한다는 걸 새삼 절감하고 있다.

잠드는 하양

눈이불

눈은 하얗고 연탄불은 빨갛다. '연탄집'의 할머니가 허리 아래로 두르고 있는 극세사 이불은 불그죽죽하다.

"다리를 못 쓰세요. 관절염이 심하시거든요. 그래도 거기 앉아서 음식 간은 혼자 다 보신다구요."

주인여자는 낯선 손님이 들어서기만 하면 주방의 쪽마루에 올빼미 형상을 하고 앉아 있는 할머니에 관해서 설명하는 버릇이 있다. 실제로 손님들이란 음식만 맛있으면 별 상관하지 않는데 말이다. 게다가 연탄불 위에 불고기나 먹장어 따위를 구워 파는 실비집에서 특별히 깔끔한 분위기를 찾겠다면, 그 손님의 기대 자체가 지나친 것인지도 모른다. 차라리 시골 외가 같은 푸근함이나 친근함을 느끼는 것이 보다 나을 테니까.

창밖에는 지금 눈보라가 휘몰아치고 있다. 창문이 금방이라도 두 동강으로 쪼개질 듯이 흔들리고 나무 문짝도 찢어질 듯한 비명을 내지르면서 덜컹거린다. 그러느라고 음산하고 고통스러운 비명 소리가 실내에 가득 차올라 끔찍한 기분이 든다.

"아휴, 굉장하네!"

손님들 중 누군가가 혀를 찬다. 그 바람에 모두 한 번씩 바깥을 흘긋 내다본다. 또다른 손님이 "내일 아침 출근하기 힘들겠는걸. 그만 일어서야지" 하고는 주섬주섬 자리를 털고 일어난다. 주인여자는 "내일은 토요일이니까 출근하는 사람이 적을 거예요" 만류하고 나선다. 그럼에도 손님들은 "더 있다간 집에 가기도 힘들겠어" 하고는 매정하게 일어서서 계산을 치르고 나가버린다.

과연 그들이 나가기 위해 문을 열었을 때, 눈보라가 무서운 기세로 휘몰아쳐 들어온다. 나머지 사람들은 기겁을 하고, 할머니도 밭은기침 소리를 낸다. 그 바람에 좀더 버티고 있으려던 마지막 남은 젊은 남녀 두 사람도 자리에서 일어서버린다. 그들마저 나가버리자, 연탄집 안에는 이제 B형과 나만 남게 되었다. 우리 두 사람은 진작부터 말없이 술만 마시고 있던 중이라, 가게 안은 일순 정적이 감돈다. 사실 정적이라기보다는 바깥에서는 위잉위잉 사납게 울어대는 눈보라와 실내에는 TV 소리가 가득 차 있는데 말이다.

갑자기 TV를 보던 할머니가 주인여자 들으란 듯이 소리 질렀다.

"얘야! 저것 좀 봐라! 노숙자들끼리 이불 한 채 가지고 쌈하다가 살인이 났다는구나!"

그러자 주인여자는 대꾸했다.

"아이구! 요즘 세상에 그깟 이불 한 채로 사람이 죽고 살고 하다니! 요즘은 그거 버리는 쓰레기봉투 값이 얼만데요. 저 일전에 묵은 솜이 불 버렸잖아요? 봉투 값만 해도 만만찮더라구요."

지금 생각해도 아까워 죽겠다는 듯 어깨를 들썩거렸다. 그러자 할머니는 퉁명스럽게 소리쳤다.

"너는 그저 못 버려서 안달이지? 나도 내다버리려무나!"

주인여자는 우리 쪽을 보며 한쪽 눈을 찡긋거렸다. 할머니를 버릴 수만 있다면 아무리 비싼 쓰레기봉투라도 사고 싶다는 눈치였다. 나는 어떻게 대응해야 좋을지 몰라서 고개를 떨구고 모른 척했다. 할머니는 말을 이었다.

"참, 세상이 좋아졌다고는 하지만 노숙자도 더 많아졌다더라. 해마다 얼어 죽는 노숙자가 몇 명씩은 될 게야. 그러니 비싼 봉투 사서 이불 버릴 생각 말고 노숙자를 준다면, 그 사람들 얼어 죽지 않아서 좋고 살인 사건 막아서 좋고, 오죽 좋겠어."

주인여자는 반박하고 싶지만 말이 길어질 것이 귀찮아 참는다는 듯 입술만 씰룩거리다 말았는데, 뜻밖으로 B형이 맞장구를 치고 나왔다.

"아무렴요! 할머니 말씀이 다 맞는 말씀입니다."

나는 멍하니 B형을 바라보았다. 바쁘다는 핑계로 굳이 나오지 않으려던 사람을 기어이 불러내놓고는, 자작으로 술만 따라 마시고 있던 형이었다. 사람을 불러내놓고 뭐 하는 짓이냐고 따질 수도 있으련만, 나 역시 묵묵히 앉아 있었던 것이다. 우리는 둘 다 서로 먼저 말을 꺼내기를 기다리고 있었는지도 모른다. B형은 할머니와 이불 이야기를 계속했다.

"우리 누님이 결혼할 때만 해도 말예요, 좋은 비단 이불 한 채 해 가는 게 큰 자랑거리였어요. 혼수 이불 한 채 꾸미는데, 온 동네 여인들이 다 몰려와서 구경을 하는 거예요. 어린 나도 그 새 이불에 발가락 하나라도 넣어보려고 안달을 부렸는데, 어머니가 이불 더럽힌다고 까마귀 발같이 못생긴 그 발 치우라고, 회초리로 내 정강이를 찰싹찰싹 때리면서 내쫓으셨거든요."

할머니는 B형의 추억담에 만족한 듯 흐뭇한 미소를 지었다. 드디어 나는 참지 못하고 B형을 불렀다.

"형! 그날 말이지, 나도 뒤풀이하는 자리까지는 안 갔어. 형이 나가고 얼마 안 돼서 나도 다른 볼일이 있어서 나가버렸다니까."

그제야 B형이 나를 바라보았다. 내가 자신의 앞자리에 앉아 있다는 것을 처음으로 발견한 사람처럼 눈을 커다랗게 뜨고 지그시 바라보는 것이었다.

"아아, 참, 얼마 안 된 과거인데도 까마득한 옛날이야기를 하는 것 같구먼. 자, 술이나 한잔 받아."

B형이 처음으로 내 잔에 술을 가득 따라주었다. 나는 적의에 차서 B형을 노려보았다.

　지난 주말, 해숙의 번역문학상 시상식이 세종문화회관 별관에서 있었다. 해숙이 독일에서 귀국했다는 소식은 풍문으로 들었고, 긴가민가 확인해봐야겠다는 생각을 하던 차에, 신문지상에 수상 소식이 먼저 실렸던 것이다. 그녀로서는 8년 만의 성공적인 귀국이었다. 나는 해숙의 얼굴도 볼 겸 축하도 해줄 겸 시상식장으로 달려갔는데, 그곳에서 B형과 맞닥뜨렸다. 나는 그동안 긴 세월이 흘렀으므로 설마 B형이 또다시 나타날 줄 몰랐던 모양이다. 얼마나 순진하기 짝이 없는 생각인지! 내 얼굴은 B형을 보는 순간 단박 일그러지고 말았다. 다행이라면 B형은 예전과 달리 시상식장에서 더 이상 소란을 피우지 않았고 시상식이 끝나기도 전에 조용히 사라져버렸는데, 그것은 뜻밖으로 나를 혼란에 빠뜨렸다. 더군다나 내 예상보다 더 성대했던 시상식의 분위기는 나를 초라하게 만들었으므로, 나 역시 뒤풀이까지 기꺼이 참석하려던 처음의 마음을 접고 식이 끝나기도 전에 나와버리고 말았다. 축하를 하려고 모여든 동문들과 선후배들, 신문사 문학담당 기자들로 둘러싸인 해숙은 내가 중도퇴장하는 것도 알지 못했을 것이다. 기분이 묘하게 쓸쓸했다. 그 때문이었을 것이다. 느닷없이 B형이 전화를 걸어와서 만나자고 했을 때 거절 못하고 끌려나오고 만 것은……. 해숙이 독일로 떠난 이후 8년 동안, B형과 나는 일부러 전화를 해서 단둘이 만난 일은 한 번도 없었다. 아니 그러긴커녕 서로 피하는 사이였으니, 거절하려고 들면 핑계는 수십 가지일 텐데, 이런 골목 끝 초라한 연탄집 함석판 앞에 묵묵히 앉아 있게 될 줄은, 다시 생각해봐도 어처구니없는 노릇이었다.

나로서는 이런 바보 같은 짓을 하고 있는 자신이 한심스러웠다.

"이불에 관해서라면 크게 충격 받은 영화가 한 편 있는데 들어보겠어?"

B형이 싱긋 웃으며 말을 꺼냈다. 하지만 굳이 내 대답을 들으려는 것 같지는 않았다. B형은 혼자 도취된 듯이 이야기를 시작했다.

"그 영화, 누구나 봤을 테니까 기억하라면 쉽게 기억이 떠오를 거야. 〈붉은 수수밭〉 어때, 기억나지? 당시, 대단한 영화였잖아? 아, 그 중국식의 붉은 수수밭, 고량주의 붉은색……. 그 중국적이고 대륙적인 붉은색에 매혹되지 않을 수 없었잖아. 장이머우 감독의 역량……. 지금이야 시큰둥해졌지만 그 영화가 개봉될 당시는 충격이었지. 그런데 내가 이야기하고자 하는 것은 그 영화에서도 이불, 둘둘 말린 더러운 이불 한 채인데, 열여덟 살의 아리따운 추알, 공리가 늙은 양조장 주인 리씨에게 시집을 가잖아? 그때 이미 가마꾼 유이찬아오는 추알에게 엉뚱한 흑심을 품고 있었고, 공리 역시 뜨겁게 내리쬐는 햇볕 아래 우람한 상체를 드러낸 유이찬아오에게 흔들리는 가마만큼이나 흔들리고 있었고……. 결국은 붉은 수수밭에서 두 청춘은 뜨겁게 맺어지고. 그리고 여차여차해서 늙은 리서방은 죽고, 과부가 된 추알에게 유이찬아오는 둘둘 말린 이불 한 채를 등에 메고 당당하게 찾아오지. 그 장면, 대단히 인상적이었어! 이불을 대문 앞에 패대기치고 추알을 불러내잖아. 그러고는 당혹해하는 추알을 덥석 안고 방으로 들어가서 하룻밤 동침을 하고는, 추알의 새 남편이 된 것을 온 마을에 확실하게 공표하는 거야. 사랑을 공표하는 그 방식, 이불! 유이찬아오가 등에 메고 간 둘둘 말린 더럽고 지저분한 솜이불 한 채. 중국식의 끈적거리고 끈질기고, 켜켜이 쌓이는 솜처럼 쉽사리 뜯어내지지도 뜯겨지지도 않는, 온몸에 징그럽도록 들러붙는 사랑, 바로 그것이었어."

휴, 〈붉은 수수밭〉을 그렇게 기억하는 사람도 다 있군. 나는 어이없는 기분이 되어 소주 한 잔을 홀짝 입속으로 들이부었다. 식도를 타고 내려간 술이 고량주라도 되는 듯 내장을 붉게 물들이는 것 같았다. B형이 내 기분을 유심히 살피며 이야기를 계속해 나갔다.

"그런데 말이야. 나는 최근에 또 하나의 충격적인 이불 이야기를 읽었걸랑. 우리 출판기획팀이 이번에 우당 이회영 선생의 일대기를 펴낼까 하고 원고를 검토중인데, 이런 대목이 있더라구. 참, 눈물 나는 대목이긴 한데……."

나는 B형의 이야기가 듣기 싫어서, 아니 듣는 척하기도 싫어서, 자작으로 또 한 잔의 소주를 따라서 홀짝 마셨다. B형은 그런 것쯤 전혀 개의치 않았다.

"1927년, 우당 이회영 선생은 아들 이규창과 천진을 떠나서 기약 없는 무전여행길에 나서게 돼. 아니, 그건 무전여행이라기보다 엄밀하게는 도주의 길이었어. 나석주 거사 사건으로 일제의 주목을 피할 수 없게 되자 우선 피신을 해야 했던 거야. 그때 이미 이회영은 환갑노인으로 어린 아들을 데리고 수만 리 도망길에 나서게 되었으니, 그 고생이야 말로 다 할 수 없는 것이었지. 그런데 그런 이야기는 다 그만두고……. 당시 독립투사들의 삶이 말할 수 없이 곤궁했다는 것쯤은 상식에 속할 테니까. 몇 달 후에 이회영이 무전여행에서 돌아와 전당포에 맡겼던 이불을, 국내에 있던 부인 이은숙이 돈을 보내줘서 찾았다는 대목이 나와. '전당포에 잡힌 이불을 찾아와 덮으니 수개월 만에 처음으로 자보는 편안한 잠이었다.' 이렇게 소박하지만, 무척이나 감개무량해한다는 것이 느껴지는 표현이었어. 하지만 그 이불은 다시 몇 번인가 전당포에 잡혔다가 찾았다가를 반복하는 운명을 갖게 되지. 이것만 봐도 이불 한 채가 얼마나 소중한 재산인가를 알 수 있지. 당시 중국에서 가난한 사람에게는 이불이 상당한 비중을 차지했던 거야."

"……."

언제부터였을까, 나는 B형이 하는 이야기의 흐름을 놓치고 있었다. 형이 형의 방식대로 자신의 이야기에 몰입해 있었다면, 나는 나대로 옛 기억 속으로 더듬거리며 찾아들어가고 있었던 것이다. 나에게도 이불에 얽힌, 잊을 수 없는 기억이 있었다는 것이 불현듯 떠오르면서, 누구에게도 말하지 않았던, 말할 수 없었던 나와 해숙의 이야기가 문득 떠올랐던 것이다.

그날 해숙과 나는 학교 앞 술집에 있었다. 어두침침한 나선형 계단을 밟고 올라가서 그곳에 들어갔던 기억이 생생하게 떠오른다.

"이 집 흑맥주가 참 맛있어. 내가 살게. 괜찮지?"

이렇게 말하며 나무계단을 먼저 올라가던 그녀는, 중간에 한번 휘어지는 부분에서 발을 헛디뎌 넘어질 듯해서 뒤따르던 내가 재빠르게 그녀의 허리를 받쳐 안았다. 놀라울 정도로 가느다란 허리였다. 그 바람에 나는 한동안 내 손바닥에 남아 있던 그녀의 허리의 굴곡이나 섬세한 감촉에 시달려야 했다. 그녀는 그저 고마워, 하며 살풋 웃었는데, 그때도 그녀는 나의 감정보다는 자신의 고뇌에 사로잡혀서 벌써부터 눈가에 눈물이 글썽거렸다.

"나 어떡해? B형이 나를 만나주지 않아. 전화하면 안 받고 찾아가면 따돌리고, 집은 번호까지 바꿔버렸어. 나, 이제 어떡하면 좋아."

흑맥주 한 잔을 앞에 두자마자 그녀는 징징거리기 시작했다. 나는 귀찮은 마음보다는 한숨이 먼저 나왔다. 그러기에 B형 같은 인간을 왜 사귀었느냐고 묻고 싶었지만 차마 대놓고 그럴 수는 없었다. 과 선배인 B형은 군대를 다녀와서 복학하자마자 제일 먼저 여자부터 사귀었는데, 그녀가 바로 해숙이었다. 해숙이라면 모범생 이미지가 강한, 그러므로 남학생들과의 연애 스캔들이 없기로 유명한 아이였다. 두 사람은 적당히 사귀다 마는 관계가 아니라 곧 학교 앞에서 동거를 시작했으므로, 누구보다 해숙을 귀여워하던 교수님들을 경악시켰다. 얌전한 고양이 부뚜막에 먼저 올라앉는다는 식이었다. 역시 사람은 겉보기만으로는 판단할 일이 아니라면서 동급생 남학생들은 모두 허탈해했다. 그런데 소문이 한창 무르익어갈 무렵, 뜻밖의 파국이 닥쳐온 모양이었다.

"네가 뭘 잘못했길래 그래?"

"모르겠어. 내가 뭘 잘못했는지 모르겠으니까 더 죽을 것 같아."

“잘못한 거 없으면 내버려둬. 네가 안달복달하니까 더 그런 거야.”

“아니야. 아니야. 아닌 것 같으니까 이러는 거야. 얼마나 차가운지 얼마나 냉정한지 네가 B형을 안 봐서 그래.”

해숙은 눈물콧물 범벅이 되어서 울었다. 울다가 중간중간 “이런 모습 보여줘서 정말 미안해”라고 사과하며 술을 따라주는 가당찮은 예의를 보였고, 자신도 미친 듯이 마시기를 반복했다. 본인으로서는 엄청나게 괴로운 일이겠지만, 그것을 바라보고 있는 상대방으로서는 도무지 곤혹스럽기만 한 상황이었다. 그러니 나는 B형에게 전화를 걸어서 어서 그녀를 데려가라고 닦달하고 싶었는데, 어찌된 판인지 B형은 내 전화조차 받지 않았다. 그녀는 울다가 웃다가 횡설수설 B형과 파국이 된 상황을 털어놓았다. 두 사람이 자고 있을 때 시골에서 갑자기 B형의 어머니가 들이닥쳤다는 것이었다. B형의 어머니는 새벽 기차에서 내려서 찾아온 바람에, 그날은 어쩔 수 없이 세 사람이 한 방에서 자게 되었다고 했다. 그러자 두 사람이 간신히 덮을 정도의 이불이라 B형은 두 여자에게 양보를 해서, 자신은 윗목에서 점퍼를 덮고서 잠을 잤다. 그날따라 유독 추운 밤이어서 B형은 덜컥 감기에 걸려버렸고, 어머니로서는 그 일을 도저히 묵과할 수 없는 듯했다. B형의 어머니는 사흘간 서울에 머물렀고, 그날 이후 B형이 해숙을 대하는 태도가 달라졌으며, 그럴수록 해숙은 미칠 듯이 안달이 나 있었다.

정신없이 마셔대던 해숙은 마침내 내 눈앞에서 서서히 기울어졌다. 그것은 마치 바다에서 선박이 암초 같은 것에 부딪쳐 침몰하는 것과 흡사했다. 그녀는 느닷없이 암초에 부딪쳤으며 기관이 파손되어 기우뚱 기울어진 채로 서서히 바닷속으로 가라앉고 있었다. 그 모습을 보고 나는 마지막으로 한 번 더 B형에게 전화를 했다. 전화는 여전히 불통이었으므로 나는 그녀를 부축해서 술집을 나왔다. 나 역시 학교 앞에서 하숙을 하고 있었지만 내 방으로 데려갈 수는 없었다. 술집에서 그리 멀지 않은 모텔로 데려갔을 때 그녀는 이미 완전히 인사불성이었다.

모텔 방의 이불 위에 그녀를 뉘었다. 온돌방은 따뜻했으며 이불은 주황색 공단이었다. 그리고 수십 마리의 나비 모양 자수가 있었다. 주황색 꽃밭 위를 나는 나비들을 보는 순간, 어지러움과 취기가 한꺼번에 몰려왔고, 나 역시 슬그머니 이불 속으로 발가락을 집어넣었다. 이불 속은 한없이 따뜻하고 포근했다. 나는 천천히 그 따뜻함 속으로 빨려들고 있었다.

다음날 내 옆자리에 그녀는 없었다. 메모 한 장만이 달랑 놓여 있었다. '미안해, 고마웠어.' 학교로 달려갔을 때 해숙은 아무 일도 없었다는 듯 차분한 태도로 수업을 받고 있었다. 나를 바라보는 그녀의 눈길은 조금은 쓸쓸하고 조금은 무심했다. 나는 이것으로 모든 것이 끝났다는 것을 직감했다. B형과 해숙은 그날을 기점으로 헤어졌을 것이었다.

곧 여름방학이 찾아왔고, 해숙의 동거 사실은 소문거리였지만, 그들의 이별은 누구의 주목도 끌지 못했다. 해숙이 다시 관심거리로 부상하게 된 것은, 방학이 끝난 후 그녀에게 새로운 남자친구가 생기고 나서였다. 그러자 전혀 뜻밖으로, B형이 모두의 혐오를 받을 만큼 추악하게 날뛰기 시작했다. 싫다고 버린 여자에게, 그는 질투의 대마왕으로 완벽하게 변신했다. 인간이 얼마나 옹졸하며 이기적이고 자신밖에 모르는 존재라는 것을 증명하려면 그때의 B형을 보는 것만으로 충분할 것이었다.

해숙이 새 남자친구와 술집에 나타나면 B형은 어디에서인가 나타난 홍반장처럼 어김없이 나타나 행패를 부렸다. 학교 식당에서 둘이 다정하게 점심을 먹을라치면 불쑥 나타나서 식판을 들어 엎었다. 학생 휴게실에서 커피나 컵라면 따위를 입고 있는 옷에 쏟아 붓는 일도 예사에 속했다. 이런 정도라면 그래도 참을 만했다. 도저히 들어줄 수 없는 욕이나 모욕적인 언사를 퍼부을 때면 듣는 사람들이 다 창피해질 지경이었다. 그보다 더 심한 것은 두 사람만의 은밀한 사랑의 밀어를 만천하에 공개하는 일이었다. 정말 그런 낯간지럽고 뜨거운 말들을 주고받았는지의 진위를 캐기에 앞서, 여학생들은 앞으로는 남자와 사귈 때 뒤끝이 없을 것이라는 각서라도 주고받아야겠다며 진저리를 쳤다. 변태적인 온갖 체위와 해숙의 은밀한 부위에 관한 품평까지 해댈 때면, B형이 드디어 맛이 갔구나 미쳤구나, 하는 것을 인정해야 했다. 그러자 새로운 흥미가 갑자기 솟아났다. 해숙의 새 남자친구가 과연 얼마나 버틸 것인가 하는 것. 동급생들은 은밀하게 내기를 걸었다. 이제 끝장난다. 오늘로 끝일걸. 인간이라면 도저히 못 버티지. 해숙이 뭐라고 그 창피를 견뎌가면서 사귀대. 그 반대 의견도 팽팽했다. 아니지. 오기 때문이라도 그냥은 못 물러서지. B형이 나가떨어진 뒤에 차버려도 차버려야 그간의 원한을 풀 것 아닌가. 나는, 갈팡질팡했다. 해숙에게 한없는 모욕을 가하는 B형의 악마 같은 모습에서 카타르시스를 느꼈으며, 동시에 당하고 있는 해숙에게는 견뎌라, 조금만 더 견뎌라, 끝까지 이겨내야 돼! 아낌없는 응원을 퍼부었다. 모두의 은밀한 욕망은 해숙이 말할 수 없이 비참한 상태로 추락하는 것이었고, 그 밑바닥에서 다시 부활하는 것이었다. 어쨌거나 해숙과 새 남자친구는 B형이라는 악마의 담금질을 받아가며 연애를 계속했고, 졸업을 하고 결혼식을 올렸으며, 마침내 B형이 없는 나라, 독일로 유학을 떠났다. 나는 마지막으로 공항으로 그녀를 전송 나갔으며, 최후의 발악인 양 공항까지 쫓아온 B형을 가로막느라 변변한 이별의식조차 치르지 못했다. 돌이켜보면 참으로 가당찮은 일이었다.

문득 정신을 차려보니 술집 안에는 B형과 나, 둘뿐이었다. 할머니는 주무시러 간 것인지 보이지 않았고, 주인여자도 잠깐 밖으로 나간 모양이었다. 창밖으로는 여전히 눈이 휘날리고 있었고 사위는 조용했다.

"형, 형도 결혼해야지. 여자 많았잖아?"

문득 내가 말했다. 해숙이 떠난 후 B형은 세 명의 여자와 차례로 동거했는데, 그중 한 명은 탤런트라고 알려질 만큼 미모가 뛰어난 여자였다.

"이젠 해야지. 이젠 정말 하려고."

B형이 내 얼굴을 빤히 바라보았다. 고집스럽고 심술궂은 얼굴이었다.

"그래서 말인데, 그 이불 말이야."

아니, 아직도 이불 이야기가 끝나지 않았단 말인가. 나는 어이가 없어서 멍해졌다.

"노숙자들이 다툰 그 이불이 내가 내버린 이불 같아."

내가 뭐라고 반박하려고 하자, 형은 들은 척도 않고 강하게 주장했다.

"왜, 해숙의 시상식장에서 우린 둘 다 일찍 나와 버렸잖아? 해숙이 귀국하여 번역문학상도 타고 그 남편도 교수로 임용되어서, 이제 나는 더 이상 그들을 걱정하지 않아도 되겠다 싶더라고. 그래서 그만 떠나보내야겠다는 굳은 결심을 하기에 이르렀지."

"뭘요? 뭘 떠나보내요?"

"이불. 아, 잘 모르는 모양인데, 얘기하자면 좀 길어. 간단히 말하지. 처음 복학하여 자취를 하게 되어서 학교 앞 시장으로 갔었지. 그릇이랑 냄비랑 몇 개 사고 있는데 해숙이 나타났어. 해숙이도 뭘 사러 나왔다가 내가 쩔쩔매고 있는 걸 보고는 도와주고 싶었던 모양이야. 해숙이가 도와줘서 몇 가지 물품을 더 사고, 이불도 사야 했지. 그런데 마침 돈이 모자랐어. 해숙은 잠깐 고민하더니 자기에게 새 이불 한 채가 있으니 그걸 그냥 주겠다고 하더라고. 그래서 이불 한 채를 거저 얻게 되었고, 이불 값으로 내가 술을 사고, 그러다 그만 그 이불을 함께 덮고 자게 되었어. 한 이불을 덮고 자는 사이란 말을, 그때처럼 실감한 적이 다시는 없을 거야. 그 이불, 해숙이 떠난 뒤에도 계속 갖고 있었거든.

여자가 아무리 바뀌어도 그 이불만큼은 가지고 있었는데, 시상식에서 돌아온 날, 그걸 내다버렸어."

"말도 안돼요. 그게 그 이불이라는 것을 어떻게 증명합니까?"

"아니야. 나는 한눈에 알아봤어. 바로 그 이불이 틀림없어!"

B형의 눈에 퍼런빛이 번쩍번쩍했다. 나는 시상식 날짜와 이불을 버렸다는 날짜와 살인이 난 장소까지 조목조목 따지려다가, 입을 다물고 말았다. B형이 다시금 미치기 시작했다는 것을 깨달았기 때문이었다. 이런 미치광이의 전화를 받고서 술집으로 찾아온 것이 진심으로 후회가 되었다.

"난 가겠어요. 붙들 생각일랑 마세요. 그러면 형을 한 대 패버릴 거니까."

벌떡 일어서서 밖으로 나와버렸다. 거리는 눈으로 뒤덮여서 차들이 엉금엉금 기고 있었다. 차를 잡을 수 없을 것 같아 나는 집을 향해 걷기로 했다. 그러다가 길을 잃었다. 어느 쪽으로 가야 집으로 갈 수 있는지 도무지 알 수 없었다. 마침내 눈밭에 드러누워버렸다. 세상을 덮는 눈이불은 포근하고 따뜻했다. 조금도 춥지 않았다. 그러자 나는 B형도 어딘가에서 눈이불을 덮고 잠들어 있으리라는 상상이 되었다. 마음이 편안해지면서 모든 게 조금씩 시시해져갔다. 그리고 저절로 잠이 쏟아졌다……

+ 유덕희

필리핀에 두 달 정도 체류할 예정으로 들어왔으며, 원고는 이곳에서 쓰게 되었다. 여동생이 있는 관계로 오게 된 필리핀은 이미 두 번째이다.
이곳의 첫인상은 기나긴 여름방학 같았다. 뜨거운 태양, 에메랄드빛 바다, 하얗게 빛나는 눈부신 백사장 그리고 눈만 마주치면 미소 짓는 선량한 사람들, 야자수와 손바닥보다 더 커다랗게 피는 붉은 꽃잎들…….
그러니 이곳의 한가로운 일상 중에서 소설 쓰기란 잘못 받아든 숙제 같은 것이었다. 나는, 겨울이 없는 나라에서, 겨울의 기억을 억지로 불러일으키며 이 소설을 썼다. 눈이 없는 나라에서 눈을 상상한다는 것은 참으로 우습고도 어처구니없는 짓이었다. 하긴 내가 하는 짓이 늘 그런가, 하는 반성이 절로 되기도 했다.

/

태평가

탄내

　단소 학원을 내겠다는 말에 해금 선생은 놀란 눈치였다. 초등학생
은 피아노 학원에서 덤으로 배우고, 중고등학생은 대입 준비에 바쁘
고, 대학생은 취업 준비에 정신없고, 직장인은 먹고살기 급한데 누가
할랑할랑 단소나 배우러 다니겠느냐고 구시렁댔다.

　무엇하러, 라니요? 소리가 좋잖습니까? 단소 소리가 얼마나 아름다
운지 알면 너도나도 배우려고 할 겁니다. 몰라서 안 배우는 거지요.

　대답 대신 창밖으로 고개를 돌리는 내 뒤통수에 큭, 해금 선생이 웃
음을 뱉었다.

　"박선생은 순진해서 탈이야. 시대가 변한 걸 몰라. 단소 학원을 내면

사람들이 우르르 배우러 올 것 같아? 은퇴한 아저씨들이나 할 일 없는 아줌마들과 할아버지, 할머니를 기대하는 모양인데, 꿈 깨. 그 사람들이 동네 복지관에서 놀지 무엇 하러 생돈 들여 학원을 다니겠어? 다녀도 댄스 학원이나 골프 연습장이지, 단소는 요즘 사람들 취향이 아니다, 이런 뜻이야. 다 박 선생 위해서 하는 말이니 고까워 말라고.”

　요 몇 년, 단소 대신 해금 붐이 일더니 해금 선생 몫이던 컴퓨터 관리가 슬그머니 넘어왔다. 학원 청소와 악기 관리도 시나브로 넘어왔다. 오 년 전만 해도 단소가 제일 많았고, 해금이 거의 없었다. 내가 한꺼번에 사오십 명의 학생을 지도할 때 해금 선생은 게임에 빠져 있었으니까. 그러나 지금은 반대였다. 레슨실마다 가악각, 소리로 넘치는데, 몇 달째 단소 소리는 끊겼다.

　해금 선생 말이 맞았다. 시대가 변했다. 냉정한 내 현주소는 가르치는 단소 학생이 한 명도 없는 ‘명인국악학원’의 무보수 관리인이었다. 내가 단소 선생이라고 증명할 방법이 없었다. 단소 소리가 얼마나 좋은지 알려줄 방법이 없었다. 무엇보다도 같이 단소 불 사람이 없어서 가슴앓이가 심해졌다. 모두들 퇴근하고 빈 학원에서 혼자 단소를 불다가 소파에서 새우잠 자는 날이 늘어갔다. 공짜로라도 단소를 가르칠 학생이 있었다면 따로 학원을 낸다는 생각은 하지 않았을 것이다. 해금 선생에게 점심을 얻어먹기 싫어서, 나는 종종 소화불량을 핑계로 컴퓨터를 지켰다. 눈치 빠른 형이 카드를 지갑에 넣어 주었지만 쓰지 않았다.

네가 그러니까 나만 이상해지잖아. 요즘 어렵다면서 왜 안 쓰는 건지, 이유나 좀 알자.

형이 뭐라고 해도 나는 쓸 수 없었다. 이유를 늘어놓으면 돌아올 말은 분명했다.

탄내 난다고? 캐시 카드에서 탄내가 난단 말이야? 야, 말 같은 소릴 해라. 넌 어쩜 그렇게 외골수 아버질 닮았니.

선생들이 퇴근한 뒤 나는 창문을 활짝 열었다. 빌딩들 사이로 초승달이 게슴츠레 떠서 나를 보았다. 아래층 가게들의 셔터 내리는 소리와 취객들의 고함 소리가 삼층으로 올라왔다. 창문을 닫아도 일층 포장마차의 냄새는 허기를 부추겼다. 고기 굽는 냄새가 아니라 고기 타는 냄새였다. 연탄불에 몸을 뒤척이는 오징어, 닭발, 먹장어, 돼지껍질이 보이는 듯했다. 나는 단소를 꺼냈다. 허리를 세우고 책상다리로 앉으니까 초승달이 마주 보였다. 흰 칼 모양이었다. 단소를 불기 시작했다. 상영산(上靈山), 송구여지곡(頌九如之曲), 헌천수(獻天壽)……. 끊어질 듯 이어질 듯 가느다란 가락이 어디론가 끝없이 흘러갔다. 한결 기분이 나아졌다. 이번에는 요천순일지곡(堯天舜日之曲)을 불기 시작했다. 한없이 느리고 단조로운 선율이었다. 바람이 등골을 훑으면서 레이저 광선 같은 소리를 내뿜었다. 외줄기 소리는 허공으로 뻗어 올라가 이윽고 초승달에 닿았다. 역시 단소.

첫학생

　보증금 오천에 월세 백이십. 옆은 양재천이고, 뒤는 초등학교 운동
장이고, 버스길 건너편은 양재 시민의 숲이었다. 낡은 오층 건물의 삼
층이지만 계단이 넓고 완만해서 오르내리기 쉬웠다. 무엇보다도 근처
에 노인, 술꾼, 노숙자와 포장마차가 보이지 않아서 맞춤했다. 술꾼들
의 토사물과 방뇨와 포장마차의 고기 탄내에 잠겨 있는 종로 삼가 뒷
골목을 탈출해서 쾌적한 거리, 강남으로 진출한 것만으로도 자축하고
싶었다. 건물에 세로로 현수막을 걸었다.

　가벼워도 날지 않고, 슬퍼도 저 혼자 울지 않고 견디는 청아한 단소
선율을 배우지 않으시렵니까? 명인단소센터가 도와드립니다

　한쪽 벽을 막고 간이침대를 들여놓는 날, 첫 학생이 찾아왔다. 선글
라스를 쓴 스님이었다. 등에 진 걸망을 보고 나는 탁발 온 줄 알았다.

　"스승님이십니까?"

　우렁찬 음성에 나는 잠시 망연했다. 스승님. 참으로 간절한 배움의
열망과 예술혼이 밴 낱말이었다. 스승님이 가시고 지난 십 년 동안 한
번도 듣거나 말해본 적이 없는 고품격 낱말, 스승님.

　"어떻게 오셨습니까?"

　스승님, 이란 낱말에 홀린 것을 숨긴 채, 탁발을 왔다면 얼른 뭐라도
줘 보낼 양으로 나는 짐짓 냉정하게 물었다. 노숙자 등짐만 한 걸망이
무거운 듯 스님은 천천히 허리 숙여 합장했다.

"스승님의 단소를 들으러 왔습니다."

"단소를 배우러 오셨다는 말씀이시지요?"

"아, 네. 배우러 왔습니다."

나는 기뻤다. 종교인이 제일 먼저 찾아오는 게 당연했다. 사람은 누구나 가벼워도 날지 않고, 슬퍼도 저 혼자 울지 않고 견디는 단소와 같다, 는 내 믿음이 통했다.

"어떻게 하면 단소를 들을 수 있습니까?"

내 키보다 크고 내 나이보다 서넛 위로 보이는 얼굴색이 검은 비구승이었다. 먼저 방석에 앉게 한 다음 나는 단소와 단소 교본을 내놓았다. 등록비는 얼마입니까? 물으면, 일 년에 백이십만 원입니다, 대답을 준비하고 기다렸다.

"스승님, 한 곡 들려주십시오."

"네?"

스님은 벌떡 일어나 큰절을 했다. 말리고 어쩌고 할 새가 없었고, 맞절할 상황도 아니었다.

"한 곡 들려드리는 건 어렵지 않습니다만, 그전에 묻고 싶습니다. 스님께서는 여기 왜 오셨습니까?"

스님은 망설임 없이 대답했다.

"스승님의 단소를 들으러 왔습니다."

선글라스 속의 눈빛은 잘 보이지 않았지만 장난 같지는 않았다.

"……죄송합니다만, 스님."

스님은 창 너머 양재 시민의 숲 쪽으로 정좌한 채 단소 소리가 울리기를 기다리고 있었다.

죄송합니다만 스님, 여기는 행인들에게 공짜로 단소를 연주해주는 곳이 아닙니다. 일 년 등록이 어려우시면 삼 개월씩 끊어서 할 수도 있습니다. 첫 학생이시니까 악기와 교재는 무료로 드리겠습니다.

말 대신 진땀이 났다. 스승님이라 부르며 큰절하고 한 곡을 청하는데, 내가 정말 단소 선생이라면 이건 통과의례였다. 왠지 이 의식을 잘 치르지 못하면 원룸 팔아 마련한 센터 보증금을 날릴 것 같았다. 다시 명인국악학원의 학생 없는 단소 선생으로 돌아갈 것 같았다. 탄내 나는 카드뿐 아니라 탄내 나는 집으로 다시 들어가야 할 것 같았다. 정신이 번쩍 들었다.

나는 악기 가방을 열었다. 홍보를 꺼내어 옥단추를 풀자 스승님께 물려받은 단소가 나왔다. 침에 절어서 양쪽으로 구부리면 활처럼 휘어지는 소상반죽이었다.

"특별히 듣고 싶은 곡이 있으면 말씀하십시오, 스님."

아리랑을 불까, 한오백년을 불까, 연주곡을 고르는데 뜻밖의 주문이 왔다.

"요천순일지곡을 부탁드립니다."

스님은 초보가 아니었다. 스승님이란 말이 농반인 줄 알았는데, 스님은 진짜 자신을 감동시킬 단소 명인을 찾아온 게 틀림없었다. 움직임 없이 연주를 기다리는 스님의 반듯한 자세가 두렵게 느껴졌다. 요천순일지곡은 웬만한 자리 아니면 피하는 고난도의 곡이었다. 불다가 헛바람이 나거나 호흡이 흐트러지면 스님은 다시는 여기를 안 올 것이었다. 스님을 감동시키지 못하면 나 역시 끝일 것이었다. 뻔뻔하게 단소 명인임을 자처하며, 학생들을 찾아 나설 수는 없을 것이었다. 그러나 만일 스님이 나를 스승으로 인정해준다면 세상 사람들이 모두 제자가 될 가능성이 있었다. 한 사람이 열 사람을, 열 사람이 다시 열 사람을 가르치면 이 땅 어디에서나 단소 가락이 울려 퍼질지도 모를 일이었다.

아버지!

흑, 숨을 들이쉰 뒤 멈추었다. 센터 자리를 구하러 서울 바닥을 헤맨 지난 몇 달 동안 단소를 잘 불지 못했다. 삼십 년 내공도 연습이 없으면 전기선처럼 감이 끊어지는 게 음악임을 알면서도 단소 잡을 마음이 아니었다. 40.4센티미터, 200그램짜리 속 빈 대나무지만 기를 잘못 넣으면 댓살 쪼개지는 음을 낼 것이었다. 나는 숨을 모았다. 들릴 듯 말 듯 아주 조금씩 숨을 내보내기 시작했다. 그지없이 착하고 평화로운 선율, 요순 임금 때의 태평성대를 노래한 요천순일지곡, 일명 태평가였다.

가벼운 것도 속이 차면 날지 않는다. 슬픔도 저 혼자일 때는 울지 않고 견딘다. 견딘다. 탄내 나는 세상을 견딘다.

이윽고 숨을 멈췄다. 스님이 보이지 않았다. 회색 헝겊 보자기 위에 메모지가 있었다. 삐뚤삐뚤한 글씨였다.

수업료입니다. 잘 듣고 갑니다. 경공(鏡空) 합장.

보자기를 풀자 고약한 냄새와 함께 꼬깃꼬깃한 돈뭉치가 쏟아졌다. 천 원, 오천 원, 만 원, 오만 원……. 1970년, 영국 조폐기관에서 도안했다는 서양식 율곡 선생이 그려진 오천 원짜리 구화폐도 여러 장 보였다. 백이십만 원가량이었다. 첫달 월세.

요천순일지곡

경공 스님은 가끔 왔다. 험한 날씨에 올 때가 많았고, 새벽과 야밤에도 문을 두드렸다. 올 때마다 돈, 쌀, 초, 과일 등을 걸망에서 꺼내놓았다. 사실 나는 받고 싶지 않았다. 산에서 내려와 이리저리 떠돌며 탁발하는 만행이 스님들의 수행 방법인 건 알고 있었다. 사람들의 삶과 고통을 직접 보고 경험함으로써 참다운 스님이 되려는 뜻일 것이었다. 경공 스님은 사회문제에도 깊이 관여하는 눈치였다. 그러니 더더욱 시주라고는 구세군 냄비조차 외면해온 내가, 등록금 인하 데모조차 소방공무원 아버지 때문에 피한 내가 감히 받을 수 없었다. 내가 사양하면 스님은 정중하게 합장했다.

스승님, 소승의 짐을 덜어주십시오.

스님의 단소는 사십여 년 전, 전라도 구례의 절 뒷산 대나무 숲에서 베었다는 누런 쌍골죽이었다. 내 것보다 배 정도 굵고 무겁고 음정도 약간 달랐다. 소리 또한 내 소리의 두 배는 크고 강했다. 같이 불면 어른 뒤에 선 아이처럼 내 소리는 스님의 소리에 덮였다. 혼자 마음 가는 대로 손가락을 움직인 탓에 스님의 연주는 극히 단조로웠다. 화려한 선율도 박자도 곡명도 없는 멋대로 단소였다. 보통 왼손을 위, 오른손을 아래로 악기를 잡는데 스님은 거꾸로 잡았다. 내 연주가 전문가들에 의해 세련되게 다듬어내려온 무대용이라면 스님의 연주는 민간인들에 의해 대나무 원래 소리 그대로 투박하게 전해온 취미용이었다. 스님은 정간보도 오선보도 볼 줄 몰랐고, 보려고도 하지 않았다. 내 연주 듣기를 즐겼고, 같이 부는 걸 좋아했다. 스님이 한 음정을 길게 뻗으면 나는 그 음정을 올라타고서 굽이치는 곳마다 잔가락으로 장식했다.

스님은 은인이었다. 첫 학생이 스님이었기 때문에 명인단소센터가 잘 유지되고 있다고 나는 믿었다. 스님들, 수녀님들, 수사님들, 청계산 등산 클럽들, 요가 클럽들, 마음수련원의 모임들이 센터를 찾아왔다. 나는 자주 태평가를 연주했다. 학생들 역시 기교는 모자라지만 진정을 다해 대나무를 울렸다. 맑은 소리와 맑은 정신을 공유하려는 사람들로 센터에는 단소 가락이 끊이지 않았다.

스님은 잊을 만하면 한 번씩 나타나서 마치 내가 제대로 잘 살고 있는지 점검하듯이 연주를 청했다. 어쩔 수 없이 내 연주에는 그때그때 내 몸과 정신의 청탁이 숨김없이 드러났다. 스님에게 들려주기 위해서라도 나는 검객이 날을 벼리듯이 단소를 연마하지 않을 수 없었다. 고기를 먹은 다음날은 소리가 탁하다는 것과 뱃속이 빌수록 소리가 강하다는 것도 알게 되었다.

한창 요가 선생을 사귀고 있을 때 스님이 왔다. 스님은 선글라스를 벗고 내 얼굴을 유심히 보았다. 안광이 너무 세서 선글라스를 쓴다고 말한 적이 있는데, 정말이었다. 태양을 마주 보면 눈이 시듯 스님을 맞볼 수가 없었다. 과거, 현재, 미래를 관통하는 눈이 있다면 바로 이런 눈일 것이다, 라고 나는 생각했다.

스승님, 어차피 생주이멸(生住異滅), 몸은 영혼이 잠깐 빌려 쓰는 껍질입니다. 지금 살아 있는 모든 생명은 백 년 뒤 모두 죽고 없습니다. 사람도 짐승도 미물도 백 년 뒤에는 지수화풍(地水火風)으로 흩어져 흔적 없습니다.

왜 갑자기 그런 말씀을 하십니까, 스님.

스승님에게서 이상한 냄새가 납니다.

냄새라니요. 아, 저 실은 요즘 사귀는 여자가 있습니다. 결혼하려고 하는데, 스님께서 사주를 좀 봐주십시오.

스님은 고개를 절레절레 저었다. 다시 선글라스를 쓰고 걸망에 단소를 꽂았다. 들어서던 모습 그대로 단소를 건들거리며 문을 나서다가 문득 뒤를 돌아보았다. 무표정한 얼굴로 책을 읽듯이 말했다.

스승님에게서 탄내가 납니다.

덕담을 기대했는데, 탄내라니……. 머릿속이 싸늘해졌다. 그 뒤로는 요가 선생을 만나도 아무 감정이 일어나지 않았다. 미안했지만 나도 어쩔 수 없는 내 신체 변화였다. 센터를 문 닫고 몸과 마음에 줄줄이 달린 연줄을 끊고 떠돌고픈 생각만이 간절했다.

스님이 마지막으로 온 날은 소나기가 천지를 때렸다. 밤 열시쯤, 문 두드리는 소리에 나가보니 스님이었다. 옷과 걸망에서 물이 줄줄 흘렀다.

─죄 없는 아이들을 파묻지 마십시오.

─격리치료로 아이들의 병을 고쳐주십시오.

머리에 두른 무명천에는 삐뚤빼뚤한 갈색 글씨가 써져 있었다.

"스님, 또 운동하셨습니까?"

"네, 스승님. 아이들이 불러서 잠시 다녀왔습니다."

"아이들?"

내 의아한 눈빛을 스님은 담담히 받았다.

"병 걸린 닭, 소, 돼지, 오리, 세상 모든 생명은 모두 부처님의 귀한 아이들입니다."

스님은 승복을 벗어서 물기를 짠 뒤 옷걸이에 걸었다. 걸망의 물건들을 꺼내어 수건으로 닦았다. 목탁, 발우, 속옷, 면도기, 단소, 굳은 떡봉지, 무명천 뭉텅이……. 태어나자마자 절에 맡겨져서 초등학교도 못 다니고 사십을 살아온 남자의 살림살이였다. 다른 때는 배운 것 없고 가진 것 없고 의지처 없이 단소 하나, 걸망 하나로 떠도는 스님이 대자유인처럼 부러웠다. 그런데 그날은 비를 흠뻑 맞아서인지 구역질까지 났다. 초라함과 비루함에 물드는 듯해서 나는 스님이 얼른 가주었으면 하고 바랐다. 빗소리가 심할 때는 단소 소리가 먹히므로 스님이 청하면 거절하리라 작심했다. 그런데 그날따라 스님은 연주를 청하지 않았다. 절인 줄 아는지, 방석 몇 개에 머리 괸 채 코를 골았다.

새벽에 덜그럭 소리가 났다. 컵에 물 따르는 소리, 뭔가 가위질하는 소리가 났다. 옆 사람의 안면은 아랑곳 않는 이기심에 한숨 쉬며 뒤척이다가 다시 잠이 들었나 보다. 깨운 것은 단소 소리였다. 소리가 샌다고나 할까, 깨진다고나 할까, 아무튼 여느 때의 단소 소리와 달랐다. 나는 살며시 일어나 방문을 열었다. 정좌한 뒷모습을 보인 채 스님은 단소를 불고 있었다. 너무 단순해서 음악이랄 수도 없는 대나무통 울림 소리였다. 바닥에 뭔가가 지저분하게 널려 있었다. 가위, 무명천, 옥도정기, 흰 가루약……. 다가가다가 나는 비명을 질렀다.

단지(斷指).

스님의 왼손 가운뎃손가락이 한 마디만 남기고 뭉툭 잘려 있었다. 잘린 부분이 하얀 가루와 빨간 약 범벅이었다. 짧은 손가락 대신 네 번째 무명지로 단소 구멍을 막으니까 이상한 소리가 난 것이었다. 정말 무서운 스님이었다. 나는 화가 나서 소리쳤다.

"스님! 맞습니다. 생주이멸, 우리 모두 다 곧 죽습니다. 그래도 산 동안은 인간답게 살아야지요. 대체 무엇 때문에, 뭘 위해서 이런 짓을 하시는 겁니까? 소 돼지 천 마리, 만 마리, 개네들도 우리와 똑같이 다 죽습니다. 생매장 당해 죽으나 도살장에서 도끼에 맞아 죽으나, 죽는 건 같습니다."

스님은 단소를 내렸다. 계속 불었다면 아마 나는 단소를 빼앗아서 빠개버렸을 것이다. 선글라스를 벗고 스님은 합장한 채 나를 보았다. 나도 지지 않고 맞보았다. 똑바로 보니 스님의 눈은 안광이랄 것도 없는, 그저 평범한 중늙은이의 충혈된 눈이었다.

"스승님, 말 못하는 아이들을 구하는 건 부처님의 뜻입니다. 병 걸린 아이들 중 반은 치료하면 살 수 있습니다. 살 수 없는 아이들은 화장해서 극락왕생을 빌어줘야 합니다. 검진도 안 해보고 무조건 주위의 모든 소돼지를 땅 속으로 밀어 넣고 흙으로 덮는, 아비규환을 막아야 합니다. 아이들은 모두 전생에 우리의 부모형제고, 내생에 부모형제입니다. 살생을 막아야 합니다. 스승님은 단소로 막으십시오. 소승은 몸으로 막겠습니다."

"몸으로! 어떻게 몸으로…… 스님! 스님이 이런다고 뭐가 달라집니까! 스님 손가락에서 이차돈처럼 하얀 피가 솟구칠 줄 아십니까? 스님이 이런다고 국민들이 촛불시위라도 할 줄 아십니까? 총무원장도 아니고, 동물애호협회장도 아니고, 아무것도 아닌 스님이 몸으로 뭘 막는단 말입니까! 스님은 당장 손가락이 없어서 괴상망측한 단소 소리를 내고 있지 않습니까!"

"스승님, 생명이 생명을 죽이는 이 무서운 윤회를 막아야 합니다. 생명을 무더기로 살상하는 것을 방관하는 것은 부처님의 제자가 아닙니다. 사람들이 진심을 안 알아주니, 소승이 가진 가장 중요한 손가락을 바침으로써 뜻을 전하는 것입니다. 아이들을 살리기 위해서라면 이 몸이라도 바칠 것입니다. 소신공양도 주저하지 않을 것입니다."

"소신공양!"

연기에 질식한 듯 목이 막혔다.

"그렇습니다. 어차피 곧 벗을 껍질인데, 이 껍질을 태워서라도 살생을 막겠습니다."

나는 두 손으로 목을 잡고 간신히 기도를 열었다.

"소신공양이라니, 떡, 과일 말고 사람도 태워서 부처님 잡수시라고 드립니까? 부처님이 기쁘게 받으십니까? 육식도 금하는 부처님이 그렇게 야만스럽습니까?"

스님은 주섬주섬 걸망을 챙겨 등에 졌다. 나는 멈출 수 없었다. 스님이 머리에 매려는 무명천을 거칠게 빼앗았다.

"육신을 이용해서 뜻을 이루어야 한다고요? 네에, 그래서 아이들이 자해를 하는군요. 연예인들이 자살을 하는군요. 돈을 얻어내려고, 무죄를 증명하려고, 처우를 개선하려고, 몸뚱이를 제물 삼아 문제를 해결하려고, 크레인 꼭대기에 올라가고, 단식투쟁하고, 물속으로 뛰어드는군요. 네에, 일찍 가나 늦게 가나, 어차피 육신은 잠깐이니, 이용해서 소 돼지를 살리시겠다고요. 거룩하신 스님께서요."

스님이 가고 문이 닫힌 뒤에도 나는 계속 소리 질렀다. 방바닥이 온통 머리띠 천지였다. 삐뚤삐뚤 붉은 피가 튀는 것 같은 글씨 천지였다. 머리띠들을 두 손으로 그러모아 찢으며 나는 울부짖었다. 무슨 소리가 들린다며 불 속으로 뛰어 들어간 아버지, 아이를 업고 나오자마자 쓰러진 아버지, 기도가 헐어서 죽어가는 아버지에게 울부짖었다. 아버지의 마지막 말은 잘 안 들렸다.

꼭 죽은지 알았는디 아니여. 아이가 살았어야. 증말로 살았어야. 살

왔어야.

　5월 31일. 스님은 갔다. 낙동강 모래사장이었다. 강가의 나무들에는 삐뚤빼뚤 갈색 글씨의 무명천들이 나부꼈다. 소신공양. 스님은 새까만 뼈로 앉아 있었다. 윗몸을 강 쪽으로 갸우뚱 기울인 채 두 팔을 앞으로 내밀어 무언가 잡은 자세였다. 오른팔이 위, 왼팔이 아래, 단소를 거꾸로 잡은 자세였다. 불길에 휩싸이기 전 단소를 불었나보다. 태평가.

+ 박재희

단소 선생이다 보니 가끔 특별한 사람을 만난다. 눈빛이 너무 세서 선글라스를 쓰는 경
공 스님은 삼십여 년 전의 인연이다. 제도권의 단소 음악에 절어 있는 나에게 스님의
단소 소리는 충격이었다. 기교투성이 내 소리가 역해서 한동안 단소를 불 수 없었다.
지금도 선글라스를 쓰시는지 궁금해서 검색해보았다. 스님은 불교계의 유명한 지도자
가 되어 있었고, 그럼에도 사진 한 장 떠도는 게 없었다. 스님의 단소 소리가 그립다.

겨울나무

도마 신부님의 장례식 날은 새벽부터 눈이 내렸다.

쓸쓸한 장례식이었다.

"오늘 우리는 우리 곁을 떠난 사제 이도마의 장례 미사에 참석하고 있습니다. 먼저 아들 사제를 가슴에 묻으며 비통에 젖어 있는 어머님, 아버님과 형제, 유가족 여러분께 마음으로 위안을 드리고 싶습니다."

신학교를 같이 다닌 동창 신부의 어조는 무거웠다. 도마 신부님은 세상을 떠나기에는 너무 젊은 나이였고 가톨릭에서 금기로 삼고 있는 방법으로 이 세상을 떠났기 때문이었다.

신부님은 사라져버린 후 삼 년 만에 이렇게 다시 나타났다.

태백산의 겨울나무에 목을 맨 신부님의 시신이 발견되었다는 소식을 듣고 믿을 수 없는 심경이었다. 체구가 작고 수수한 얼굴에 검은색

굵은 테 안경을 쓴 신부님이 나를 보고 씩 웃을 때면 마음이 따뜻해졌었다. 그분은 내가 태어나서 한 번도 본 적이 없는 아버지 같은 분이었다.

늘 따르던 나까지 어떤 때는 놀리고 싶어질 정도로 수줍음 많던 신부님이었다.

신부님이 한 번은 이런 이야기를 들려주었다.

"말이다, 영석아. 난 나이가 많이 들었을 때 아주 가난한 신부가 되는 게 꿈이야. 그래서 아무것도 가진 것이 없는 사람도 나하고 함께 있으면 부끄럽지 않고 떳떳한 느낌이 들 수 있게 말이야. 그리고 성당 문은 언제나 열어두는 거지. 몸이나 마음이 괴로운 사람들이 마음 놓고 들어올 수 있게……. 그럼 그 사람과 나는 햇빛이 드는 창가의 의자에 앉아서 말없이 서로 기도를 드려주는 거지."

살아 계셨다면 도마 신부님은 틀림없이 그런 신부님이 되셨을 것이다. 경선이 누나가 밀어주는 휠체어를 타고 내가 나타나면 환한 웃음을 담고 나를 햇볕이 잘 드는 성당의 창가로 인도해주었다. 그리고 늘 자신 없어 하는 나를 격려해주었다.

"넌 반드시 뛰어난 작가가 될 거야. 육아원에서 지내는 일들을 지금처럼 다 글로 쓸 수 있지 않니? 꿈을 버리지 마. 하느님이 꼭 이루어주실 거야. 그러면 네가 꿈꾸는 소원대로 세상 사람들과 정말 친구가 될 수 있을 거야."

그럴 때마다 내가 가난한 고아인데다 두 다리를 잘 못 쓰는 장애가 있다는 사실을 잊을 수 있었다. 동창 신부님의 강론은 계속되었다.

"……그의 맑은 눈에는 그렇게 세상과 교회의 단점이 더욱 선명히 드러났던가 봅니다. 길들여지지 않고 홀로 서기를 고집스럽게 표명했던 그는, 그렇게 시리도록 아픈 고독과 외로움 속에서 굳어진 몸으로 우리 앞에 누워 있습니다. 이제 무언의 언어로 친구는 제게 말합니다. 위선과 이중의 삶의 모습을 버리고, 사제로서 네 자신에 정직하라고, 네가 누리는 안락함은 세상 그 누구의 고뇌와 피땀의 결실이고, 지금 네가 누리는 호의와 찬사는 세상 그 누구의 궁핍과 수고의 결과라는 것을 알라고 말합니다. 나는 우리 도마가 이제 삶의 무거운 배낭을 벗어버리고 하나님의 자비와 사랑 안에 편히 쉬기 바랍니다."

성탄 준비로 온 성당이 활기에 차 있을 때 날아온 신부님의 소식을 듣고는 세상이 아득하게 사라지는 느낌이었다. 신부님이 언젠가는 나타나기를 기다리며 성당에 나가던 내게 그분은 그렇게 돌아왔다. 도마 신부님은 예수님의 곁에서 받게 될 고통의 잔에 대해서도 이야기를 들려주었다.

"예수님은 말이야, 당신이 영광된 자리에 앉게 될 때 그 좌우에 앉혀 달라는 두 제자에게 그들이 청하는 것이 사실은 영광이 아니라 고통의 잔임을 일러주시지. 그리고 그래도 그것을 원하느냐고 물으신 거야. '예, 할 수 있습니다.' 제자들은 분명하고 확신에 차 대답했지. 우리 모두는 한 번 이상 그 같은 대답을 하느님 앞에서 한 거야. 서품식과 서원 때에……. 우리는 복음의 두 제자처럼, 땅을 박차고 치솟는 비행기처럼 그렇게 출발했지."

내게는 신부님이야말로 내 인생에서 구름을 헤치고 반짝거리며 나타난 비행기 같았다. 도마 신부님이 강론을 할 때면 나는 기쁨에 가득 차 그분의 말씀을 들었다.

"우리는 그렇게 조금씩 예수님과 멀어져갑니다. 어떻게 다시 그분께로 다가갈 수 있을까요? 예수님은 연약한 우리의 사정을 몰라주시는 분이 아니라 우리와 마찬가지로 모든 일에 유혹을 받으신 분입니다. 그러나 죄는 짓지 않으셨습니다. 그러므로 용기를 내어 하느님의 자비와 은총을 빌면 필요한 때에 도움을 받게 될 것입니다.'

어떤 날은 강론할 때 도마 신부님의 검은 뿔테 안경 뒤로 반짝 눈물이 빛났다.

갑자기 동창 신부님의 장례 강론은 들리지 않고 도마 신부님의 음성이 귓가에 쟁쟁 메아리치기 시작했다. 성당 내에 장애인을 위한 시설을 갖춘 집을 지으려고 했다가 사방의 반대에 부딪쳐 마침내 그 뜻을 꺾던 날 하셨던 강론이 기억났다.

그날 신부님은 예수님을 바라보려고 나무 위에 올라갔던 삭개오의 이야기를 들려주었다. '삭개오야, 나무에서 내려오너라. 내가 오늘 너희 집에 거하리라'고 하셨을 때 삭개오의 마음은 얼마나 기쁘고 떨렸을까.

"영석아. 우리가 실패했다고 생각할 때. 하느님은 그것을 이미 성공으로 보시고 계시다는 걸 잊으면 안 된다. 아무리 어려운 일이 있고 실패가 와도 이것이 하느님 보시기에 성공일 거야. 이런 마음을 절대 잊지 마. 알겠니?"

나는 예수님 제자들이 한 것처럼 '예, 그러겠습니다'라고 말하기가 두려웠다. 그렇게 말할 수 있었다면 나는 정말 은총 받은 놈이었을 거다. 나는 내 삶에 가득 찬 괴로움과 실패를 성공이라고 볼 수는 도저히 없었다. 처음에는 신부님 속을 무던히도 썩여드리고 방황도 많이 했다. 신부님은 어느 날 이렇게 말씀했다.

"영석아. 어려운 격식을 따질 필요는 없다. 그저 마음이 흔들리면 이렇게 기도하렴. 주님, 도와주십시오. 힘을 주십시오. 제가 당신 가신 길을 따라 걸을 수 있도록, 당신이 마신 잔을 피하지 않도록……."

그렇게 말하던 신부님이 겨울나무에 목을 매었다는데 어떻게 내가 그건 하나님이 보시기에 성공일 거라고 말할 수가 있겠는가. 왜 신부님은 내게 가르쳐주셨던 대로 주님 도와주십시오, 힘을 주십시오, 이렇게 기도하시지 않았을까.

그동안 들었던 끔찍한 소문들이 한꺼번에 왕왕 소리를 내며 귓전을 두들기기 시작했다. 동성애자다, 신자를 유혹하기도 한다, 한 번은 칼을 들고 사목위원들을 찌르려 든 적도 있다, 신도들을 피하고 전화도 받지 않는다, 교회법보다 자기가 더 우위에 있다고 주장한다…….

그건 다 사실이 아니었다. 그런 오해를 받으실 만큼 순수하셨을 뿐이었다. 신부님을 먼저 폭행한 건 그 사람들이었다. 하늘에 맹세코 신부님은 죄 없는 분이셨다. 신부님이 휴양하다가 한동안 종적을 감추고 계셨던 동안 산 속에서 내게 보내주신 엽서가 있다.

— 예수는 사람들 앞으로 나아가다.

이렇게 한 줄만 적혀 있었다. 주소도 없었다. 엽서에는 눈 내린 산에 나무들이 서 있는 호젓한 풍경이 담겨 있었다. 신부님이 돌아가셨다는 이야기를 들은 다음 나는 책상 서랍을 뒤져 그 엽서를 찾아냈다. 이 그림을 보고도 신부님이 그 중의 한 나무 아래 생을 마치리라는 생각을 못했던 내가 미웠다.

전에도 신부님이 하셨던 말씀 때문에 좀 말썽이 있었다는 이야기는 들은 적이 있다.

"예수님께서 사실 더 사실 수도 있었는데 그 길을 버리고 죽음의 잔을 마시러 앞으로 나아간 것은 내가 죽지 않고는 저들을 구원할 수가 없다고 생각했기 때문입니다."

미사 때 이렇게 말씀하신 게 또 잘못 전달되어 예수님이 사실상 자결하신 거라고 이야기했다고 모함을 받았다. 그렇지만 누가 뭐라고 해도 그분은 내가 만난 사람 중에서 가장 예수님을 닮은 분이었다. 그분의 눈빛에 닿기만 하면 모든 괴로움이 다 사라지는 것만 같았다. 가난하고 버림받은 사람들에 대한 신부님의 사랑은 어쩌면 이 세상에서는 어울리지 않는 일이었을지 모른다.

그런데 사람들이 아무리 모함은 했지만 정말 산에 올라가 나무 아래서 죽으라고 몰아붙인 건 아니지 않은가. 정말 자기 뜻으로 돌아가신 거라면, 그렇다면 나나 다른 어려운 사람들이 신부님에게 그렇게 아무 의미도 없었던 것일까. 내가 신부님이라면 그런 결심을 하기 전에 그동안 돌보아준 가엾은 영혼을 지닌 사람 중 하나라도 찾아갔을 것 같다. 그러면 왜 죽어서는 안 되는지 깨달으셨을 것이다.

장례식을 하는 성당의 첫째 줄 긴 의자에는 도마 신부님의 어머니와 아버지가 앉아 있었다. 두 분 다 슬픔에 몸을 가누지 못하면서도 아드님의 죽음이 교단에 끼칠 충격을 두려워해서인지 잔뜩 몸을 움츠리고 있었다. 스스로 목숨을 끊은 자의 시신은 성스러운 교회 내의 묘지에 묻힐 수 없다는 금령을 깨고 교회 한 귀퉁이의 묘지를 차지할 수 있었던 건 우리처럼 가엾은 사람들의 탄원을 받아들인 높은 분들의 깊은 뜻이었을 것이다.

추위와 눈 때문에 훼손 받지 않았던 시신은 응급차가 달려와 시신을 내릴 때에도 반듯하고 단정했다고 한다. 구급대원들의 서두름 때문에 발에 밟혀 알이 깨어진 안경은 내가 간직하고 있다. 유품을 나누는 자리에서 내가 이걸 갖고 싶다고 했다. 나는 주머니에 손을 넣어 그 검정색 뿔테 안경을 가만히 쓰다듬었다.

신부님의 본당은 작지만 많은 문제가 있었다. 자원봉사를 하면서 나를 도와주던 경선이 누나가 이런저런 소식을 곧잘 내게 전해주었다. 그 누나는 신부님의 열렬한 추종자였다. 자기는 수녀가 되어서 그 신부님을 생전 도울 수만 있다면 그렇게 되고 싶다고 하기도 했다. 그렇지만 수녀가 되면 자신이 원하는 사람과 일을 할 수 있는 건 아니라는 것 때문에 망설이고 있다고 했다.

한 번도 묻거나 말하지는 않았지만 그럴 때 나는 그 누나가 신부님을 사랑하고 있는 건 아닌가 하는 생각을 하기도 했다. 예수님을 따르던 막달라 마리아처럼 신부님을 위해 무엇이든지 다 간절히 하고 싶어 했기 때문이었다.

그 성당은 젊은 사람들은 별로 없고 노인들이 많은 본당이었다. 본당에 도마 신부님이 처음 부임하셨을 때 사목위원이라는 사람들이 몰려와서 전에 계시던 신부님을 맹렬히 비난하고 상당히 큰돈의 회식비를 청구하고는 했다. 신부님께서는 성스러워야 할 성전을 정치에 이용하는 못된 사람들이 다 떠나야 교회가 그 성스러운 임무를 되찾을 수 있다고 주장했다. 그래서 사목회를 해체하고 운영위원회 체제로 본당을 운영하시게 되자 전에 임원을 맡았던 사람들은 신부님에게 입에 담을 수 없는 욕설을 퍼부었다. 그 신부님이 정신병자라는 소리도 다 거기서 비롯되었다고 경선이 누나가 눈물이 글썽해서 내게 말했다. 그러면서 본격적인 모략이 글을 통해서 말을 통해서 사방으로 퍼져나가게 된 것이었다.

신부님이 동성애자이고 전에 사목으로 외국에 나가셨을 때 장상(長上)과 문제가 있었던 것도 다 신부님의 탓이라는 등의 이야기였다. 그것들은 다 사실이 아니었다. 경선이 누나가 그러는데 사실은 그곳의 장상이 동성애자였기 때문에 도마 신부님이 견디다 못해 그곳을 그저 말없이 떠나오신 것이라고 했다. 아무 말없이 입을 다물고 그 고통을 넘어서려는 신부님을 그전 임원들이 그대로 두지 않았다. 경선이 누나는 아직은 내가 어리다고 생각했는지 좀 얼굴이 붉어지면서 더 이상은 이야기 안 하려고 했다. 그렇지만 나는 그때 열다섯 살이었고 그런 일들을 알 만큼은 알고 있었다.

도마 신부님은 본당에 부임해서 가난한 사람들, 불쌍한 사람들, 어린이와 노인들에 대해서 마음을 써주었고 일보다는 사람을 우선 배려해주는 분이었다.

전에 있던 임원들이 감싸고 추켜세웠던 테레사 수녀님은 성취욕이 강하고 하고 싶은 일은 꼭 해내야 직성이 풀리는 분이었다. 그리고 늘 마더 테레사를 닮아 한국을 빛내는 수녀님이 되고 싶다고 했다. 도마 신부님은 그 말 뒤에 있는 어떤 위험성을 본 것 같았다. 신부님은 늘 수녀님에게 청빈함으로 닦인 진정한 목자의 길을 보여주고 실천하려고 애를 썼다.

수녀님은 일상적인 삶에서도 화려하고 우아했다. 커피도 호텔 커피 숍에서 마셔야 제맛이 나고 피자가 먹고 싶으면 이태원에 가야 제맛이 난다고 말씀하기도 했다. 그리고 어디 가실 때는 어떤 사유로든지 신자들에게 승용차를 몰고 오게 했다.

이런 장면에 맞닥뜨리면 신부님은 참지 못하셨다. 도마 신부님이 늘 피하시려고 드는 사치와 낭비의 생활과 부딪칠 때 갈등이 일어나지 않을 수가 없었다.

우리 성당에 있었던 만남의 방의 철제 흰색 의자는 보기에는 좋지만 노인들이 앉기에는 배겨서 아주 불편했다. 그런데 신부님이 엉거주춤 서 계신 할머니가 너무 배겨서 못 앉아 있겠다는 말씀을 들으시고는 곧바로 사제관에 있던 소파를 내어놓았다. 그러나 수녀님은 재고의 여지도 없이 그대로 창고로 소파를 보내버렸다. 주위에 맞지 않게 구질구질하다는 것이 그 이유였다.

언젠가 신부님이 자신은 간장 종지 정도밖에 안 되는 사람이라 그저 겸손하게 작은 자리에서 내 할 일을 할 뿐이라고 이야기했을 때 수녀님은 레스토랑에 간장 종지가 있으면 뭐 하느냐고 비웃었다. 우연히 곁에서 그 이야기를 들은 나는 얼굴이 화끈거렸다.

처음 신부님이 부임하실 때 내가 수도생활 이십 년에 이렇게 훌륭하신 신부님은 천 명에 하나 있을까 말까 하다고 칭찬을 아끼지 않던 수녀님의 모습은 어디로 사라졌는가 싶어 정말 안타까웠다.

나는 수녀님 마음이 설마 그렇지는 않으리라고 믿고 싶었지만 나를 바라볼 때면 저 병신이 또 나타났구나, 이렇게 느끼는 것처럼만 보여 저절로 움츠러들고는 했다.

신부님이 이런저런 일로 극도의 문제 상황에 봉착하게 되어 휴양이라는 이름으로 성당을 떠난 후에 애써 모든 걸 이해하려고 노력하며 성당에 참석했지만 속으로는 분노가 들끓었다. 그렇게 좋은 분을 휴양이라는 이름으로 내쫓다니……. 그렇게 되지 않았다면 돌아가시지도 않았을 것이다.

갈등이 너무 심해지자 마음이 약하고 감정이 격해지신 신부님께서 마침내 옷을 벗겠다고 선언하고 신부의 수단을 재활용 봉투에 싸서 밖에 내다놓은 것까지는 까맣게 몰랐다. 그리고 그 행동이 성당에서 나가지 않을 수 없게 된 결정적인 일이 되었다는 이야기는 나중에 들었다.

그런 일들이 신부님의 자질을 의심받게 하는 계기가 되었다. 신부님의 그런 어린아이같이 순수한 점이 사회생활에 문제가 된 것은 알겠지만 그 의도는 자기 마음대로 성당을 이리저리 휘두르려 하는 다른 사람들에 대한 신부님의 힘없는 항변일 뿐이었다.

마침내 수녀님이 한 신도에게 그동안 신부님의 비리를 적은 메모를 줄 테니 저런 신부는 몰아내야 한다고 했을 때 신부님을 비방하던 전 사목위원들이 이런 기회를 틈타 수녀님의 편을 들며 일은 커졌던 것이다.

이런 소식을 들은 누나와 나는 어느 날 도마 신부님을 찾아갔다. 그러자 허탈해하면서 '그 수녀님은 하시고 싶은 일은 꼭 이루고 말지' 하고는 한숨을 내쉬었다. 신부님은 신자들이 부담이 된다고 식사 초대에도 응하지 않을 만큼 청빈한 분이었다. 그러나 싫고 좋은 것이 너무 분명해 어떤 때는 성전에서 장사꾼들을 내쫓은 예수님의 행동에 대한 여러 의견처럼 말들이 많았던 것도 사실이었다.

이제 다시는 돌아오지 못하는 곳으로 떠난 뒤에야 많은 사람들이 그 신부님이 얼마나 훌륭하신 분이었던가를 이야기하는 것을 들으며 나는 괴롭고 슬펐다. 어째서 그 사람들에게 그때에는 그것이 보이지를 않았을까.

신부님의 사제 미사는 큰 성당에서 교구 성직자 장으로 치러야 마땅했겠지만 죽음의 원인과 과정이 불투명하여 공개적으로 장례식을 하기에는 적절치 못하다는 의견 때문에 작은 교회에서 조용히 치르게 된 것 같았다.

신부님의 죽음과 그 과정을 확인하는 동안에 일어났던 교회 내의 놀라움과 당황스러움은 이루 말로 하기 어려웠다. 모두들 착오이기를 바랐지만 지문 확인을 통해 그가 서울에서 봉직하던 젊은 신부님이었다는 사실이 알려지고 말았다.

신부님의 시신은 등산 코스의 깊은 산중에서 등산객에 의해 발견되었다. 경찰에 신고가 되었지만 신부님의 신원을 알 수 있는 증명서가 전혀 없었기에 한동안 걸려 지문 조회를 통해서야 신원이 확인되었다. 아무런 증명서도 발견되지 않은 이유는 아마도 신부님이 자신의 신원이 밝혀질 경우에 일어날 교회공동체에 미칠 영향을 두려워했기 때문이었던 것 같기만 하다.

신부님은 추운 겨울의 한가운데 어째서 홀로 산으로 올라가셨을까.

한 외국인 신부님은 성당을 떠난 도마 신부님과 서울에서 태백으로 오는 기차 안에서 우연히 마주쳤다고 했다. 신부님은 밝은 표정으로 산 속 마을에서 노동을 하며 지내고 있다고 하면서 자리를 잡는 대로 연락도 하고 찾아뵙겠다고 말했는데 그게 생전에 만난 마지막이 되고 말았다고 했다.

몇 년 동안 보좌 신부로서 사목 생활을 하시던 동안 가난하고 의지할 데 없었던 신자들은 신부님의 때 묻지 않은 희생심과 아름다운 성품을 너무나도 잘 알고 있었다. 정말 선량한 사목자라고 다들 칭찬을 아끼지 않았다. 그러나 신부님의 순수한 마음은 본당 신부로서의 소임을 맞게 되면서 많은 상처로 뒤덮이게 되었다. 수도자들과의 마찰, 사목위원들과의 의견 대립, 교구청 장상과의 문제, 수녀님과의 갈등, 이런 상처가 더 깊어지는 가운데 신부님은 태백산맥에서 보낸 휴양시간을 본의 아니게 맞게 된 것이다.

도마 신부님은 그 외국인 신부님께 이렇게 말씀하셨다고 했다.

"신부님, 인간으로 형성된 모든 조직은 기득권 보호가 우선인 것 같아요. 교회도 마찬가지인 것 같습니다. 사랑, 헌신, 정의, 참 나눔이 교회의 본연의 모습일 텐데요. 내 성격 때문에 상처를 준 이들 모두에게는 미안합니다. 저는 이곳 산골에 와서 오히려 평화와 안정을 찾은 듯해요. 저는 현대에 안 맞는 성직자인 것 같아요."

그곳에서 신부님은 노동을 하며 생계를 유지했고 노인들과 어린이들에게 참다운 이웃이고 말벗이 되어주었다. 신부님의 초라한 온돌방은 마을 꼬마들의 놀이방이었고 신부님은 첫 영성체를 준비하는 아이들을 위해 본당 교리반에 교통편을 제공하는 고마운 운전수이기도 했다. 외로운 노인들의 다정한 말벗이기도 했다.

대체 신부님은 왜 돌아가신 걸까.

자신이 죽었다는 소식이 알려지고 싶어 하지 않았던 신부님의 마음만은 이해할 수 있을 것 같았다.

처음에는 가슴이 타 들어가듯이 답답하기만 해서 기도를 하며 하나님에게 대답을 해달라고 떼를 쓰기도 했다. 그분은 내가 알아온 사람들 중에서 가장 맑고 청순한 마음을 지니셨던 분이었다.

돌아가신 분은 이미 말씀하실 수 없지만 그분의 마음만은 버림받은 채 살고 있는 우리 모두의 마음속에서 다시 살아나게 되기를…….

동창 신부님의 장례 강론을 들으면서 나는 간절히 기도하는 마음이었다.

눈은 그치지 않고 내려 세상을 흰빛으로 덮고 있었다.

+ 우애령

한 젊은이에게서 눈 내린 산으로 올라가 생을 마감한 신부님의 이야기를 들었다.
"난 나이가 많이 들었을 때 아주 가난한 신부가 되는 게 꿈이야. 그래서 아무것도 가진
것이 없는 사람도 나하고 함께 있으면 부끄럽지 않고 떳떳한 느낌이 들 수 있게……."
이렇게 말하던 그 신부님은 자기가 아는 사람들 중에 가장 맑고 청순한 마음을 지닌
분이었다는 이야기를.
그의 사랑으로 쓸쓸한 삶의 위로를 받았던 사람들과 함께 이 이야기를 나누고 싶다.

시간의 상자

우주의 모든 일들은 하얀 나비의 날갯짓에서 시작된다.

나는 환영받는 아기가 아니었다. 태어난 지 겨우 일 년밖에 안 되었을 때, 나는 부모를 부정하고 정해진 삶으로부터 도망치기 위해 발버둥 쳤다. 돌이킬 수만 있다면 무슨 일이든 하고 싶었다.

경험을 통해서 내가 울면 엄마 아빠가 고통스러워한다는 것을 알았다. 나는 밤새워 악을 써서 집을 전쟁터로 만들고 지옥으로도 만들었다. 아빠는 어떻게든 달래서 재워보라고 엄마에게 고함을 질렀다. 아빠는 정신이상에 걸릴 것 같다며 머리를 쥐어뜯고 욕을 해댔으며 내 멱살을 잡고 흔들다가 침대에 내동댕이쳤다. 내 머리가 벽에 쿵 하고 부딪히기도 했는데, 그럴 때마다 아빠는 죽게 내버려두라고 소리 질렀

다. 아빠는 내가 울었다는 사실 때문에 엄마를 쫓아내려고 했고, 엄마
는 계속 눈물을 흘렸다. 아빠는 나를 쓰레기통에 갖다 버리지 않으면
집에 들어올 생각을 하지 말라고 했다. 그거야말로 내가 바라던 바였
다. 나는 버려지기 위해서라도 더욱 열심히 울어젖혔다.

엄마는 버둥거리는 나를 등에 업으려고 애썼다. 끝까지 저항하려
했지만, 엄마의 자장가 소리를 들으니 이상하게 마음이 녹아내렸다.
의지와는 상관없이 엄마의 등에 귀를 대고, 엄마의 몸통을 울리는 소
리를 들으며 스르르 잠이 들곤 했다.

우유부단한 엄마 때문에 결국 버려지지 못한 나는 내 부모의 아이
로서 일 년 또 일 년 나이를 먹어갔고, 외로운 영혼을 지닌 고독한 여자
아이로 자라났다. 내가 열 살이 넘었을 때 아빠가 떠났고, 엄마와 나의
삶은 몹시 고요해졌다.

쇠파이프를 든 남자들이 동네의 모서리를 부수기 시작했다. 새벽
두 시, 긴장감이 내 가슴을 옥죄어온다. 다행히 오늘밤엔 아무도 오지
않았다.

작은 사각의 방, 지구에서 내가 머물 수 있는 유일한 입방체. 비가 새
서 벽지 위에 곰팡이꽃이 만개하고, 천정은 쥐오줌으로 얼룩덜룩하지
만 내게는 아늑한 보금자리다. 곧 눈보라가 불어올 전조를 풍기는 겨
울밤의 깊은 세상을 내려다보았다. 나선형 계단이 있는 영화 속의 집
이었으면 좋겠지만, 우리 집은 가파른 계단이 대문까지 이어진 다가구

주택의 이층이다.

일 년 전까지 이곳엔 많은 사람들이 살았다. 지하와 일층 옆구리에는 부엌과 화장실을 갖춘 단칸 사글세방이 퍼즐처럼 끼워져 있다. 그런 집에는 주로 가난한 신혼부부나 대학생, 약간의 기구한 사연을 지닌 독신자들이 세들어 살았다. 그러나 지금 이 집에 남은 사람은 엄마와 나뿐이다.

하늘에서 바라본다면 틀림없이 얼기설기 엮인 이 동네의 골목길은 거대한 거미줄처럼 보일 것이다. 외계인들에겐 더없이 미스터리한 문명, 밝혀지지 않는 위대한 비밀을 숨기고 있을지도 모르는 인간들의 섬. 어디를 돌아보나 똑같은 모양의 집과 집뿐.

그 속에서도 평화와 아름다움을 발견할 수 있는 건 그 골목에 바로 내 방이 있기 때문이다. 이곳에서 바라본 세상은 광활하고 더없이 고요하다. 시간이 멈춘 듯한, 도시의 가장 부끄럽고 낡은 공간은 모서리부터 조금씩 이지러지고 있다.

엄마는 마트에서 계산원으로 일한다. 엄마가 전전한 직업 중에 가장 안정적인 직업이다. 엄마는 환한 할로겐 불빛 아래서 깔끔한 차림새를 하고 하루 종일 서서 일한다. 손님들이 끊임없이 물건들을 올리면, 엄마는 열심히 바코드를 찍어 계산기에 등록하고 물건들을 자유로운 상태로 풀어준다. 때때로 이상한 고객들을 상대할 때도 있지만, 엄마는 일에 만족하는 것처럼 보인다. 엄마는 억지웃음을 짓지 않는다.

사람들이 엄마를 무시하고 지나갈 때조차 엄마는 공손하게 인사한다.

방과 후에 교복을 입은 채 마트에 가곤 한다. 숨어서 엄마를 지켜보기도 하고, 학용품이나 군것질거리 하나를 사서 계산대에 서기도 한다. 엄마는 매번 소스라치게 놀란다. 나쁜 짓을 저지르다 들킨 아이처럼 엄마의 눈은 불안으로 흔들린다. 아빠가 싫어하던 눈빛이다.

"학원 안 가니?"

무뚝뚝한 그 말투는 언제나 상냥한, 이달의 친절사원의 목소리가 아니다.

"학원에서 지난주에 쫓겨났잖아. 석 달 밀린 거나 갚으래."

"그럼 집에 가서 밥 먹고 공부나 해."

"혼자 집에 있다가 무슨 일을 당하려고. 그 사람들이 가까워지고 있어."

"아직은 아니잖아."

엄마는 내 뒤에 줄 서 있는 고객들에게 사적인 대화를 했다는 것이 발각될까봐 두려워한다. 빨리 비키라는 시선이 단호하다. 고객들이 불편을 호소하면 엄마가 곤란해질 수 있다는 걸 알기 때문에 순순히 물러선다. 그러나 나는 엄마 곁을 한동안 맴돌았고, 엄마는 나 때문에 행동이 부자연스럽다.

사람들이 떠나간 음산한 골목길로 접어들었다. 좌표평면으로 보자면 이제 우리 집도 헐릴 날이 머지않았다. 어깨들은 집을 부서뜨리는 것도 모자라 불까지 지르기 시작했다. 얼마 전 그들은 지하방에 있던 할머니를 질식사하게 만들었다. 그 일로 정부와 건설업자들은 비난을 면할 수 없었다. 한동안 많은 사람들이 우리 동네를 찾아와 사진을 찍어갔다. 인터넷 신문에도 실리고, 사회문제에 관심이 많은 이들의 블로그에도 잔인한 사건의 전말이 실렸다. 그러나 이곳에 새로운 도시가 건설되길 바라는 이들이 더 많았기에 할머니의 죽음은 며칠 만에 잊혀졌다.

ID '새벽안개'의 글이 가장 인상 깊었다.

"이것은 동화와 같은 이야기이다. 가난하지만 선량한 이들의 눈물을 먹이삼아 자라는 거대한 메트로폴리탄이라는 생명체의 이야기. 이제 곧 공룡의 시대가 올 것이다."

그러나 새벽안개도 그 사건을 잊었다. 그의 블로그에는 다시 맛있는 커피숍에 대한 이야기와 새로 산 전자제품에 대한 이야기들로 가득 찼다.

학교 친구들만이 그 사건을 잊지 않았다. 그들은 내가 지나갈 때마다 수군댔다. 어떤 용감한 아이들은 내게 대놓고 말하기도 했다.

"너 같은 애는 발전에 방해가 돼. 그 동네에서 빨리 떠나줘야 뭘 하든 할 것 아니야. 너흰 아파트 얻을 돈도 없니?"

"애 몰골을 좀 봐라. 존나 거지 같잖아."

"적당히 해둬. 이혼녀 엄마랑 사는 불쌍한 애잖아."

"부모가 이혼해도 잘사는 애들이 얼마나 많은데. 애네 엄마는 능력이 없나 봐.”

어떤 아이가 휴대전화로 내 사진을 찍어갔다. 학교 홈페이지에 ‘흉가에 사는 아이’라는 제목으로 내 모습이 올라왔다.

유명해졌다. 그러나 나는 이전보다 더욱 고독해졌다. 내가 스스로 선택한 일이기도 했다. 그 무렵 비밀을 하나 간직하게 되었는데, 침묵으로 비밀을 봉인할 수 있었기 때문이다. 다른 세계로 통하는 구멍을 발견했다는 믿기 어려운 비밀을 말이다.

구멍은 죽은 할머니의 지하방에서 발견했다. 소방관들이 할머니의 시신을 옮긴 후 나는 밤마다 작은 등불에 의지해 폐허더미를 살피기 시작했다. 파지를 줍던 할머니는 그림책에 나오는 전형적인 꼬부랑 할머니였다. 하얀 머리에 쪽을 지고, 낡은 한복을 입고 있어서 백 살은 넘어 보였다.

할머니는 내가 지나갈 때면 불러 앉혀서 자기 인생이 얼마나 고단했는지에 대해 이야기하곤 했다. 사실 좀 따분하기도 했지만, 마음이 끌리는 구석이 있었다. 모두 일곱 명의 아이를 두었지만, 전쟁 때 세 명의 아이를 잃었다고 한다. 하나는 파편이 몸에 박혀 죽었고, 하나는 병으로 죽었으며, 하나는 유괴 당했다.

청상과부로 남은 네 아이들을 뒷바라지하기 위해 발버둥쳤지만, 서른다섯 무렵에 사기꾼을 만나 모아둔 돈을 몽땅 털리는 바람에 애들을 제대로 공부시키지 못했다. 결국 자식들의 미움을 샀고, 평생 속죄하

듯 살아왔다고. 자식들은 각자 결혼해서 자리를 잡은 후 점점 연락이 끊기더니 지금은 누가 어디서 어떻게 사는지 소식도 모른 채 살아가고 있다고. 이야기의 마지막은 언제나 보물상자로 장식되었다. 할머니는 아랫목에서 상자 하나를 꺼내 보여주곤 했다.

"이것만 있으면 언제든 아이들이 돌아올 거야. 이것만 있으면……."

할머니는 상자를 한 번도 열어 보이지 않았다. 나는 할머니가 파지를 주워서 푼돈을 벌면 그걸 모아 금을 사두곤 한다는 것을 알고 있었다. 상자를 찾는 일이 떳떳하지 못하게 느껴질 때마다 "할머니의 신원을 밝히고, 자식들에게 전달해주기 위해"라는 나름의 명분을 되새겼다.

그런데 나를 기다리고 있던 것은 상자가 아닌 신비로운 구멍이었다. 그 구멍에 들어선 순간, 나는 많은 것을 알아버린 기분이 들었다. 이름 모를 타인들의 삶이 내 눈앞에서 펼쳐졌다가 사라졌고 그들의 삶을 이해하게 되었다. 그들이 저지른 온갖 실수들과 용서할 수 없는 죄들이 추악하기는커녕 따뜻하게 상기되었다.

그곳에서 만난 사람은 나를 꼭 닮은 소녀였다. 나는 소녀가 내 엄마라는 걸 알아챘고, 놀라움도 없이 보이는 그대로를 받아들였다.

소녀는 언덕 위의 하얀 집 앞에 서 있었다. 소녀가 그 집에는 발도 들여놓지 못하고, 다른 가족의 행복한 그림자를 훔쳐보고 있다는 사실이 나를 슬프게 했다. 그 집엔 누가 살까? 그 집 아이들은 어떻게 생겼을까? 그들이 소녀를 위해 현관문을 열어주고, 어서 들어오라고 손짓해줄까?

그곳엔 아이를 잡아먹는 마녀가 살고 있을지도 모른다. 과자로 만든 집처럼 근사한 집을 지어놓고, 판단력이 흐린 소녀를 유혹한다.

소녀는 그 집의 현관문에 서서 살려달라고 외쳤다. 늑대가 나를 잡아먹을 거라고. 그러자 머릿수건을 푹 눌러써서 얼굴이 보이지 않는 여자가 문을 열었다. 소녀는 순간적으로 여자의 얼굴이 검은 허공이라는 것을 알아챘다. 옷은 입고 있었지만, 얼굴과 몸이 비어 있었다.

"나는 필요 이상으로 오래 살았어."

겉으로는 젊지만, 속은 늙어버린 그 여자의 눈이 살아난다. 그 여자는 소녀에게로 다가와 손목을 억지로 꺾어 집으로 데리고 들어간다. 기시감에 소녀의 몸이 부르르 떨렸다. 그곳은 다름 아닌 소녀가 어릴 때 살던 집이다. 발 디딜 틈 없이 빽빽하고 너저분한 소녀의 방이다. 그 여자는 소녀를 피아노 위에 앉히고, 소녀의 머리에 빨대를 꽂는다. 그리고 숨을 불어넣는다.

"네 영혼은 뼛속까지 내 것이다. 넌 나를 벗어날 수 없어. 아무리 뛰어봤자 내 손바닥 위에 있는 벌레에 불과하다. 넌 나를 좀먹기 위해 태어났지. 넌 죄를 지은 거야. 태어났다는 것 자체가 나를 죽이는 것이고, 세상에 큰 죄를 저지르는 거다."

"아니요, 그렇지 않아요."

소녀는 저항하려고 애썼지만, 꼼짝을 할 수가 없었다.

"자식은 부모를 죽이기 위해 태어난 존재다. 넌 결국 나를 늙고 병들게 하고 죽게 만들 거야. 그러기 전에 내가 널 죽여주겠다, 서서히."

여자가 숨을 더 세게 불어넣었고, 소녀는 자기 인격에 변화가 오는 것을 느꼈다. 소녀는 원래의 자기가 아닌 다른 무엇이 되어가고 있었다.

"너는 괴물이다."

그랬다. 소녀는 점점 괴물이 되어가고 있었다. 소녀의 탈을 쓴 늑대, 인간쓰레기, 악마, 뱀의 혀를 가진 년.

"아니야, 아니야. 난 그런 사람이 아니야. 내가 태어나고 싶어서 태어난 건 아니잖아. 나를 낳은 건 엄마야. 그런데 왜 그게 내 잘못이라는 거야? 엄마가 늙어가는 건 나 때문이 아니야. 누구나 시간이 지나면 다 늙고 병들어 죽어. 왜 내게 뒤집어씌우는 거지? 내가 뭘 잘못했다고. 죽이려거든 시간을 죽여. 시간이란 놈을 잡아서 죄를 물으라고."

"넌 그게 문제야. 네 잘못을 모른다는 거. 넌 모든 걸 망쳐, 항상. 모든 걸 망가뜨렸어. 어릴 때부터. 넌 내 인생을 좀먹는 좀벌레일 뿐이야. 너 때문에 돈이 얼마나 많이 필요한지 알아? 돈 잡아먹는 기계. 내가 너 같았으면 몸을 팔아서라도 부모를 봉양했을 거야. 그런데 너는 아무 일도 하지 않았지. 그저 네 나이를 즐기며 살 뿐이지. 난 네 나이 때 너처럼 살 수 없었어. 왜 나만 억울하게 그래야 했지? 왜?"

"그럼 내가 어떻게 해야 하지? 내가 무얼 할 수 있지?"

"나가서 뒈져. 사라져버려."

소녀는 귀를 틀어막았다.

"안 돼. 더 이상 나를 빼앗아가지 마. 내 꿈도 내 것이야. 내 꿈에서 당장 나가."

소녀는 어느새 작고 낡은 인형이 되어 있었다. 마녀가 짓이기고 부서뜨려서 옷은 갈기갈기 찢겼고, 살점도 떨어져나갔다. 얼굴은 찌그러졌고, 눈동자는 시꺼멓게 꺼져버렸다.

내가 어떻게 구멍에서 빠져나와 집으로 돌아왔는지 기억나지 않았다. 나는 며칠 동안 앓아누웠고, 학교에 가지 못했다. 그리고 새로운 사실을 알게 되었다. 내가 학교에 가지 않아도 아무도 날 찾지 않는다는 것 말이다. 그 며칠간 딱 한 통의 전화가 왔다.

"TB 신용정보회사입니다."

"……어디라고요?"

"돈을 대신 받아주는 회사입니다. 사람을 대신 내보내주는 일도 하지요. 우린 합법적으로 일하는 회사입니다. 기회를 드리기 위해 애쓰지요. 열흘, 꼭 열흘을 드립니다. 그 이후엔 L씨에게 무슨 일이 생겨도 우리는 책임지지 않습니다. 그러니 열흘 안에 이주하시기 바랍니다. 최후통보입니다."

나의 첫 기억은 엄마의 눈물로부터 시작된다. 어릴 때 엄마에게 물어본 적이 있다.

"엄마, 엄마는 왜 만날만날 울어?"

엄마는 울다가 피식 웃으며 말했다.

"울고 싶어서 울지."

그러고는 어린 내가 이해하지 못할 말들을 자주 했다. 기억을 더듬어보면 그건 마술에 대한 이야기였던 것 같다. 사람의 운명에는 매듭이 있어서 그걸 어떻게 매느냐에 따라서 영원히 풀리지 않는 매듭에 묶여 살 수도 있고, 마술사들이 하는 것처럼 감쪽같이 매듭을 풀어 자유로워질 수도 있다고 말이다.

엄마가 우는 것을 좋아한다는 게 이상하게 여겨졌다. 엄마는 일부러 불행을 겪으려는 사람 같았다. 나는 지금도 엄마가 아빠와 결혼한 게 불행해지기 위한 선택이었다고 확신한다. 아빠는 어린 내가 보기에도 엄마에겐 어울리지 않는 사람이었다. 아빠는 지나치게 깐깐했고 포용력이 없었다. 아빠는 사소한 일로 트집을 잡아서 엄마를 어린아이 다그치듯이 혼을 냈다. 내가 잘못을 하면 엄마까지 싸잡아서 쫓아내려고 했다.

아빠를 떠올리면 생각나는 장면이 있다. 나는 눈치도 없이 엄마에게 매달려 안아달라고 보챘고, 엄마는 발로 나를 밀어내며 설거지를 하고 있었다. 아빠의 눈동자에 어린 살기를 잊을 수가 없다. 나는 섬뜩해져서 울음을 뚝 그쳤다.

"당장 꺼져. 둘 다 꼴 보기 싫으니까!"

엄마는 나를 안고 추운 겨울밤의 놀이터에서 아빠가 화가 풀려서 문을 열어줄 때까지 기다렸다.

"아주 어렸을 때, 발가벗고 이렇게 쫓겨나온 적이 있단다. 그때 네 할머니도 그렇게 말했어. 당장 꺼지라고, 꼴 보기 싫다고. 그래도 지금이 나아. 우린 옷을 입고 있잖니?"

엄마는 그러면서 웃었지만, 나는 웃음이 나오지 않았다. 얼어 죽을 것만 같았다.

나는 동네 아줌마들이 우리 집에 놀러왔을 때 했던 말들을 기억하고 있다. 아줌마들이 소위 '연애 시절' 또는 '중매 반 연애 반'이라고 말하는 이야기는 나를 매혹시키기에 충분했다. 아줌마들이 그 이야기를 꺼낼 때면 어린애들과 놀지 않고 엄마 무릎에 달려가 앉아 있곤 했다. 아줌마들은 하나같이 '처녀 때' 허리가 십구 인치였다고 한다. 아줌마들은 "이 사람은 나를 평생 사랑해줄 것 같다, 라는 확신이 왔어요. 정말 따뜻하고 이해심 많은 사람이었죠" 이렇게 말했지만, 결론은 "하지만 웬걸요. 살아보니 정말 그때 그 맹세는 다 잊어버리고 무심한 사람이 되었지 뭐예요"로 끝났다. 그러면 아줌마들의 공감 어린 폭소가 터졌다. 그럴 때 엄마는 억지미소를 짓곤 했다.

엄마와 달리 나는 아빠에게 저항했고, 그 때문에 종종 몸이 시퍼렇게 멍이 들도록 맞았다. 나는 악쓰는 걸 멈추지 않아서 아빠가 집 밖으로 뛰쳐나가게 만들었다. 아빠가 나가면 평화가 찾아왔다. 내가 맞는 걸 말리다가 구석에 내동댕이쳐진 엄마가 나를 안아주었고, 나는 곧 진정할 수 있었다. 아빠는 제 발로 떠났다. 그토록 원하던 완벽한 여자를 만나서.

아흐레 되는 날, 엄마는 조용히 짐을 쌌다. 나는 내 방에서의 마지막 밤을 기념할 예정이었다. 갈 곳이 정해진 것은 아니었다. 곧 눈보라가

들이닥칠 텐데, 우리는 집을 잃고 헤매게 되었다. 다행히 엄마에겐 일자리가 있고, 당분간 찜질방이 우리에게 따뜻한 잠자리를 제공할 것이다. 창밖의 동네는 그 어느 때보다 고요했다. 이곳에 남은 마지막 사람이라고 생각하니 어쩐지 가슴이 뿌듯해지기도 했다. 나는 이곳을 영원히 내 가슴에 새기기로 했다. 아무에게도 중요하지 않은 역사의 현장, 이토록 아름다운 폐허. 엄마가 방문을 열고 들어왔다.

"매듭 이야기 말이다, 기억하니? 그건 마술 이야기가 아니고, 물리학에 관련된 이야기란다. 세상의 모든 것이 연결되어 있다는 걸 생각해본 일이 있니? 어떤 일도 우연히 일어나지는 않는단다. 원인이 없는 결과는 없어."

엄마는 우리가 왜 이곳까지 오게 되었는지에 대해 설명하려고 애썼다. 나는 일부만을 이해할 수 있었다. 할머니는 엄마에게 "세상 끝까지 너를 쫓아가서 저주하겠다. 네 인생은 구겨져버릴 것이다"라고 주문을 걸었고, 엄마는 할머니가 돌아가신 후에도 그 말로부터 자유로울 수 없었다. 칼 같은 혀를 가진 할머니는 "너같이 병신 같은 년은 모진 놈 만나서 고생 좀 해봐야 정신을 차릴 거다"고 말했고, 엄마는 아빠를 만나자 쉽게 사랑에 빠졌다.

"나는 매듭을 끊을 수는 없다고 여겼다. 그게 내 몸에 밴 운명이었으니까. 하지만 이제 그 고리를 끊어야 할 때가 온 것 같다. 너를 위해서라도. 넌 나같이 살면 안 되니까 말이다. 생각해보니 엄마가 나를 그토록 미워했던 것은 내가 정말 잘못된 아이라서 그런 게 아니었던 것 같다. 엄마는 불행한 마음을 처리하는 방법을 몰라서 그러셨던 거야. 엄마는 전쟁고아로 어렵게 자란 분이니까."

"전쟁을 겪은 사람들이 다 할머니 같지는 않아."

"그래, 물론 그렇겠지. 날 좀 사랑해줄 순 없었냐고 엄마에게 따지고 싶기도 해. 하지만 나도 똑같은 엄마가 되어서는 안 된다는 생각이 들었다. 나한테는 네가 있으니까."

엄마가 잠들었을 때, 나는 마지막 의식으로 파지 할머니의 지하방을 찾아갔다. 엄마의 악몽으로 통하는 비밀의 구멍은 발견할 수 없었다. 그 대신 잿더미 속에서 파지 할머니가 내게 보여주었던 보물상자를 발견했다. 그 속엔 돈이나 금 대신 하나의 기억이 담겨 있었다. 그건 파지 할머니의 타임캡슐이었고, 나는 파지 할머니의 유괴 당한 아이가 우리 엄마의 엄마는 아닐까 짐작해보았다.

고된 피난길에 작은 휴식이 찾아왔다. 피난민들은 전투기를 피해 들어선 방공호에서 쪽잠을 청했다. 그들 사이에 젊은 영길 엄니의 모습이 보였다. 장남 영길이는 동생들을 돌보았고, 영길 엄니는 갓난아기에게 빈 젖을 물렸다. 아직 어린아이들이 영길 엄니의 젖가슴을 파고들었다. 큰 감자뿌리에 달린 알감자들 같기도 하고, 어미에게 매달린 아기두더지들 같기도 했다. 영길 엄니는 몸이 산산조각 나는 것 같았지만, 한 손으로 갓난아기에게 젖을 주며, 다른 한손으로 어린아이들을 감쌌다. 영길 엄니는 일곱 아이들의 눈동자를 차례로 살폈다. 아이들은 피로와 배고픔과 공포로 떨고 있었지만, 엄마만을 해바라기처럼 믿고 바라보고 있었다. 영길 엄니는 가슴속의 말을 조용히 그러나 단호하게 읊조렸다.

그려, 내가 너희들을 지켜줄겨. 설령 이 전쟁이 땅을 두 쪽 내고 우리를 낭떠러지로 떠밀지라도 너희들 손을 놓지 않을겨. 그러니 두려워 말어. 엄니가 니들을 목숨맹키로 사랑하니께. 그것만 잊지 않으면 돼야.

+ 김정희

소설 쓰는 일이 직업이 될 수 있다는 사실을 아주 오랜 세월을 거쳐 깨달았다. 일찍 등단했지만, 소설가로 산다는 것이 무엇인지 알기까지 내게는 많은 시간이 남아 있었다. 이십대는 쓸모없는 노력으로 흘러갔고, 삼십대는 결혼 후 남자아이 셋을 낳고 키우다 보니 정신 차릴 틈도 없이 흘러갔다. 엔트로피 증가의 법칙에 따라 아이들은 끊임없이 무질서를 만들었고, 나는 물리학이 상상력에 도움이 된다는 것을 발견했다. 그리고 소중한 가치를 마음에 품게 되었다. 내가 소설가로 살기를 원한다는 것을 말이다.

/

딸매기야, 딸매기야

오복연립 나동 101호에 요즘 이상한 일이 생겼다. 101호의 가장이면서 과부인 윤씨는 가슴까지 졸이며 그 조그만 사건의 동태를 흥미롭게 지켜보았다. 반면 외동딸 주미는 정신병자의 심심풀이 장난이라며 꾸준히 외면했다.

한결같이 적막한 집 안에 파문을 일으킨 대상은 바로 편지였다. 철이 지난 달력을 길쭉하게 오려 만든 편지지에 정성껏 글자를 수놓은 편지. 그것은 한 달에 두 번 꼴로 배달되었다. 편지는 언제나 윤씨가 우편함에서 가져왔다. 주미는 그 정체불명의 편지만 쏙 빼놓고 다른 우편물을 챙겼다. 우편물 반송함에 내팽개쳐진 편지를 윤씨가 발견한 적도 있었다. 그런 날은 모녀 사이에 말다툼이 오갔다.

"편지를 왜 반송함에 넣고 그러냐? 우리 집 주소가 엄연히 찍혀 있는데. 더군다나 이건 홍보물이 아니라 진짜 편지잖아, 편지."

"그딴 편지를 뭣 하러 읽어. 엄마는 그렇게 할 일이 없어? 편지봉투
도 무슨 상복처럼 하얘가지고…… 재수 없는 편지야."

"매사에 무관심하니까 연애를 못하지."

"누가 연애를 못해, 안 하는 거지. 그리고 그동안 내가 연애감정을
느낄 처지이기나 했어? 속박에서 풀려난 지가 얼마나 됐다고. 근데 왜
정신병자 편지에 내 연애를 찍어 붙여?"

"한번 읽어봐. 꽤나 진지하더라."

"정신병자들이 원래 지나치게 진지해. 듣기 싫어, 읽지 말라니까?"

주미가 편지를 거들떠보지 않으면 윤씨는 공연히 부아가 돋아서 큰
소리로 편지를 읽었다.

바쁘시겠지만 쪼메 시간을 내서 지 얘기를 들어주실라요? 말할 사
람이 없어서라우. 오늘 오복연립 나동 앞에서 라일락나무를 봤어라.
어릴 적 우리 집 정원에 있던 라일락나무와 어찌 그러코롬 똑같이 생
겼습디여? 그걸 보고 있응게 갑자기 고향이 생각나더란 말여요. 그려
서 오복연립 주소를 베껴왔지라. 지 고향 얘기를 하고 싶어서라우. 옛
날에 지가 살았던 곳은 동네 한가운데 자락논이 층층이 있고 그 주위
로 집들이 삥 둘러 있었지라우. 우리 집은 서까래가 여느 집 기둥만큼
이나 굵은 전통 한옥이었어라. 대문을 열고 들어가면 우리 아부지가
정성 들여 가꿔놓은 정원이 있었는디요, 봄이면 라일락 향기에 흠뻑

취해 살았어라우. 우리 집은 꽃천지였어라. 화양목, 동백, 매화, 장미,
백합, 분꽃, 채송화…… 참말로 별별 꽃이 다 있었지라우. 우리 고향이
눈에 선허요. 그리 높지 않은 산꼭대기에 황새바위가 있고, 산허리를
타고 내려오는 물줄기가 우리 집 앞을 흘렀지라우. 물소리가 어찌나
곱든지 가만히 듣고 있으믄 슬슬 잠이 왔당께요. 가만, 초인종이 울리
느만요, 딸이 왔는갑소.

　주미가 얼굴을 구기며 상복에 빗댄 편지 봉투는 아닌 게 아니라 좀
별나기는 했다. '깨끗하다'거나 '순수하다'라는 느낌을 넘어서 누구라
도 그걸 보는 순간 섬뜩해지는 기묘한 흰빛을 띠고 있었으니 말이다.
하얗기는 편지지도 마찬가지였다. 달력의 뒷면을 편지지로 사용했는
데 기름한 그것을 펼쳐놓으면, 무리지어 걷는 산짐승의 까만 발자국이
눈밭에 찍힌 것처럼 비쳤다. 한국의 김치가 소개된 달력을 편지지로
삼은 듯 사연 뒷면에는 고들빼기, 나박김치, 동치미, 파김치 따위가 온
전치 못한 상태로 놓여 있었다.
　윤씨의 딸 주미는 올해 드디어 꿈을 이뤘다! 9급 공무원 시험에 턱
걸이일망정 당당히 합격한 것이다. 대학교 동기들의 사회 진출에 위기
감을 느낀 주미가 수험 서적과 씨름한 지 칠 년 만에 이룬 쾌거였다. 윤
씨는 칠 년 동안 날마다 성호경을 그으며 딸의 행복을 빌었으나 막상
합격 소식을 듣고 나자 별다른 감흥이 일지 않았다.
　"꽉 막혀 있던 니 운수가 이제부터 풀리나 보다."

“나는 지금 죽어도 여한이 없어.”

“니가 정말 공무원이 됐구나, 공무원!”

입으로야 떠들썩하게 축하해줬지만 마음은 왠지 출렁이지 않았던 것이다. 멀리 떠난 남편을 기다리다 망부석이 되어버린 기분? 아니, 영화 촬영이 막을 내림으로써 이제는 본래의 ‘나’로 돌아가야 하는 상실감? 아무튼 누군가가 싸리비로 마음을 샅샅이 훑는 듯한 감정의 물살에 윤씨는 꽤나 오래 부대꼈다.

올해 서른 살의 문턱을 밟은 주미는 이십대라는 실한 묘목을 노량진 고시촌에서 키웠다. 모녀는 명절까지 합해서 일 년에 평균 다섯 번쯤 만났다. 처음에는 집 근처 독서실을 잡아놓고 허구한 날 야근과 특근에 시달리는 일꾼처럼 출퇴근했으나, 정보 싸움에서 밀린다는 이유로 서둘러 보따리를 쌌다. 공부하는 데 방해가 될까 싶어 윤씨는 딸에게 전화도 자주 걸지 못했다.

“엄마는 쓸데없이 전화해서 집중력을 떨어뜨려. 나는 지금 전쟁터에서 격렬하게 총질을 하고 있다고!”

이런 핀잔을 듣고부터는 딸이 그리워도 아예 연락하지 않았다. 향긋한 봄과 시퍼런 여름과 애틋한 가을과 순박한 겨울, 그들이 들려주는 다채로운 노랫소리를 윤씨는 홀로 음미했다. 그녀에게 고독은, 또한 인내는 일종의 장기(臟器)와도 같은 것이었다.

“편지가 또 왔다.”

“흥, 정신병자.”

주미가 소시지 부침을 먹으면서 비웃는다. 모녀가 오랜만에 함께 먹는 저녁식사다. 딸이 교육청의 일원이 되면서부터 한집에 살기는 하나 얼굴 보기는 고시원 시절만큼이나 어렵다. 수험생이라는 케케묵은 외투를 벗어던지자마자 주미는 수험생으로 구질구질하게 살았던 지난 세월을 스스로가 충분히 보상해주겠다는 듯 온갖 '놀이'를 배불리 향유하고 있었다. 다른 친구들보다 출발이 늦었으니 돈을 악착같이 모아야 한다면서 월급은 거의 통째로 은행에 맡겨버린다. 유흥비야 주말에 따로 벌어서 쓴다.

"읽어봐."

윤씨가 새하얀 편지 봉투를 내밀었다. 역시나 "싫어" 하면서 주미가 젓가락으로 편지를 밀어낸다. 공연히 오기가 발동한 윤씨가 편지지를 펼쳐 딸이 보지 않을 수 없게 바싹 내밀었다.

"하여간 성격도 별나. 이 장난 편지가 엄마의 마음을 살살 흔들어? 나한테 기어이 읽히고 싶을 정도로?"

주미가 코웃음 치면서 그게 소원이라면 읽어주겠다는 듯 얄미운 눈길을 마지못해 편지로 옮긴다.

오늘은 술이 먹고 잡은 밤이어라. 비가 내리니께요. 술 사주게 나와라, 하믄 후딱 나가겠는디 지한테 그런 친구가 있간디요. 지는 파출부 일을 하는디요, 반 년 동안 일하던 집에서 오늘 쫓겨났어라. 삼백만 원짜리 시계가 없어졌담서 날 의심합디다. 사람을 그러코롬 오래 겪어봤

음서 지를 도둑으로 몰더란 말여라. 그렇게 사람을 못 믿고 워찌 산답디여? 오늘은 이래저래 운수가 사나운 날이었어라우. 딸내미는 오늘도 늦을랑갑소. 지는 이렇게 비 오는 밤이면 어린애메끼로 무섬을 타지라우. 우리 아부지, 엄니도 보고 잡고 말여라. 저번 편지에 우리 아부지 얘기 했지라? 아부지가 정원에 벨벨 꽃을 다 심어 놨다는 말이어라우. 어렸을 적에 학교에 가려고 대청마루에 앉아서 신발을 신고 있으믄 아부지가 지 손에 꽃다발을 쥐어줬어라. "딸매기야, 선상님 책상 위에 꽂아놓니라" 하시면서 말여라. 정원에서 꺾은 꽃으로 만든 꽃다발이었는디 참말로 이뻤어라. 참, 지는 어렸을 적에 사람들이 딸매기라고 불렀어라우. 우리 엄니가 딸만 다섯을 낳았는디 지가 젤 막내였지라. 딸 그만 낳게 막으라는 뜻으로 원래는 '딸막이'라고 지었는디 자꾸 부르다봉께 딸매기가 됐뿌렀소. 우리 아부지 얘기를 쪼깨 더 할랍니다. 아부지는 무신 일이건 대충하는 벱이 없고 동네 일도 내 일처럼 했지라우. 우리 동네에 아담한 우물이 있었는디 거기서 채소도 씻고, 빨래도 하고, 목욕도 했어라. 우물이 하나다봉께 아주 불편했지라. 음식 찌꺼기며 비누거품 땜시 수채구녕도 잘 멕혔어요. 언제부턴가 아부지가 삽과 괭이를 들고 나갑디다. 나중에 알고봉께 우물 반대편에다 빨래하고 목욕만 하는 샘을 파놨어라. 혼자 말여요. 물줄기를 잘 잡아서 그런가 그 샘은 어찌나 물이 많이 나오는지 온 동네 사람들이 다 써도 모지라는 벱이 없었어라우. 밤중에 비라도 쏟아지믄 아부지는 날이 밝자마자 삽과 괭이를 들고 나가서는 길이 파인데마다 땜질을 하고 다녔어라. 우리 아부지는 동네 땅을 자기 몸 가꾸듯 하셨당게요. 우리 엄니는요, 여느 부모가 다 그렇겄지만 자식 사랑이 유별났어라우. 옛날에는 겨울이 을매나 추웠는지 아요? 식구들에게 아침밥을 차려주고 나면 우리 엄니는 아궁이에서 뜨거운 재를 당그래로 끌어냈지라. 재를 다독인 다음 그 위에 삼발이를 얹고 다시 그 위에 운동화를 올려놓으면 운동화가 따숩게 데워져라. 지가 방에서 나와 쪽마루로 걸어가면 엄니가 댓돌 위에 운동화를 올려놓는디 그걸 신으면 학교까지 그 먼 길을 걸어가면서도 발이 시려운 줄 몰랐지라우…….

"이럴 줄 알았어. 쉰밥 같은 옛날이야기. 자기 아버지 자랑이 늘어졌네. 딸매기는 또 뭐야, 유치하게. 엄마는 이 편지가 재밌어?"

"딸매기가 외로워하잖아."

"무슨 얼어 죽을 외로움이야. 심심해 죽겠다는 발악이지. 생판 모르는 남한테 이게 무슨 짓이람. 이거 달력에 쓴 거 아냐? 가지가지 한다."

주미가 무슨 더러운 걸레 집듯 편지를 들어 올려 앞뒤로 살피면서 종알거린다. 윤씨는 딸의 조롱을 묵묵히 듣고 있었다. 그녀는 맥없이 아랫배를 살살 문질렀다. 뱃속에서 낙엽이 떨어지는 소리가 들리는 것 같다.

"이 정신병자는 왜 쉰밥 같은 옛날이야기를 하얀 종이에 담아 보낼까."

"달력을 찢어서 편지를 쓰는 여잔데 무슨 심오한 뜻이 있겠어. 집 안에 하얀색 종이가 널렸나 보지."

"그 여자의 마음이 이렇게 새하얀 종이처럼 공허한가? 속이 텅 빈,
실속 없이 헛된 무채색."

"햐, 우리 엄마 유식하네. 그 여자가 독자를 아주 잘 골랐어. 둘이 편
지로 우정을 쌓아봐. 나이도 비슷한 것 같은데. 이런, 보내는 사람 주소
가 없네. 나는 떠들 테니 너는 잠자코 듣기만 해라? 일방적이고 무례
해."

그만 들어가 자겠다면서 주미가 몸을 일으켰다. 윤씨가 얼른 딸의
손을 붙잡는다.

"마지막 편지야."

"아, 귀찮아. 엄마나 읽어."

"부탁이야, 한 번만 더 읽어봐. 이 여자가 위험해."

윤씨가 주미를 억지로 앉혀놓고 두 번째 편지를 펼쳤다.

오늘은 고백할 것이 있어라우. 뭣이냐면, 지는 요새 불장난을 하고
다녀라. 얼마 전에 지 생일이었는디, 하긴 뭐 생일이 벨것이간디요. 그
려도 누구 하나 챙겨주는 사람이 없응게 서운터만요. 생일날 우리 엄
니가 겁나게 보고 싶습디다. 넘의 집 설거지통에 손 담그며 살라고 애
지중지 키운 게 아닐 것인디 이 꼴이 뭐냔 말요. 지 생일날 신혼부부가
사는 아파트로 일하러 갔는디요, 결혼한 지 백일이 됐담서 여행을 간
답디다. 그 집 부부가 강아지를 키우는디요, 새댁 말이 가관이어라. 여

행을 가면 빈 집에 강아지 혼자 있는 것이 불쌍타믄서 강아지 호텔에 맡긴답디다. 참말로 그런 것이 있답디어? 강아지 목욕시킴시롱 을매나 울었는지 몰러요. 메칼 없이 눈물이 쏟아집디다. 그날 집으로 가는디 전봇대 앞에 밑창 떨어진 구두가 있지 않겄소? 무슨 멤이었는지 신발을 가져다가 태웠지라우. 활활 타오르는 불꽃을 보고 있응게 이상허니 기분이 좋아집디다. 어제는 넘의 집 앞에 있는 쓰레기봉투에 불을 질렀어라. 숨어서 불귀경을 하는디, 어떤 여자가 나와서 불을 보고는 팔딱팔딱 뜀시롱 소리를 지르는디 그 모습이 솔찬히 재밌더만요. 지도 참 한심한 여편네여라. 나이가 멧인디 어린애메끼로 불장난을 하고 다니냔 말이어라우. 지는요, 일할 때는 꼭 서울말을 쓰지라. 일할 때 사투리를 쓰면 젊은 엄마들이 싫은 소리를 해싸요. 애들이 지 말을 흉내 내니께 교육상 안 좋담서 하루 쥉일 꽁시랑거리지라. 서울말을 쓸라면 낯간지러 죽겄는디 돈을 벌어야 하니께 어쩌겠어요. 요로코롬 편지지에다 사투리를 쏟아내면 좀 살 것 같어라. 요새는 우리 아부지, 엄니가 보고 잡어 죽겄어라. 아부지, 엄니가 살아 있으믄 넘의 집 설거지통이 아니라 똥통을 치워도 행복하겠당께요. 지는 오늘도 혼자 있어라우. 요새는 말요, 비도 안 오는데 무서워라. 가만히 앉아 있으믄 어느 순간 집이 무너질 것 같고 어떤 날은 갑자기 숨이 턱 막혀버릴 것 같어라우. 글믄 지를 누가 구해준답디여? 오늘은 우리 엄니가 아궁이에 따숩게 뎁혀준 운동화도 신고 싶고 딸매기야, 딸매기야, 함시롱 지를 부르는 친구들과 들판을 숨이 차게 뛰고 싶어라우. 여기가 어디 사람 살 뎁디여? 사람이 살 데난 말이어라.

"간도 크셔라. 이제 불장난까지 하고 돌아다니시네. 곧 신문에 등장하겠어. '오십대 주부 방화범' 이런 타이틀을 앞세우고서. 내 말이 맞잖아, 정신병자. 엄마, 임무 완수했으니까 나는 그만 들어가서 자도 되겠지?"

주미가 찬바람을 일으키며 제 방으로 들어갔다. 오늘따라 딸애가 방문을 더 단단히 잠그는 것처럼 느껴진다. 눈이 따갑다. 윤기가 사라진 반찬들 사이로 무슨 쓰레기처럼 놓여 있는 편지를 윤씨는 물끄러미 바라본다. 달력 편지지와 봉투의 흰빛이 처연히 빛나고 있다.

윤씨는 식탁을 치우지 않고 편지만 챙겨 거실로 나왔다. 그러고는 '정신병자의 편지'를 곱게 접어 스웨터 주머니에 넣었다.

'나쁜 계집애, 눈치코치도 모르는 네가 모자란 인간이지 뭐야.'

윤씨는 딸의 방을 흘겨보면서 중얼댄다. 아직 저녁 아홉시 뉴스도 시작하지 않은 시간인데 잠을 자겠다고 들어간 딸년이 밉살스럽다. 오늘처럼 일찍 귀가하는 날이 어디 흔한가. 보나마나 잠자리에 들기는커녕 스마트폰인지 뭔지 그 만능 파트너와 함께 저녁 시간을 즐기고 있을 것이다.

오늘 같은 날, 오랜만에 산책이나 하자며 제 엄마 팔짱을 끼고 나갈 수는 없나? 거실에 마주 앉아 맥주라도 한잔 마시면서 수습기간이 갓 지난 직장 생활의 고충이랄지 보람을 털어놓으면 얼마나 사랑스러울까. 엄지발가락이 퉁퉁 부은 데다 곪기까지 해서 절룩거려도 무관심하고, 지 엄마 생일마저 까맣게 잊어버린 매정한 계집애. 첫 월급이 찍힌 통장을 제 엄마 손에 쥐어주면 안 돼? 누가 그 귀한 돈을 쓸까 봐? 지긋지긋하게 길었던 터널을 마침내 통과하고서 받은 첫 월급이니까 구경이나 시켜달라는 거지. 윤씨는 좁은 거실을 바장이면서 그지없이 옹졸해지는 스스로를 애써 두둔했다.

주미가 고등학교에 입학하던 해 남편은 열여덟 평짜리 임대 아파트만 달랑 남겨놓고 세상을 떴다. 그는 건설현장의 착실한 노동자였다. 사인은 뇌졸중이었는데, 늦겨울 새벽 일터로 출근하다가 당한 사고여서 아무런 보상도 받지 못했다. 집안 살림이나 야무지게 꾸릴 줄 알았던 윤씨는 졸지에 생활전선으로 뛰어들었다. 아버지라는 푹신한 신발 한 짝을 잃어버린 주미에게 따스한 밥을 먹여야 했기 때문이다. 천 원짜리 한 장 보태줄 사람은 그 어디에도 없었다. 일가친척이야 핏줄이 같은 타인에 불과했다. 몸과 마음을 '책임감'으로 도배하고서 전력 질주한 세월이었다. 딸내미 대학 공부도 시켰고, 공무원 시험에 합격할 때까지 경제적인 지원도 아끼지 않았으며, 내일이라도 당장 시집보낼 수 있는 결혼 자금도 진작 마련해뒀다. 석류처럼 반짝반짝 빛나는 내 몫의 시간을 온전히 너한테 바쳤다고 생색을 내려는 게 아니다. '이왕이면 주미가 외줄타기 하듯 살아온 제 엄마의 묵은 세월을 이따금 들춰봐줬으면', 이런 기대가 번번이 허물어지다보니 저절로 흘러나온 푸념이다. 반쪽 부모로서 아득바득 이뤄낸 '책임 완수'의 끝에는 '공백'

이 펼쳐져 있었다. 빈틈없이 새하얀 설산과 맞닥뜨린 듯한, 어디로 발을 내디뎌야 할지 도무지 알 수 없는 섬뜩한 공백. 윤씨는 별안간 나타난 그 설산에서 어떻게든 빠져나갈 궁리로 시종일관 낑낑거렸다.

폐경 진단을 받은 지지난달 해거름에 윤씨는 얼굴의 점을 뺐다. 무엇보다 마음을 비워라, 규칙적인 식사와 운동을 하면서 폐경기를 극복해야 한다, 의사의 상투적인 조언을 그래도 곱씹으며 지하철 출구로 나갔는데 어떤 여자가 전단을 나눠주며 새된 목소리로 외쳤다. "오픈 세일! 점 하나에 천 원!" 그녀가 건네준 전단을 덥석 받아 읽어보니 점 하나를 빼는 데 천 원이라는 소리였다. 최근 개업한 허기석 피부과에서 손님을 끌어들이려는 기발한 상술이었다. 윤씨는 그날 일만 천 원을 주고 열한 개의 점을 뺐다. 자기 얼굴에 그렇게나 많은 점이 박혀 있는 줄 미처 몰랐다. 하긴 그동안 얼굴을 제대로 들여다볼 짬이나 있었나. 기껏 딸 하나 키우면서 어지간히 분주하게 살았다. 언제나 허둥지둥, 걸핏하면 노심초사. 훈훈한 봄밤이었는데도, 꾸덕꾸덕 말라가는 몸과 얼굴의 까만 씨앗을 걷어낸 자리로만 빗방울이 떨어지는 것 같았다.

윤씨는 거실과 주방의 불을 끄고 안방으로 들어갔다. 방문이 잘 잠겼는지 그녀는 다시 한 번 살폈다. 그리고 안방의 불도 껐다. 무슨 의식을 치르듯 윤씨는 침대에 걸터앉아 두 손을 모으고 불안정한 호흡을 가다듬는다. 해가 짧아진 덕분에 농익은 어둠을 빨리 만날 수 있어 그나마 위안이 된다. 하루의 끝자락에서 별 수 없이 깨닫는 건 아찔한 공백을 메워줄 사람은 결국 '나'라는 자각이다. 아직 갈 길이 남아 있고,

시들시들한 날개로나마 비행하려면 한 모금의 물을 상비약처럼 지녀야 할 터였다. 오늘밤 윤씨는 그 한 모금의 물을 또 마시려 한다. 대꾸를 하든 말든 무시를 당하든 말든.

　친정어머니가 물려준 문갑에서 윤씨는 조심스레 상자를 꺼냈다. 그리고 침대 발치에 놓아둔 앉은뱅이책상을 끌어당겼다. 작은 가로등처럼 생긴 스탠드를 켜자 어둠이 후닥닥 물러난다. 상자에는 길쭉하게 자른 달력이 가지런히 누워 있다. 까만 볼펜도 여러 개 챙겨뒀다. 그녀는 달력 한 장을 꺼내 이제야 조금씩 생기가 돌기 시작하는 눈으로 찬찬히 살펴본다. 달력의 뒷면으로 눈길을 돌린다. 스탠드 불빛에 비치는, 하얀 사기그릇에 푸짐히 담긴 오이소박이. 윤씨는 입맛을 다시며 달력의 하얀 여백과 눈을 맞춘다. '오늘은 어떤 추억을 풀어놓을까.' 잠시 허공을 응시하던 윤씨가 묵직한 어둠을 등에 업고서 달력 편지지에 또박또박 글자를 새긴다.

+ 김설원

요즘 서울과 전라도를 오가며 이중생활을 하고 있다. 전라도에서는 주로 '콩마을'에 머문다. 우연히 들른, 채만식문학관과 가까운 밥집이 내 발목을 살짝 잡아당겼다. 함 박눈이 내리면 잡종 같은 풍산개가 처량히 뛰어다니고, 칼바람이 불면 흑돼지들이 까 맣게 울부짖는 곳. 도심에서 멀리 떨어진 콩마을의 남다른 개성을 어떻게 글로 엮을 까. 나는 황송하게도 새해 벽두부터 설렘의 묘미를 즐기고 있다. 사시장철 웃기고 울 리면서 나를 꼼짝 못하게 만드는 소설, 이런 치명적인 매력을 가진 남자 어디 없나.

흰 꽃들에게 물어봐

아빠는 심장마비로 죽었다.(한 남자가 죽었다.) 그 소식은 갑자기 날아든 애인의 편지처럼 설렌다.(남자의 가족이 병원에 시체를 팔았다.) 나는 하나의 죽음을 처리하느라 바빠지기 시작했다.(남자의 시체는 해부학 실습실 냉장고로 들어갔다.) 아빠의 물건들을 마당에서 불태웠다. 아빠가 벗어놓고 간 이승의 허물들, 장롱의 옷들을 몽땅 마당에서 불태웠다. 아빠의 옷들은 뜨거운 불꽃으로 타올랐다. 그리고 하얀 연기를 잠깐 보았던가. 불꽃 위로 뜨거운 바람이 지나갔다. 춘사월이었다.

마마가 뛰어오더니 손때가 전 나무의자를 가슴에 끌어안았다.(나는 시체의 심장을 보았다. 심장은 붉게 시든 꽃이었다.) 하얀 페인트칠이 벗겨져 군데군데 게딱지만 한 얼룩이 있는 의자였다. 나사못이 빠져 삐걱거리기까지 했다. 나는 피식 웃었다. 마마는 아빠의 여자였다.(냉동실에 들어간 시체의 히스토리는 무엇이었나.)

　불장난을 하고 나니 더웠다.(나는 의과대학에 입학해서 처음으로 시체를 해부했다. 시체의 심장은 죽었지만 내 심장은 살아 있다.) 사월의 공기는 낮잠에서 깨어난 더운 입속처럼 텁텁했다. 나는 불꽃 자국이 찍힌 나무의자를 마마 앞에서 보란 듯이 내동댕이쳤다. 마마는 나무의자를 끌어안고 고양이처럼 암실로 들어갔다.(나는 시든 꽃, 붉은 심장을 가방에 넣었다.)

　아빠가 죽었다는 사실은 중요한 사건이었다. 아빠와 나와 마마의 삶을 지탱하고 있던 균형이 깨졌다. 아빠가 삼각형의 고무줄을 놓아버린 순간 나는 심하게 흔들렸다. 그동안 아빠는 나의 보호자였고 나는 미성년이었다. 나는 영리하게 사는 법을 알고 있었다. 아빠가 죽기를 기다리는 것. 바로 그것이었다.(나는 해부학 실습실에서 혼자 밤을 새웠다. 나는 외로웠고, 시체는 외롭지 않았다.)

　나는 아빠가 죽기 이전과 이후로 분명한 경계선을 그었다. 아빠는 오십 년을 살았다. 나는 아빠와 함께 살아온 이십 년만을 계산에 넣었다. 아빠에게 소속된 것들을 당장에 처리해야 했다. 아빠에게 딸린 것은 여자가 하나, 암실이 하나였다. 아빠는 유서를 남기지 않았다.(아빠 스스로 정리하고 갔어야 했다.) 아빠의 물건들은 쉽게 정리되었지만 사람 정리하기는 쉽지 않았다.(아빠는 내게 여자를 남겨두었다.)

　우리 둘은 각기 다른 형질의 여자였다. 나는 아빠와 같은 형질을 보유하고 있다. 그 사실은 호적으로 공증된 것이다. 아빠와 마마는 육체

관계를 맺었다. 그 사실은 호적으로 공증되지 않았다. 나는 아빠의 여자를 마마라고 불렀다. 마마가 아빠의 뒤를 따라 집 안으로 들어섰을 때 나는 설거지를 하다 말고 낯선 여자를 훔쳐봤다.(나는 엄마가 죽어서 부엌살림을 떠맡았다.) 내가 그 여자와 동거해야 할 이유는 미성년이기 때문이었다.(아빠는 내 의견을 묻지 않았다.) 나는 부엌을 내줬고, 아빠는 안방을 내줬다.

마마와 나를 구별해줄 수 있는 것은 서류였다.(필연관계는 문서로부터 시작된다.) 서면 계약 관계도 아니고 혈연관계도 아닌 마마는 애매한 존재였다.(확실한 문서와 달리 심정적인 것은 애매했다. 수취인 불명의 편지처럼.) 마마는 아빠와 육체적으로 가깝다. 육체적인 것은 심리적인 것이다. 몸이 멀어지면 마음도 멀어진다.(사람은 거리에 반응하는 존재다.)

아빠에게 소속된 여자, 마마는 내가 처분해야 할 목록에 불과했다. 이제 아빠는 없다.(아빠의 심장은 죽었다.) 아빠는 사라진 것이다.(과거를 청산해야 한다.) 나는 마마 보고 집을 나가라고 말했다. 마마는 아직은 때가 아니라고 대답했다. 돈 때문이로군. 나는 입술을 비죽거렸다. 오 년 같이 산 위자료라도 달라는 것인가. 오 년간의 위로금은 내가 받아야 마땅했다.(아빠는 도대체 무슨 삶을 산 건가.) 아빠는 내가 정리해야 할 문제만 남겨두고 떠났다.

마마는 내 집에 남아 있어야 할 이유를 약속이라는 말로 표현했다. 무슨 약속?(아빠와 무슨 약속을 한 건가?) 인연이 약속이지. 인연은 마음에 있는 거야. 서류와는 달라. 나는 질투의 감정이 끓어올랐다. 사람이 죽었으면 인연도 끝난 거야!(남자의 시체도 가족과는 인연 관계였다. 남자의 시체는 돈으로 환산되어 가족에게 돌아갔다.)

마마와 나는 장례식 때부터 어긋나 있었다. 내가 생각하기에 아빠의 장례식은 필요치 않았다. 산 사람의 인사를 받지 않으면 죽은 아빠가 서운해 할까. 사람들은 단지 의례적으로 슬퍼할 뿐이다. 볼품없는 연기라고 해도 그것이 관례적이고 그래서 모양새가 좋다. 슬퍼하는 사람들을 바라보는 관객은 오직 망자뿐이지만 실질적인 관객은 따로 있다. 다른 문상객의 눈 밖에 나지 않기 위해서 사람들은 똑같은 얼굴로 슬픈 연기를 한다. 문상객들끼리의 암묵적인 합의였다. 사람들은 잠깐의 슬픈 표정을 위해 검은 성장을 하고 끼리끼리 몰려든다. 이유는 문상객들을 만나야 하기 때문이다. 장례식장은 산 사람들의 회식 자리이다.(가족들은 시체 가격을 흥정한다. 그러나 시체에도 정가가 있다. 장례식도 산 사람을 위한 것이다. 조의금은 아주 중요한 것이다.) 문상객들은 서로의 친목을 다지거나 죽은 자가 남겨놓은 이익을 챙겨간다.(시체 값으로 고래 고기를 사 먹을 수도 있다.)

엄마의 장례식에는 아빠가 상주로 있었다.(아빠는 엄마의 장례식에 관심이 없었다.) 지금은 내가 상주가 됐다.(나도 아빠의 장례식에 관심이 없다.) 아빠에게는 형제가 없었다. 하나뿐인 외숙이 서울로 올라왔다. 외숙은 엄마의 장례식에는 오지 않았다. 하지만 오랜만에 만나도 핏줄은 칼보다 강한 것이다. 외숙이 장례식의 칼자루를 쥐었다.

영안실은 흰 꽃들로 화려했다. 노릇한 사람 냄새보다 흰 국화꽃 냄새가 많이 났다. 흰빛이 서늘했다. 문밖에는 사월의 봄꽃이 한창이었는데 병원 영안실은 무덤 속처럼 고요했다. 나는 적요는 흰색이라는 걸 알았다. 공기도 흰 꽃 따라 침묵한다. 침묵을 깨는 건 사람의 발걸음이다. 산 사람의 뜨거운 콧김과 입김, 눈물만이 영안실의 서늘한 침묵을 깰 수 있다. 깨끗한 단 위에 놓인 흰 국화꽃은 하룻밤이 지난 제물처럼 시들어갔다. 흰 꽃들의 강한 향기는 백반과 같은 독성을 지녔다. 흰 꽃이 시들어갈 때 진딧물처럼 번지는 먹먹한 빛깔. 그것은 흰빛의 그림자였다.

영안실도 아빠를 닮았다. 죽은 아빠를 위해 울고 있는 사람은 마마뿐이었다. 마마의 흐느낌은 몰래 우는 울음처럼 조용했다. 시간이 지나자 마마의 곡소리는 과장되게 들렸다. 그녀답지 않았다. 아니, 그녀다웠다. 아빠의 옛 직장 동료도 두 명 찾아왔다. 옛 직장 동료들은 모두 침울한 표정을 지었지만 과장된 슬픔을 내보이지는 않았다.(그것은, 죽었다니 안됐어, 정도의 상식적인 제스처였다.) 아빠는 죽어서 윗자리에 올랐다.(살아서는 해직되어 밑바닥으로 떨어졌다.) 조문객들은 아빠의 영정 사진 아래에 납작 엎드렸다.(사람들은 타협하러 온 것이 아니다.)

갑자기 소란스러워졌다. 교회 목사 일행이었다. 기독교 신자인 외숙이 청한 것이었다. 마마의 곡소리는 금지되었다.(아빠의 죽음은 천국행이었다.) 목사 일행은 오래된 풍금 소리 같은 찬송가를 불렀다.(인류 역사 이래 가장 오래된 장송곡이다.) 찬송가는 곡소리보다 역사가 길고 조직적이었다.(산 자는 죽은 자를 위로할 수 없다. 오직 신만이 죽은 자를 위로할 수 있다. 그런 이유로 찬송가는 곡소리보다 설득력이 있다.)

나는 짧게 신음했다.(문상객들의 발 냄새를 맡느라 고통스러웠다.) 흰 치마끈이 가슴께를 꽉 조이고 있었다.(나는 장례식이 빨리 끝나기를 기다리고 있다.) 마마는 손수건으로 조용히 눈물을 찍어냈다. 아빠의 죽음을 진심으로 슬퍼한다는 제스처였다. 과장된 청승. 흰 꽃 같은 눈물. 마마는 아빠를 흰 꽃처럼 사랑했을까.(내 심장은 뜨거워졌다.) 마마는 나처럼 흰 상복을 입었다. 흰 상복을 입은 것은 마마의 고집이었다. 마마는 체구가 컸다. 희고 살찐 거위처럼 우스꽝스러워 보였다. 나는 눈물이 나지 않았다. 억지로 슬퍼할 필요는 없다. 죽은 아빠는 산 자식이 울 만큼 도리를 다하지 않았다. 문상객들은 부녀 사이가 좋지 않았음을 눈치 챌 뿐이다. 자식이 울지 않는다고 시비 거는 사람이 있다면, 그건 슬퍼하지 않는 사람에 대한 결례이다.

조문객이 별로 없었으므로 조의금은 얼마 되지 않았다. 사십구재를 올릴까. 마마가 내게 말했다.(마마는 아빠를 조금 더 붙들고 싶어 했다.) 외숙이 반대했다. 망자를 보내는 곡소리는 한 번으로 족했다. 외숙은 영정 사진을 바라보며 조사(弔辭)를 한마디 던졌다. 오 년 살고 죽을 거면서 왜 그 고생을 했나.(외숙은 아빠의 해직 사건과 무관한 사람이었다.) 외숙은 흰 국화꽃 제단을 거두면서 혀를 찼다.(인생은 가늘고 길게 사는 것이다.) 영정 사진의 검은 리본과 흰 국화꽃은 쓰레기통으로 들어갔다.(영안실의 장식품은 일회용이다. 삶이 일회용이듯이.) 외숙은 마마의 얼굴을 당당히 쳐다보며 말했다. 진이가 어리니까 조의금은 내가 잠시 맡아둘게. 조의금은 외숙의 은행통장으로 들어갔다.(아빠의 심장만 쓸모없고 다른 장기들은 멀쩡했다.)

장례식이 끝난 후 마마가 말했다. 학교는 마쳐야지.(마마의 속셈은 뭘까.) 나는 의대를 휴학했다.(나는 인간의 몸이 아니라 인생을 연구하기로 결정했다. 보다 철학적인 진로였다.) 마마는 그 사실을 모르고 있다. 아빠도 그 사실을 모르고 죽었다.(우리 가족은 대화가 없었다.) 나는 일상으로 복귀했다.(산 사람은 살아야 한다.) 어정쩡한 동거는 연장되었다. 아무것도 변한 것은 없었다.(죽음은 더 이상 사건이 되지 못했다.) 처음의 기대와는 달랐다.(죽음에도 시간의 변수가 작용한다. 내 의지의 방향과는 다르다.) 봄은 막바지로 치닫고 있었고, 길가는 철쭉꽃 때문에 뭉텅뭉텅 붉게 물들었다. 하나 변한 것이 있었다. 암실은 아빠의 세계였고, 마마만이 드나들었다. 지금은 내가 암실로 들어가 살게 되었다.(마마는 내게서 뺏은 것이 없다.) 나는 마마에게 암실 출입을 금지했다.(나는 당장에 집주인의 권력을 행사했다.)

나는 마마와 더 자주 만나게 되었다. 보다 밀착된 동거 생활이 시작되었다. 마마는 우리 집에 들어왔을 때부터 생선가게를 열었다. 가족의 생계를 잇는 돈이 생선가게에서 나온다는 것을 나는 알고 있었다. 마마는 집 안의 먼지를 청소하고, 부지런히 세 끼 밥을 짓고, 사람에게 낚인 후 죽어가는 생선을 팔고 있다. 나는 애벌레처럼 조용히 살고 있다.(아직은 때가 아니다.) 나는 매일 마마의 생선가게에 들른다. 내 방은 마마의 생선가게 안에 있다. 아빠의 암실은 생선가게의 내장처럼 깊숙이 들어가 있다. 생선가게에는 넓은 도마와 푸른빛이 도는 회칼, 조각 얼음과 생선 내장, 거대한 냉장고와 길쭉한 수족관이 있다.(나는 의과대학에 복학했다. 남자의 시체가 병원 냉동고에 들어 있다.) 습한 그늘이 군데군데 보이고 흰빛으로 말갛게 빛나는 백열등이 보인다.

앞치마를 두른 마마가 팔뚝만 한 고등어를 팔고 있다. 세 평 남짓한 생선가게는 지나다니기가 몹시 좁다. 마마는 몸집이 크고 목소리도 크다. 마마의 머리카락에는 아침에 판 고등어 살점이 묻어 있다. 마마는 시퍼런 회칼을 들고 고등어의 등뼈를 단번에 내려친다.(나는 칼을 들고 시체를 해부했다. 그날 나는 시체의 심장을 훔쳤다.) 퍽. 퍽. 퍽. 하루에도 수십 번씩 나무 도마에 칼날이 박혔다 떨어진다. 물고기는 죽은 놈이든 산 놈이든 마마의 손아귀에 잡히면 고깃덩어리로 얌전히 포장된다.(죽은 심장은 얌전한 고깃덩어리이다.) 검은 고무봉지에 담겨진 토막 난 생선. 비린내가 진동한다.(나는 시체의 심장을 가방에 몰래 넣었다.)

맛있게 드세요. 이천 원이요.(시체를 팔면 최소한 육 개월은 먹고 산다. 엥겔지수에 따라 다르겠지만.) 거스름돈을 주고받고 손님은 사라진다.(나는 해부학 실습실 옆에서 토악질을 했다.) 나는 어쩌다 회칼에 묻은 살점을 발견한다.(고수는 살점을 묻히지 않는다.) 생선가게의 진동하는 비린내, 썩어가는 냄새들이 더운 공기를 따라 움직였다. 살아 있는 것들이 만들어내는 살비듬과 죽은 것들이 풍겨내는 썩은 비린내들이 섞였다. 나는 마마를 경멸한다. 우리 아빠에게 어울리지 않았어. 돼지 목에 진주였지. 나는 해부학 영어 원서를 손에 들고 생선가게를 당당히 지나간다.

수족관 바닥에 포복한 놈들.(바다 밖으로 쫓겨났다.) 수족관의 물은 흰 거품을 피워낸다. 부글부글 흰 거품이 피어오르면 살결마다 박힌 박테리아가 숨을 고른다.(하나의 죽음은 또다른 삶을 부른다.) 조용히 간 힌 삶은 죽음보다 못하다.(아빠가 암실로 들어간다.) 수족관 밑바닥에 포 복한 물고기의 수가 압도적으로 많다. 물고기들은 영리할수록 대세를 따른다. 몸을 움직일수록 눈에 띈다는 사실을 안다. 그러나 마마는 수 족관을 돌아다니는 물고기보다 납작 엎드린 물고기를 바라본다. 나 는 죽어가는 활어가 마마의 손에 잡혀 단박에 결딴나는 순간을 바라본 다.(활어 입장에서는 빨리 끝내주는 것이 고마운 일이다.)

팔월이 되자 하늘은 더운 입김을 쏟아냈다. 자판 위의 생선과 수족 관의 활어가 더 빨리 죽어가고 있다. 더 많은 세균과 더 많은 곰팡이와 더 많은 박테리아가 몰려든다.(학생들은 아침마다 학교로 몰려온다.) 마 마는 죽은 물고기에게 얼음을 쏟아 붓는다. 죽은 생물 속에 틀어 앉은 또 하나의 삶. 온갖 세균과 박테리아의 천국이 되기 전에 빨리 요리를 해 먹어야 한다.(시체가 썩기 전에 해부학 실습을 마쳐야 한다.) 나는 마마 의 손과 회칼과 죽은 생선을 보며 생각한다. 아빠는 몸집이 크고 못생 기고 무식한 마마를 왜 좋아했을까.(엄마가 죽은 다음날 아빠는 왜 학교로 갔을까.) 밥이 고팠을까. 사랑이 고팠을까. 나는 마마와 눈을 마주치지 않는다. 나는 아직도 아빠의 유산 문제로 골머리를 앓고 있다. 마마를 처리해야 한다.

　밤이 되면 흰 고양이가 찾아와서 울어댔다.(한 남자가 교문 앞에서 단독 농성을 벌인다.) 털빛이 흰색이라서 족보 있는 고양이이다. 가출한 흰 고양이는 울음소리를 길바닥에 흘리고 있다.(교실에서 쫓겨난 교사가 길거리 수업을 하고 있다.) 드르륵. 생선가게 셔터가 올라갔다. 날 선 새벽빛이 희고 차갑다. 마마는 도둑고양이에게 생선 대가리와 꼬리, 뼈, 내장을 준다.(한 여자가 교문 앞에 의자를 갖다놓는다. 그 위에 물병도 놓고 김밥도 놓는다. 의자는 밥상이다.) 마마는 밤마다 도둑고양이를 기다리다가 늦게 잠이 든다. 나는 흰 고양이 울음에 잠이 깨어 노래를 부른다. 깊은 산 속 옹달샘 누가 와서 먹나요. 맑고 맑은 옹달샘 누가 와서 먹나요. 새벽에 토끼가 눈 비비며 일어나 세수하러 왔다가 물만 먹고 가지요.

　나는 생선가게와 암실을 생쥐처럼 여기저기 드나든다.(아빠가 해직되었어도 우리 집은 가난하지 않았다.) 나는 마마의 생선가게를 지나 암실로 들어간다. 암실의 문을 열자 희미한 냄새가 났다. 아빠의 몸에서 나던 냄새였다. 시간은 냄새로 전해지고 기억은 눅눅한 습기를 내장한다. 암실은 아빠의 비밀상자였다. 아빠는 카메라 렌즈에 들어온 세상을 보며 살았다. 암실은 소리와 빛으로부터 멀어진 어둠이다. 내 눈의 수정체가 도둑고양이처럼 어둠 속을 들여다본다. 아빠는 깜깜한 밤하늘이 물처럼 흐르듯이 깜깜한 암실에서 떠다니는 별들을 보았는지 모른다.(나는 방부제를 먹은 시체의 가슴에서 붉은 심장을 발견했다.) 사람들은 빛으로부터 달아난 검은 마음이었을까. 아빠는 검은 마음들에 쫓기고 있었을까.

나는 암실에 앉아 아빠의 죽음에 대해 생각한다.(해부학 실습실 시체의 히스토리는 알 수 없다.) 아주 오래된 구형 카메라를 들고 강원도로 여행을 다녀온 지 꼭 하루만의 일이었다. 때 이른 여름 철새를 찍고 온다고 했다. 깜깜한 암실에서 꼬박 하루를 지내더니 그 다음날에는 붉은 심장이 펌프질을 멈췄다. 아빠는 여행을 떠나면 하루에 수백 장씩 사진만 찍어댔다.(한 교사가 학교 재단의 비리를 알아냈다.) 아빠는 하루 종일 암실에 틀어박혀 있거나 카메라를 들고 여행 중이었다. 아빠가 본 카메라 앵글 속의 세상은 무엇이었을까. 아빠는 그 많은 필름들을 단 한 장도 세상 밖으로 내놓지 않았다. 검은 필름들은 어둠이 낳은 알들이었다.

한 줄의 금. 그것은 한 세계와의 결별이었다.(한 교사가 학교에서 쫓겨났다.) 호적에 이름을 올리는 것과 이름에 가로금을 긋는 것은 달랐다. 아빠는 사립고등학교 국어교사였고 학교 재단의 비밀을 알고 있었다. 이사장은 아빠의 이름을 그어버렸다. 아빠는 해직됐다. 죽은 상처를 먹으면서 자라나는 균들의 세계. 암실은 아빠의 세계였지만 아빠는 수족관의 물고기처럼 성질을 죽였다.(아빠의 뇌는 세균에 약했다. 아빠의 심장은 새파랗게 변했다.)

아빠가 엄마의 병실을 지켰어도 엄마는 죽었다. 엄마는 시한이 선고된 인생이었다. 나는 외롭게 병실을 지켰고, 엄마는 외롭게 죽었다.

아빠는 외롭게 교문에 서 있었다. 아빠가 단독 농성을 끝내고 마마와 함께 집에 들어섰을 때 나는 아빠를 죽이고 싶었다.(아빠는 엄마를 외롭게 보냈다.) 여보, 진이를 부탁해. 엄마는 아빠에게 분명 그렇게 말했다. 엄마의 말은 여보, 장가는 가지 마, 가 아니었을까.

나는 암실에서 아빠의 일기장을 발견했다. 아빠의 유품을 불태운 날에는 미처 발견하지 못했다. 두툼한 일기장은 다섯 권이었다. 일기장은 그날그날의 일기와 시들이 섞여 있었다. 일기는 아빠가 해직된 날부터 시작되고 있었다. 일기장은 아빠가 남겨놓은 조사(弔辭)였다.

나는 암실에 불을 켰다. 하나의 사건은 오해와 우연으로 만들어진다. 나는 의과대학에서 인체해부학을 배우며 실습을 했다. 한 남자의 시체가 배달되었다. 나는 칼을 들고 시체의 피부를 벗기고, 살을 저미고, 질긴 근육과 딱딱한 뼈를 추렸다. 그러다가 심장을 발견했다. 신문지에 싸서 가방에 넣고 거리를 걷다가 불심검문에 걸렸다. 장난치듯 들고 온 심장은 소금에 절인 고등어 한 토막이었을 뿐이었다. 지도교수가 경찰서로 달려왔다. 내가 불심검문에 걸린 것은 그날 여의도 광장에서 농민시위가 있었기 때문이었다. 내 가방에 들어 있던 죽은 심장과 분신자살한 농민과는 아무 관련이 없었다. 시체의 심장은 여의도 광장의 쌀가마와 관계가 없었다. 나는 사람을 죽이지 않았어요. 나는 형사에게 말했다.

교원노조도 침묵하는 일에 아빠는 왜 나섰던 걸까. 아빠는 사람들의 심리 코드를 잘못 읽었다. 아빠는 교문 앞에서 길거리 수업을 했다.(아빠는 굴복할 수 없었을 것이다.) 학생들은 아침마다 모여들고 저녁마다 흩어졌다.(대중은 변덕스럽다.) 굳게 닫힌 교문은 한 줄의 금이었다. 아빠는 학생들을 기다렸지만 길거리 수업은 한 달 이상 지속되지 못했다.(혁명은 사람을 기다리는 것이지만 사람들은 밥을 먹을 만하면 혁명을 일으키지 않는다.) 교문에는 그늘도 없이 더운 바람만 불어댔다. 다음 날도. 그 다음날에도 아빠는 혼자 서 있었다.

나무의자를 가져다놓은 사람은 마마였다.(아빠는 다리가 많이 아팠을 것이다.) 마마는 아빠에게 물과 김밥을 날라주었다. 마마는 학교 근처에서 장사하는 여자였지만 유일한 학생이었다. 마마는 길거리 수업을 들으며 김밥을 팔았다. 집으로 왔을 때 아빠의 얼굴은 김장하다 버린 배춧잎처럼 시들어 보였다.(절이 싫으면 중이 떠나는 법이다.) 마마는 아빠에게 경어를 썼고, 허리를 종잇장처럼 접었다.(마마는 잠자리에서 굴복했던 것이 아닐까.)

마마가 암실의 문을 열었다. 밥상을 차려 왔다. 아빠가 나한테 널 부탁하고 가셨어. 나는 약속을 지켜야 해. 하지만 너에게 허락받지 않은 우리 둘만의 약속이야. 마마는 씩씩하게 말했지만 코맹맹이 소리를 했다. 우리 둘? 나는 고소했다. 스승처럼 어려운 남자와 같이 사는 여자는 어떨 것 같니. 네 아빠는 다른 사람들하고는 달랐어. 한 집의 가장으로는 어땠는지 몰라도 교사로서 부끄럽게 살다 가시지는 않았어. 가장? 교사? 아빠는 반쪽 선과 반쪽 악의 얼굴을 가진 인간인가? 나는 권태로운 표정을 짓는다. 이 의자는 내가 가져갈게. 너는 이걸 가져. 마마는 저금통장을 쑥 내밀었다.(고등어 좀 먹어봐, 마마는 내게로 접시를 내민다. 고등어는 지겨워. 나는 반찬 투정을 한다.) 너에게 줄 게 없어. 마마의 목소리는 지독히 건조했다. 나는 내 가슴속 심장 소리를 듣는다. 지난 오 년간 생선가게를 하며 모은 돈이야. 마마의 얼굴에 아빠의 얼굴이 지나갔다. 아빠는 나약하고 소심한 남자였다. 엄마는 아빠에게 나를 부탁하지 말고 나에게 아빠를 부탁하고 떠났어야 했다. 그러면 내가 아빠를 조금은 이해하며 살았을 것이다.(나는 물 좋은 고등어 살점을 열심히 씹는다. 내일은 내가 한번 밥을 지어보아야겠다.)

시간이 장난을 쳤다.(나는 사람을 죽이지 않았다.) 어디서나 공증되지 않는 시간이 있다.(시체의 심장은 인체해부학 실습용이다. 지도교수가 공증했다.) 가을인지 겨울인지 모르겠다. 너무 늦은 가을이었고 너무 이른 겨울이었다. 새벽에 무서리가 내렸다. 마당의 일년초들은 검은 색깔로 죽어 있었다. 나는 마당에서 아빠의 일기장과 필름들을 불태웠다. 필름들은 금세 오그라들며 불꽃을 환하게 키워갔다. 두꺼운 일기장의 종이 한 장 한 장이 맵고 흰 연기가 되어 하늘로 올랐다. 나는 하늘로 오르는 수많은 흰 나비 떼를 본다.(아빠의 삶은 호접몽이다.) 나는 아빠의 여자를 상속받기로 했다.

+ 류서재

이천 년 동안 인간의 희로애락은 동어반복이다. 인간은 역사적 시간에 비례해가며 진화할 것 같은데 인문학적 통찰은 제자리걸음이거나 퇴보되었다. 부처, 예수, 공자가 인간에 대한 사유를 끝냈다. 지금은 또다른 성인이 나타나질 않고 과거 성인의 문장을 읽으며 각주를 다는 시대이다. 인간에 대한 권태 때문에 장편소설을 쓴다. 성리학적 세계관과 사대부의 심미관에 관심이 많아서 소설 창작에 조선시대 소재를 즐겨 차용하고 있다. 팩션(Faction)을 역사를 고증하는 하위개념이 아니라 시대를 관통하는 인간적 관점으로 서사화하는 입장을 가지고 있다.

여성동아 문우회 소설집

오후의 빛깔

초판 1쇄 인쇄 2012년 6월 10일   초판 1쇄 발행 2012년 6월 20일

지은이 여성동아 문우회
펴낸이 연준혁

출판 7분사
편집장 김은주
제작 이재승 디자인 함지현

펴낸곳 (주)위즈덤하우스 출판등록 2000년 5월 23일 제13-1071호
주소 (410-380) 경기도 고양시 일산동구 장항동 846번지 센트럴프라자 6층
전화 (031)936-4000 팩스 (031)903-3895
홈페이지 www.wisdomhouse.co.kr 전자우편 wisdom7@wisdomhouse.co.kr
종이 월드페이퍼 인쇄·제본 (주)영신사

값 11,000원 ISBN 978-89-5913-684-1 03810